DER ROMAN

Endlich ist es soweit! Ein Jahr nach dem ersten Bewusstseinskurs mit Pferden treffen sich die Frauen erneut auf Tanjas Reitanlage in Italien. Der Kurs damals hatte als ganz normaler Reiturlaub begonnen, doch dank der Umstände - insbesondere durch die Teilnahme von Elinor, ihres Zeichens Tierkommunikatorin und Schamanin - ein Eigenleben entwickelt. Nun sind die Erwartungen groß. Die Spannungen der Frauen treten schnell zutage, ist das zentrale Thema doch die Schattenarbeit. Außerdem sind dieses Mal drei junge Bloggerinnen mit von der Partie, die Tanja und deren beste Freundin Diana auf die Probe stellen. Gleichzeitig kommt unerwartet früh ein Fohlen zur Welt. Die winzige Perla nimmt entscheidenden Einfluss auf das Geschehen…

DIE AUTORIN

Im Mittelpunkt von Christina Göttes Leben stehen die Pferde. Die gebürtige Münchnerin verbrachte bereits als Kind ihre Zeit mit diesen wundervollen Geschöpfen, denen sie viel verdankt. Nach einer Ausbildung zur Bereiterin erfolgten Studium von BWL und Grafikdesign sowie die Prüfung zur Tierheilpraktikerin. Zahlreiche Weiterbildungen, u.a. in Tierkommunikation und Pferdegestützte Therapien, sind Bestandteil ihres Lebens. Kommunikation mit Pferd und Hund ist nach wie vor ein wichtiges Thema für die Autorin, die mit ihrer Familie in der Nähe der Nordsee wohnt.

Näheres unter www.pferde-kunst-chris.de

Christina Götte

TANJAS PFERDE
PERLA

Roman

Bibliografische Information der Deutschen Nationalbibliothek
Die Deutsche Nationalbibliothek verzeichnet diese Publikation in der
Deutschen Nationalbibliografie; detaillierte bibliografische Daten sind im
Internet über http://dnb.dnb.de abrufbar.

Umschlagabbildung:
Christina Götte
© ›Junger Hüpfer‹, 2017 / 2024

Umschlaggestaltung & Umschlagmotiv: © Christina Götte
Verlag: BoD · Books on Demand GmbH, In de Tarpen 42, 22848 Norderstedt
Druck: Libri Plureos GmbH, Friedensallee 273, 22763 Hamburg

ISBN: 978-3-7597-4901-7

*Für **Ulrike***
Gelebte Freundschaft über Jahre und Distanzen hinweg

Pferde besitzen die Fähigkeit,
uns binnen Sekundenbruchteilen
ins Hier und Jetzt zu katapultieren.
Der einzige Augenblick wahren Lebens.

Mitte Dezember - Montag

Zwei Frauen saßen gemütlich in einem beheizten Wintergarten am italienischen Meer. Die ersten beiden Kerzen flackerten auf einem liebevoll dekorierten Adventskranz, im Hintergrund war gedämpfte klassische Weihnachtsmusik zu hören. Fröhlichkeit und Gelächter erfüllten den Raum. Schließlich galt es, eine gerade erlebte Reise in die alte Heimat der beiden, nach Deutschland, ausführlichst wiederzugeben. Die bislang ausgelassene Stimmung begann sich allerdings gerade zu ändern.

"Nein! Ernsthaft? Das kann ich nicht glauben..." Dianas Unterkiefer klappte herunter, und sie starrte ihre beste Freundin Tanja fasziniert an, die vor wenigen Stunden von einer Reise nach Neumünster nebst anschließenden Besuchen im Norden Deutschlands zurückgekommen war und ihr nun Bericht erstattete.

Tanja strahlte übers ganze Gesicht und schob sich eine blonde Haarsträhne, die sich wieder einmal aus dem Pferdeschwanz geschummelt hatte, hinters Ohr. Sie war eine Frau Anfang vierzig, sportlich, und gerade von höchster Euphorie erfüllt. "Aber sicher! Wenn ich es dir doch sage!"

Bevor sie weitersprechen konnte, fiel ihr die etwa gleichaltrige, mit kastanienbraunen Locken versehene Diana jedoch erneut ins Wort. "Wie hast du das denn nur wieder geschafft? Ich meine, deinen Mann Max umzustimmen, das kann ich mir noch lebhaft vorstellen..."

"...bei deiner Fantasie als Künstlerin...", warf Tanja spöttisch ein.

"...aber dass du dir gleich wieder ein Pferd einverleibst..."

"Na, so ist das ja nun auch wieder nicht! Ich habe sie mir nicht einverleibt, sondern nur käuflich erworben! Tja, so ist das nunmal, wenn der Edelmann seine Herzenskönigin zum Trakehner Hengstmarkt ausführt. Mit Kollateralschäden ist da zu rechnen!" Sie grinste von einem Ohr zum anderen.

"Und da hast du diese Stute gesehen und warst - wie sagtest du so schön - schockverliebt?«

Diana blickte ihr Gegenüber geradezu hypnotisch an. Sie dachte gar nicht mehr darüber nach, den duftenden Espresso zu trinken, der in der Tasse auf dem Weg zu ihrem Mund auf unerklärliche Weise steckengeblieben war und nun irgendwo in der Luft verharrte.

Ihre Freundin prustete los.

Zum einen wegen des skurrilen Bildes, das sich ihr bot, zum anderen über die Überraschung, die sie da ausgelöst hatte. Warum eigentlich? Hatte Diana nicht schon bei ihrem ersten Erzählen über den geplanten Besuch in Neumünster zur Trakehner Körung, bei der die besten Junghengste der ostpreußischen Rasse zur Zucht zugelassen werden, orakelt, dass sich da eventuell ein neues vierbeiniges Familienmitglied auftun würde?

"Könnte man so sagen, ja. Eine traumhaft schöne Stute. Sie heißt übrigens Paloma und ist ein Dunkelfuchs. Viermal weiß gestiefelt, ganz gleichmäßig. Und ja, natürlich ist sie eine Elitestute!"

Erwartungsvoll blickte Diana sie an. "Na los, erklär schon, dir platzt doch schier das Fell! Ich habe keine Ahnung, wovon du da redest, du scheinst an dem Wochenende ein ganz neues Vokabular gelernt zu haben! Ist das ansteckend?!"

Tanja schüttelte kichernd den Kopf. "Nein, keine Angst! Natürlich ist das eine ganz andere Welt dort oben in Norddeutschland! Ich kann dir sagen, so viel Enthusiasmus in der Züchterschaft habe ich nicht für möglich gehalten! Das ist ein ganz eigener Schlag! So wie die Pferde halt auch... Also, dass auf dem Hengstmarkt nicht jede Stute angeboten wird, ist ja wohl klar. Da kommen nur die Edelsten der Edlen zusammen. Sorgsam aussortiert über das ganze Jahr. Paloma war erfolgreich auf Turnieren unterwegs, bis zur zweitschwersten Klasse in der Dressur, der Klasse M. Und sie erfüllt die anderen Voraussetzungen. Eine davon sind mindestens zwei Fohlen, die sie bereits zur Welt gebracht hat. Laut Züchterin übrigens Granaten..."

"Du willst mit ihr - züchten???" Dianas Augen wurden kugelrund. Jetzt setzte sie ihren Espresso, an den sie sich aus unerfindlichen Gründen wieder erinnert hatte, mit lautem Klirren auf der Untertasse ab.

Und das war auch gut so. Denn der nächste, nebensächlich hingeworfene Satz traf sie wie ein Stromschlag.

"Sie ist übrigens gerade tragend. Vom Hengst Grafenstolz. Sagt dir das was? Er hat als Sechsjähriger sowohl das Bundeschampionat als auch die Weltmeisterschaften der Vielseitigkeitspferde gewonnen. Und war Trakehner des Jahres 2016."

Diana schnappte nach Luft. "Du lässt aber auch gar nichts anbrennen, oder?", würgte sie nach einigen Augenblicken hervor. In ihre Augen trat ein überwältigter Glanz.

"Toll, oder? Ich freue mich schon riesig auf die beiden!"

"Puh! Dich darf man wirklich nicht alleine loslassen!"

"Ich war gar nicht allein! Max hat mich begleitet!", protestierte Tanja mit sanfter Stimme.

"Umso schlimmer... Ihr beiden seit echt eine unberechenbare... ach, was weiß denn ich! Wow! WOWOWOW!!! Ich glaub es nicht! Der Hammer! WAHNSINN!!!" Das letzte Wort kam ihr jubelnd über die Lippen und sie warf sich um den Hals von Tanja, die von der Wucht des Angriffs hintenüber ins Sofa gedrückt wurde.

"Hilfe?"

Diana lachte und lachte und lachte.

Schließlich wischte sie sich die Tränen von den Wangen,

während sie sich zurück in eine aufrechte Position brachte. Dabei stieß sie gegen den Tisch, der diese Bewegung unreflektiert an die noch volle Espressotasse weitergab.

Auch Tanja tauchte aus den Tiefen des Sofas wieder auf. Eilige Schritte näherten sich.

Eine gewichtige Frau watschelte um die Ecke, blickte streng auf die beiden Freundinnen, kniff abschätzend ein Auge zusammen und bellte: "Wenn ich nicht genau wüsste, dass Diana hier ist, müsste ich schon wieder das Schlimmste befürchten!«

Tanja zog reflexartig den Kopf ein. Mit ihrer Angestellten verband sie ein Verhältnis, das sie selbst als - nun, zumindest nicht ganz einfach beschreiben würde. Vielleicht am ehesten als Zwangsadoption durch eine Drachenmutter. Gut bezahlt natürlich.

"Ach Marianna, alles ist gut! Ich war nur so überrascht von den Neuigkeiten, die mir Tanja erzählt hat, dass ich mit dem Knie ein wenig gegen den Tisch gestoßen bin..."

Diana deutete mit schuldbewusstem Blick auf den Espresso, der sich über Untertasse und Tisch ergossen hatte. Was sie jetzt gerade erst zur Kenntnis nahm. Mit leicht verschämten Grinsen schluckte sie trocken. »Oh…«

"Hmpf. Kein Grund für ein schlechtes Gewissen! Dafür bin ich schließlich da", grummelte die Haushälterin, während sie Tanja einen Blick zuwarf, als hätte diese das Verbrechen begangen und gehörte umgehend zur Rechenschaft gezogen. Doch schon kehrte sie um und eilte durch das Wohnzimmer in Richtung Küche, um Schwamm und Tuch zur Beseitigung des Malheurs zu holen.

Die Hausherrin zog die Nase kraus. "Ich weiß ja nicht... Wie machst du das eigentlich immer wieder? Ich hätte mir jetzt einen Satz heißer Ohren eingefangen - wenigstens verbal - und du? Ist mir ein Rätsel. Echt jetzt!«

Diana grinste und machte mit ihren Fingern eine Bewegung

rund um ihren Kopf, um ihren Heiligenschein anzudeuten, den sie nun auch noch gestenreich mit beiden Händen imaginär polierte.

Tanja ließ das Thema fallen, lehnte sich zurück und räkelte sich genüsslich. Sie wusste, dass sie noch nicht ihr gesamtes Arsenal verballert hatte. Und freute sich schon diebisch auf den nächsten Zug.

Ihr Blick streifte erst die Freundin, dann die großzügige, überdachte Terrasse, auf der sie sich befanden, ging weiter über die gepflegt wirkende Rasenfläche und den winterlichen Garten, um schließlich auf dem aufgewühlt wirkenden Meer tief unter ihnen hängenzubleiben. Hier oben hatten sie von den heftigen Winden und eisigen Böen nichts zu befürchten; im späten Herbst wurden an den drei sonst offenen Seiten Glasschiebetüren eingesetzt, die sich beliebig schließen und verstellen ließen. Heute war nur ein kleiner Spalt geöffnet, denn die Winterstürme schickten ihre ersten Vorboten. Trotzdem waren sie hier an diesem Flecken Erde in Italien immer etwas verwöhnter als anderswo. Mochte es an den Bergen im Hintergrund liegen, die die wüstesten Angriffe des Wetters abhielten, oder am Meer, das hier besondere Strömungen aufwies, vielleicht auch die Kombination mit weiteren Faktoren - Tanja schätzte sich jedenfalls mehr als glücklich, nie ernsthaft kaltes Wetter befürchten zu müssen. Andererseits wurde es auch nicht so kochend heiß oder trocken wie anderswo. Perfekt für ihre Reitanlage, auf der sie eine kleine Pferdezucht betrieb und Reitkurse für deutschsprachiges Publikum anbot.

Sie war zufrieden. Rundherum. Und strahlte das auch aus.

"Wann kommt Paloma denn?", riss Diana sie nun aus ihren Gedanken.

»In knapp zwei Wochen. Rechtzeitig zum vierten Advent."

"Quasi dein Weihnachtsgeschenk! Wow, das hätte ich auch zu gerne!"

"Sicher? Du hast doch schon drei Pferde. Und nur eines davon reitest du - halbwegs ernsthaft."

»Ja! Siehst du! Ausreichend Möglichkeiten für ein Pferdebaby! Nur - mit Wallachen kann man halt nicht züchten..."

"Aber mit deiner Patsy. Da könntest du züchten..." Tanja blickte die Freundin lauernd an.

"Dann kann ich aber nicht mehr reiten!", kam es empört zurück.

"Kommt darauf an. Schwangerschaft ist ja keine Krankheit! Ich werde Beauty jedenfalls bis zum Herbst voll reiten und dann runterschalten. Kein Galopp mehr. Nur noch leichtes Training. Schön ausreiten und bummeln halt..."

"Beauty?! Midnight Beauty??? Du willst deine Lieblingsstute decken lassen??!?" Diana sprang auf ihre Füße. "Ich fasse es nicht! Ich kann es einfach nicht glauben! Da haut's mir ja den Vogel raus!"

Tanja atmete tief und zufrieden ein. Ein Glück, dass gerade keine volle Tasse mehr auf dem Tisch gestanden hatte. Der hatte nämlich gerade den nächsten heftigen Schubs kassiert.

»Jaaa… Neumünster halt... Die Trakehner..." In ihre Augen trat ein sehnsuchtsvoller Glanz.

Diana sank vor ihren Augen zu Boden, umklammerte Tanjas Knie und fragte: "Wer? Fotos???"

Tanja spitzte den Mund, grinste und angelte nach dem Handy. "Dalera. Du erinnerst dich an sie?"

»Dalera? - Ist das nicht…. ist das nicht… - NÄ! Das ist doch die Olympiasiegerin in der Dressur! - Also…« Diana stammelte, ihre Gesichtszüge waren völlig entglitten. Einen Augenblick lang dachte sie nach. Und würgte, nahezu sprachlos, hervor: »Du willst sie mit der Olympiasiegerin decken lassen? Mit einer Stute? Hä?!?«

»Nein! Wie denn auch? Manchmal bist du echt ein wenig begriffsstutzig! Selbst wenn du meine beste Freundin bist!"

Lachend schlug sie ihrer Freundin auf die Schulter.

Die war gerade viel zu aufgeregt - und im übrigen auch viel zu gutmütig -, um auf die kleine Spitze einzugehen. "Ach! Der Vater von Dalera! Wer ist das denn? Soviel muss ich als Freizeitreiterin nicht wissen..." Sie zuckte die Schultern und musterte die Fotos auf dem Handy.

"Das ist Easy Game. Ein brauner Hengst, der in den Niederlanden stationiert ist. Wurde 2021 zum Trakehner des Jahres ausgerufen. Ich habe mir ganz viele Videos von ihm angesehen, es war auch Nachzucht von ihm in Neumünster. Ein echtes Wow-Erlebnis!"

Diana musterte hingerissen die Bilder und Videos des Hengstes. Sie konnte sich hinsichtlich der Pläne ihrer Freundin nicht entscheiden zwischen Spott und Begeisterung. Schließlich entschloss sie sich für Ersteres. "Und du willst jetzt den nächsten Olympiasieger züchten! Mit Beauty! Na klar - das muss ja was werden!" Sie grinste von einem Ohr zum anderen, während sie auf die Kissen-Attacke der Freundin wartete.

Doch die blieb aus. Stattdessen lehnte sich Tanja weit nach vorne, zu Diana herunter, die ihre hockende Stellung noch nicht aufgegeben hatte.

"Sag mal - ernsthaft - wäre das nicht auch was für dich? Ich meine - für Patsy? Stell dir nur vor, wir beide trödeln gemeinsam auf unseren Stuten mit ihren dicken Bäuchen am Meer entlang..." Ihre Stimme gewann mit jedem Wort an Verzückung.

Diana blickte sie skeptisch an und richtete sich auf. In diesem Augenblick dröhnte der Boden, und Mariannas Ankunft warf - auf akustische Weise - ihre Schatten voraus.

"Solange wir keine dicken Bäuche vor uns hertragen...", murmelte sie, während sie sich anmutig auf die Couch gleiten ließ.

»So, die Damen, hier gibt es frischen Espresso. Zum Trinken!", trompetete Marianna, die sich nach dem Abstellen des Tabletts um die Lache des ersten Versuchs der Koffein-zufuhr kümmerte. Zur Freude der beiden Frauen befand sich auch ein kleiner Teller mit frisch gebackenen Weih-nachtskeksen neben den Espresso-Tässchen. Kaum war Ma-rianna verschwunden, ereilte die Plätzchen ein ähnliches Schicksal. Auf und dahin…

Mit vollem Mund mümmelte Diana: "Geht das denn so ein-fach? Ich meine, dass du Beauty decken lässt - klar. Aber musst du nicht auch in einen Verband eintreten? Und wo soll das sein?"

"Ich bin doch mit meinen zwei Zuchtstuten im Oldenburger Verband. Aber ich überlege ernsthaft, ob ich nicht mit Beau-ty in den Trakehner Verband gehen sollte. Du weißt doch, außer den reinen Trakehnern mit lupenreiner Abstammung sind dort auch Vollblüter zugelassen. Wegen Paloma und ihrem Fohlen bin ich ja mittlerweile ohnehin schon Mitglied. Beauty ist Englisches Vollblut, hat erfolgreich Rennen be-stritten und ist laut dem Zuchtleiter bestens geeignet, dort aufgenommen zu werden.«

Nach dem skeptischen Blick Dianas fügte sie rasch hinzu: "Er hat Fotos und Videos von ihr gesehen. Und zur Fohlen-eintragung kommt er sowieso im Frühling. Da schaut er sich dann Beauty genauer an und trifft seine Entscheidung.«

"Na dann..."

"Patsy wäre nach seinen Worten übrigens auch bestens ge-eignet."

"Wie jetzt? Du hast dich schon mal für mich erkundigt?!"

»Klar! Wir sind schließlich Freundinnen. Da tut man schon mal was füreinander!"

»Mhm… Sehr selbstlos! Reine Menschenfreundlichkeit, ich verstehe..."

"Und? Was hältst du davon?" Mit großen Augen sah Tanja ihre beste Freundin an. Voller Erwartungen.

Doch die winkte ab. "Lass mal, da bin ich noch nicht. Vielleicht - und ich meine nur vielleicht! - überlege ich mir das wirklich mit dem Fohlen. Aber jetzt möchte ich viel lieber wissen, ob du mir endlich ein Foto von deiner Neuerwerbung zeigst!"

"Ah - ja! Natürlich! Wie konnte ich dir das nur so lange vorenthalten!" Schnell zückte Tanja erneut ihr Handy, scrollte ein wenig darauf herum und reichte es dann triumphierend weiter.

Diana blieb der Mund offen stehen. Sie schluckte. "Echt schick! Wow! Kann ich verstehen, dass du - dass ihr beide da schwach geworden seid! Und der Trab! Mann! Hoffentlich wird Beauty da nicht eifersüchtig!"

Tanja winkte ab. "Ach was! Ich reite sie ja zunächst ganz normal weiter. Die bekommt schon ihre Beschäftigung."

"Willst du Paloma denn auch reiten?"

"Jetzt erstmal nicht. Sie soll in Ruhe hier ankommen und sich eingewöhnen, und dann ist ja bald das Fohlen da. Vielleicht später. Eigentlich ist geplant, sie als Zuchtstute einzusetzen. Reitpferde haben wir hier eigentlich genug."

"Das stimmt. Nur - bei den Gangarten..." Diana deutete begeistert auf das Video, das jetzt lief. "Da wirst du aufpassen müssen, dass Stanis sich das Edeltier nicht unter den Nagel reißt!"

Tanja grinste. "Besser ist das. Daran habe ich noch gar nicht gedacht..."

"Apropos - ist er schon im Urlaub? Er wollte doch heim nach Polen."

"Erst Ende nächster Woche. Ab da haben wir ordentlich zu tun, wir zwei beide. Die Jungs sind dann auch auf dem Weg nach Hause. Aber zumindest haben wir genügend Aushilfen für die Stallarbeit. Wir müssen also nur die Pferde bewegen. So wie immer - in Vierergruppen jeweils erst eine Stunde in die Führanlage, danach eine halbe Stunde in die Halle zum Laufenlassen. Reiten fällt vermutlich die nächsten achtzehn

Tage aus. Dann kommt zumindest Stanis zurück und nimmt uns den größten Teil der Arbeit ab."

»Puh! Der übliche Weihnachtsstress also! Und ausgerechnet da kommt Paloma an."

"Ach. Wird schon schiefgehen! Bisher haben wir das jedes Jahr gut hinbekommen..."

Zwei Wochen später - Freitag

An einem klaren Dezemberfreitag zwei Wochen später verschwand ein kleiner Pferdetransporter in der Ferne. Palomas ehemalige Besitzerin samt Sohn hatten es sich nicht nehmen lassen, ihre Stute selbst in die neue Heimat zu überführen. Sie waren tief beeindruckt gewesen von der eleganten Reitanlage mit den zwei Hallen, die durch einen überdachten Säulengang miteinander verbunden waren. In die andere Richtung erstreckten sich die Stallungen, links jene für die Schulpferde, auf der rechten Seite an die große Reithalle anschließend die privaten Boxen. Hier war Paloma untergekommen, ganz hinten, wo zwei weitere Zuchtstuten in ihren geräumigen Boxen mit großzügigen Paddocks davor standen. Nach ein paar Quietschern mit der Nachbarin Magenta war schnell Ruhe eingekehrt, und Paloma schien äußerst zufrieden mit ihrer neuen Eckbox zu sein, die knietief mit Stroh eingestreut war. Auch das Heu war offensichtlich nach ihrem Geschmack, denn sie wandte sich ohne Umschweife dem Futter zu.

Tanja hatte die beiden Besucher noch über die Anlage geführt, ihnen die weitläufigen Koppeln hinter dem privaten Trakt Richtung Meer hin gezeigt sowie den Dressurplatz hinter dem Verbindungsgang, der malerisch zwischen den beiden Reithallen eingebettet lag und in wärmeren Monaten von Blumen gesäumt war. Doch die Pflanzkübel standen jetzt leer, ein eisiger Wind fegte über den Hof. Deswegen war Tanja mit ihren Besuchern auch nicht bis zum Springplatz mit der umlaufenden Rennbahn gegangen, sondern hatte ihnen diesen nur aus der Ferne gezeigt, zumal das Hindernismaterial zum Schutz vor dem Winterwetter ohnehin sorgsam in der Scheune untergebracht war.

Tanjas Angebot, im zur Anlage gehörenden und derzeit größtenteils leerstehenden Künstlerdorf zu übernachten, das der Unterbringung von Reitgästen diente sowie einige Angestellte beherbergte, hatten die Züchterin und ihr Sohn dankend abgelehnt. Zu weit war der Weg zurück nach Deutschland, zu wichtig ihr Erscheinen zu Hause. Außerdem drohte Schnee auf dem Rückweg über die Alpen. Also gab es noch einen Cappuccino zur Stärkung, eine Armada an Keksen und ein reichhaltiges Angebot an kalten italienischen Delikatessen für die Fahrt, von Marianna zubereitet und in einem Korb verpackt, und ab ging die Reise zurück nach Deutschland.

Tanja seufzte, während sie das Winken abbrach, und drehte sich entschlossen zu ihrem Ehemann Max um. Der war soeben aus dem privaten Stalltrakt nach draußen auf den Hof mit dem Brunnen, in dessen Mitte eine Bronzeskulptur von Stute mit Fohlen thronte, getreten. Er hatte sich schon etwas früher von den beiden Züchtern verabschiedet.

»Na, zufrieden?«, fragte der hochgewachsene, mittelblonde Mann mit den dunkelblauen Augen.

Ein weiterer Seufzer entfuhr Tanja. »Oh ja! Und wie! Danke, mein geliebter Mann!«

Sie trat dicht an Max heran, der sie eng an seinen athletischen Körper heranzog. Er verbarg sein Gesicht in ihren blonden Haaren.

»Hmmm. Da fällt mir ein - vielleicht sollte ich bei dem Wind doch besser eine Mütze aufsetzen?«

Sie hörte sein Auflachen, während er mit einer Hand in ihrer Mähne wuschelte. Sie versuchte gar nicht erst, sich zu wehren. Ihre Frisur war ohnehin schon verloren. Sozusagen vom Winde verweht. Stattdessen sog sie tief den vertrauten Duft ein und kuschelte sich eng an ihren Traummann. Der Mann, dem sie die Verwirklichung ihres Herzenswunsches verdankte. Eine Reitanlage am warmen Meer. Wundervolle

Pferde, in einer wundervollen Landschaft, mit netten, herzlichen Menschen um sie herum. Was konnte sie sich nur mehr wünschen?

»So, genug gekuschelt, meine Süße! Ich fürchte, wir müssen uns um unsere Edeltiere kümmern, stimmt's?«

Ein letztes wohliges Aufseufzen, dann machte sie sich aus den sich bereitwillig öffnenden Armen frei. Prompt erfasste sie ein eisiger Windstoß und schüttelte sie durch. Unschlüssig blickte Tanja in Richtung Privatstall.

»Ich glaube, ich hole mir schnell meine Mütze. Das wird mir nun doch zu kalt hier!«

»Mach das. Ich gehe schon zur kleinen Halle und bringe die ersten Pferde in die Boxen. Dann kannst du gleich zur Führanlage rüber und die Pferde von dort zur Halle bringen. Wie ich dich kenne, wirst du nämlich noch einen kurzen Boxenstopp bei Paloma einlegen, nicht wahr?«

Max zwinkerte seiner Frau zu, die anstandshalber kurz errötete und dann abdrehte. Schon wieder durchschaut... er kannte sie einfach viel zu gut! Natürlich war ihm klar, dass die Mütze nur als Vorwand diente, um dem Neuzugang nochmals eine Aufwartung zu machen. Andererseits - er war ja selbst gerade erst von Palomas Box zurückgekehrt.

Tanja zuckte die Schultern, während sie durch das große Tor, das sie nur einen kleinen Spalt weit öffnete, in den Stall schlüpfte. Dort wurde sie - ausnahmsweise - mit einem Brummeln von ihrem Lieblingspferd Midnight Beauty begrüßt.

»Hey! Was ist denn mit dir los? Spüre ich da einen Anflug von Eifersucht? Ist doch gar nicht nötig, du bist und bleibst mein Herzenspferd!«

Sie strich Beauty durch die Mähne, ließ ihre Hand kurz auf deren Stirn verweilen und lehnte dann ihren Kopf gegen den der Rappstute. Lange ließ diese sie nicht gewähren, stattdessen begann sie, heftig zu nicken, um anschließend kräftig zu prusten. Tanja bekam demzufolge erst einen leichten Nasenstüber, dann den vollen Schauer aus den Nüstern ab. Natürlich.

»Ach Mädchen, das war wohl wieder nötig, nicht wahr? Ich hab doch schon geduscht! Und draußen ist es eisig.«

Ein Gedanke kam ihr und sie zwinkerte ihrer Stute zu. »Oder wolltest du mich markieren? Damit die Neue gleich weiß, wem ich gehöre?«

Bei dem vergnügten Ausdruck auf Beautys Gesicht begann Tanja zu lachen. »Du bist mir doch eine… So, jetzt muss ich mich aber sputen!«

Sie warf einen Blick auf die Uhr und setzte sich in Bewegung. Nicht ohne vorher Beauty noch ein Stückchen Möhre auf der flachen Hand hinzuhalten, das zufrieden angenommen wurde.

Hinten bei den Zuchtstuten angekommen, blieb Tanja zunächst in etwas Entfernung stehen, um Paloma zu beobachten. Ihr gefiel der wache, interessierte Blick in den Augen des edlen Pferdes. Auch, dass die Stute sich wohl zu fühlen schien und offen für ihre Nachbarinnen war. Allerdings schien sie Tanja gegenüber etwas zu fremdeln, als diese schließlich an ihre Boxentür herantrat. Aber das war ja nur verständlich - sie kannten sich noch überhaupt nicht.

Tanja öffnete die Tür und schlüpfte hindurch. Die Stute hörte auf, ihr Heu zu mahlen und betrachtete sie.

Lange Zeit standen sie so, bewegungslos, und sahen einander an. Tanja versuchte, ihr Denken abzuschalten und ins Gewahrsein zu kommen, ins Hier und Jetzt.

Tatsächlich, als ihre kreisenden Gedanken zur Ruhe kamen und sie innerlich still wurde, atmete die Stute hörbar aus. Es klang wie ein Seufzen. Paloma nahm das Kauen wieder auf, während sie den fremden Menschen nicht aus den Augen ließ. Und tatsächlich - wenige Augenblicke später machte die Stute von sich aus den ersten Schritt auf Tanja zu, winzig, angelegentlich nur, aber vorhanden. Ein Strahlen erschien auf dem Gesicht der Frau, und sie nickte Paloma zu.

»Danke. Und willkommen in deinem neuen Zuhause, Paloma! Wir werden alles dafür tun, dass es dir hier richtig gut geht, das verspreche ich dir!«

Ein weiterer Blick aus dunklen Augen traf sie, dann senkte die Stute ihren Kopf und wandte sich wieder ihrem Heu zu.

Tanja verließ zufrieden die Box, die sie leise hinter sich schloss und lief die Stallgasse hinunter, um gemeinsam mit Max ihren Aufgaben nachzukommen. Sie war glücklich über den ersten Kontakt, den sie hier mit Paloma aufgebaut hatte.

Zeit.

Das war das wichtigste, soviel hatte sie bereits gelernt.

Zeit, einen Raum zu schaffen.

Zeit, dass das Pferd beschließen konnte, den ersten Schritt zu tun.

Zeit, um den anderen anzunehmen.

Beschwingt lief Tanja hinüber zur Führanlage, aus der sie die ersten zwei Pferde in Richtung kleiner Reithalle führte. Auf ihrem Weg über den Hof hörte sie im Inneren des Schulstalls Hufgeklapper, Max brachte also schon die nächsten Kandidaten zur Führanlage und würde dort die anderen zwei bereits fertigen Pferde für die freie Bewegung in der Reithalle einsammeln. Sie grinste. Ganz offensichtlich waren sie ein eingespieltes Team. Sozusagen Just-in-time-Produktion. Tatsächlich war die kleine Halle mit den Maßen von zwanzig mal vierzig Metern leer, und die beiden Schulpferde entfernten sich in die Mitte der Halle, um zunächst ein ausgiebiges Sandbad zu genießen. Mit einem Lächeln wandte sie sich Richtung Schulstall, brachte die nächsten beiden Pferde zur Führanlage und traf sich schließlich mit Max wieder an der Halle, um die Vierergruppe ein wenig zum Laufen zu animieren.

»Na, was sagt Paloma?« Max musterte seine Frau interessiert.

Tanja zuckte die Schultern. »Will sich Zeit lassen. Und die haben wir ja.«

Max nickte. »Willst du in den nächsten Tagen mit ihr ein intensiveres Kennenlernen machen? Hier in der Reithalle?«

»Hm. Ich glaube, sie soll erstmal ganz in Ruhe ankommen. Wenn sie soweit ist, wird sie es mir schon sagen. Bis dahin werden wir sie in die Routine hier bringen. Führanlage, Paddock, zunächst getrennt von den anderen, dann allmählich integrieren. Und wenn sie das alles locker mitmacht, kommt schon die Zeit.«

»Du wirst das richtig machen, so wie immer. Komm, dann lass uns mal die Bande hier ein wenig bewegen, damit sie nicht einfrieren.« Mit diesen Worten öffnete Max die Bahntür, ließ seine Frau ins Bahninnere treten, folgte ihr und schloss erstere hinter sich, während Tanja ihm bereits eine lange Gerte zum Treiben hinhielt.

Sonntag

»Schon wieder der vierte Advent. Und in zwei Tagen ist Heiligabend«, sinnierte Tanja am nächsten Tag, während sie wie hypnotisiert in das warme Licht der Flammen vom Adventskranz starrte. Sie saßen auf der beheizten Terrasse, ihrem Lieblingsort über alle Jahreszeiten hinweg.

Max musterte sie lächelnd. »Ja, die Zeit vergeht schon ganz schön schnell. Vor allem hier. Wir haben gerade aber auch genug zu tun!«

»Mmh. So ein Adventssonntag kann ganz schön kuschelig sein...« Sie lehnte sich an ihren Mann, ohne die Flammen aus den Augen zu lassen.

Es war Nachmittag, das Wetter hatte sich nicht verbessert, stattdessen hatte ein eisiger Nieselregen eingesetzt. Böen peitschten über das Land, das Meer unterhalb des Gartens war kaum zu sehen, und wenn, dann nur in Gischtformationen.

»Gut, dass wir uns diesen freien Nachmittag gönnen. Und so, wie ich unsere Pferde einschätze, sind sie glücklich, in ihren warmen, trockenen Boxen zu stehen und nicht draußen im Nasskalten. Da schickt man doch keinen Hund vor die Tür.«

Das schien das Stichwort für Mortimer zu sein, der ganz offensichtlich auch Kuscheleinheiten benötigte. Vorsichtig schob der Greyhound seine nasse Nase in Tanjas Hand, die auf ihrem Oberschenkel lag. Dafür musste er allerdings vorsichtig zwischen Sofa und Tisch robben, und dann, noch viel vorsichtiger, durch den engen Spalt nach oben drängen. Es gelang. Solange er nur seine Rute unter dem Tisch hielt. Tanja hielt die Luft an und warf einen alarmierten Blick zu Max hinüber. Der checkte die Gefahrenlage und nahm hastig den Adventskranz nach oben, um ihn dort in luftiger Höhe zu halten.

Mortimer schien zu grinsen. Zumindest trat ein gewisser Ausdruck in seine Augen, als er Anlauf nahm und sich durch den engen Spalt auf das Sofa wuchtete. Der Tisch erzitterte, die Rute fegte über den Tisch - und dann lag der Greyhound höchst zufrieden dort, wo er eigentlich schon die ganze Zeit über sein wollte. Und eigentlich nicht durfte.

Verblüfft musterte Tanja erst ihren Hund, dann ihren Mann. Und brach in Gelächter aus.

»Kuschelzeit! Wie ich schon sagte... Mortimer, das darfst du nicht! Und das weißt du auch! Ab mit dir!«

Sie versuchte, den Greyhound vom Sofa zu schieben. Keine Chance. Sie stöhnte, während Max in der Zwischenzeit aufgestanden war und immer noch den Adventskranz in den Händen hoch über dem Tisch jonglierte. Mittlerweile war ihr zweiter Hund, Charles, herangekommen. Doch er wusste, was sich gehörte, wartete brav am Eck des Tisches und ließ weder Mortimer noch Tanja aus dem Blick.

»Uff! Kann mir mal jemand erklären, wieso ein mittelgroßer Hund plötzlich das Gewicht eines ausgewachsenen Pferdes annehmen kann?«

Mortimer, dem allmählich die Kraft ausging, änderte seine Taktik. Vom schweren Gesteinsbrocken mutierte er zur hyperbeweglichen Schlange. Er entglitt Tanjas Händen stets von Neuem und grub sich schließlich hinter ihr an der rückwärtigen Lehne des Sofas ein. Tanja warf einen verzweifelten Blick zu Max, der schließlich den Adventskranz auf dem kleinen Beistelltisch abstellte und sich wieder setzte.

»Von mir brauchst du keine Hilfe erwarten«, kam es ungerührt von ihm, während er an seine Beine klopfte, um Charles zu sich zu holen.

Der kam der Aufforderung fröhlich nach, lief um den Tisch

herum und schmiegte sich in die Hände seines Herrchens.

»Echt jetzt?« Tanja sah zweifelnd nach hinten, wo Mortimer sich mehr und mehr ausdehnte.

Als er jedoch begann, sie langsam und beständig nach vorne zu drücken, gab Tanja ihm doch einen mahnenden Klaps auf den Allerwertesten.

»Und jetzt ist Schluss, du Räuber! Du willst doch nicht ernsthaft testen, ob du auf dem Sofa und ich auf dem Teppich sitze, oder?«

Ein Blick aus treu aufgeschlagenen Hundeaugen ließ sie seufzen. Die Wahrheit konnte so grausam sein.

»Runter! Jetzt!«

Schwupps - war Mortimer vom Sofa verschwunden. Stattdessen setzte er sich brav und anständig vor Max, um dessen andere Hand zu beschlagnahmen. Der begann zu lachen.

Tanja schüttelte ihren Kopf. »Da siehst du mal - kaum werde ich streng, bestraft mich schon der Hund!«

»Er wollte nur spielen! Oder besser gesagt - dich austesten. Hat ja ganz gut geklappt.«

»Hm.« Tanja warf einen zweifelnden Blick hinter sich auf das Sofa. Glücklicherweise waren dort deutlich weniger Hundehaare verteilt, als sie angenommen hatte. Sie würde sie nachher mit einer Fusselbürste wegnehmen, um den Ärger mit Marianna am nächsten Tag zu umgehen. Ächzend ließ sie sich hintenüber fallen.

Max scheuchte die Hunde wieder auf ihre Plätze zurück, um sich über Tanja zu beugen und sie sanft über die Wange zu streicheln. Sie schlug die Augen auf, blickte in die seinen und strahlte ihn aus ihrem tiefstem Inneren heraus an.

»Kuschelzeit?«, wisperte sie.

»Kuschelzeit«, raunte er und küsste sie mit zunehmender Leidenschaft.

MONTAG

Pünktlich um neun Uhr siebzehn schlug Diana am nächsten Morgen im Privatstall auf. Pünktlich im Sinne Dianas natürlich.

»Hey, guten Morgen, Tanja, na, ausgeschlafen?«

Die hob, erstaunt über die Frage, den Blick von ihrer Tasse. Ihr Arbeitstag hatte bereits um sieben Uhr mit der Bewegung der Schulpferde begonnen. Duftender Dampf stieg in die kühle Luft auf. Diana schnupperte und hielt mitten in der Bewegung inne.

»Gute Idee! Erstmal einen schönen Café Crema!« Flugs verschwand sie in der Sattelkammer, aus deren Tiefe nun fauchende Geräusche drangen. Beschwingt kehrte Diana kurz darauf mit einer Tasse des heißen Gebräus zurück, um sich neben der Freundin auf die Bank, seitlich durch eine halbhohe Mauer abgegrenzt zum Eingangsbereich, fallen zu lassen.

»Dir auch einen wunderschönen guten Morgen!«, antwortete Tanja, die sich eine widerspenstige Haarsträhne zurück unter die Mütze schob.Sie hatte das Treiben der Freundin grinsend verfolgt. Eigentlich wäre es schon eher ein Wunder gewesen, hätte Diana etwas anderes zuerst gemacht. ›So folgt halt jede ihren Routinen‹, sinnierte sie.

»Wie war dein Wochenende, erzähl!«

»Wunderschön! - Ist Paloma schon da?« Dianas Blick geisterte die Stallgasse entlang nach ganz hinten, gleichzeitig reckte und verdrehte sie den Hals.

›Au weia! Das gibt bestimmt einen steifen Hals. Oder einen blockierten Wirbel! Als ob sie dadurch nur den Hauch einer Chance hätte, die neue Stute zu sehen‹, dachte Tanja.

»Klar. Wollen wir gleich nach hinten gehen?« Sie ahnte, dass

Diana zuerst ihrer Koffeinsucht frönen würde.

Prompt wurde sie auch von der Freundin wieder nach unten gezogen, als sie sich halb erhoben hatte. Diana winkte ab.

»Lass mich mal erst richtig wach werden! Paloma wird wohl eher nicht davonlaufen. Nehme ich stark an.« Wieder schweifte ihr Blick durch den Stall. »Ist übrigens übel kalt da draußen!«, fügte sie mit einem Nicken zum Stalltor hinzu.

»Ja. Winter halt. Aber glücklicherweise nur ganz kurz! Und im Gegensatz zu Deutschland auch erheblich milder. Und - zu Weihnachten darf das mal sein.«

Diana lachte. »Ja, allerdings. Das wünschen wir uns doch auch! Ein paar Tage Schnee und Frost, alles hübsch weiß und weihnachtlich. Die Wahrheit sieht allerdings meist anders aus.«

»Jetzt erzähl schon von deinem Trip nach Rom. Was hast du gemacht?«

»Das war mega! Weihnachtsshopping in der Hauptstadt kann aber auch sehr anstrengend sein! All die Menschenmassen…« Sie verdrehte die Augen.

Tanja lachte. »Vollkommen unvorhersehbar!«, spöttelte sie.

»Musste einfach sein«, zuckte Diana ihre Achseln. »Die Stimmung war einfach toll! Inspirierend! Und dann die fantastische Ausstellung im Casa di Goethe Museum! Dort läuft gerade eine Retrospektive von Max Pfeiffer Watenphul, einem ehemaligen Bauhaus-Künstler. Er hat fantastische Fotos geschossen, und geniale Bilder gemalt. Außerdem kann man dort noch Werke von Otto Dix und Oskar Schlemmer, dem Gründer des Bauhauses, sehen. Solltest du dir auch noch gönnen!«

Die Angesprochene neigte zweifelnd den Kopf. »Mh. Mal sehen. Wie lange läuft die Ausstellung denn noch?«

»Bis zum zehnten März. Zeit wäre also noch. Ich könnte dich ja begleiten…« Diana hielt den Kopf schief, hoffend, ihrer Freundin einen kulturellen Kick versetzen zu können. Doch sie spürte schon, dass das mal wieder eher nichts werden würde.

»Das sehen wir dann«, hielt sich Tanja denn auch vage zurück. »Mit wem warst du denn in Rom?«

»Mit Giovanni. Erst haben wir Freitag Abend die Bars unsicher gemacht, dann am nächsten Tag bis tief in den Mittag hinein geschlafen, und dann ging die große Jagd nach Geschenken los. Abends sind wir in einem mega Club gelandet, und - tatsächlich - auch irgendwann wieder im Hotel. Tja, und am nächsten Nachmittag eben die Kunstausstellung. Die mich übrigens tief beeindruckt hat.« Sie warf einen lauernden Blick auf Tanja.

Die zuckte nochmals die Schultern. »Ja. Nun. Hast du denn alle Geschenke bekommen? Und was hast du für mich gefunden?« Ein breites Strahlen erschien auf ihrem Gesicht.

Diana schüttelte grinsend den Kopf. »So funktioniert das nicht, meine Liebe! Heiligabend ist erst morgen. Abend! Keine Angst, ich bringe das Paket rechtzeitig zu Marianna. Dann kannst du auch nicht daran herumtasten und fühlen, was darin verborgen sein könnte. Nicht, dass du so etwas machen würdest...« Sie kicherte.

Tanjas Augenbrauen schossen hoch. Mit dem Ausdruck vollkommenster Unschuld blickte sie ihre Freundin an. »Sowas traust du mir also zu? Das lässt ja tief blicken!«

Ein Zwinkern traf sie. »Alles schon erlebt... Denk doch nur an deinen Geburtstag vor zwei Jahren. Da saßen wir auf der Terrasse, und irgendwie hattest du ein Päckchen von Max - in dessen Abwesenheit! - in die Hände bekommen. Du hast getastet, gerochen, geschüttelt - und ich habe mich geschämt. Und wie! Ausgewachsener Fremdscham! Schließlich hat dir Marianna, die zufällig gerade hereinkam, das Päckchen weggenommen. Kein Wunder, dass sie gefaucht hat wie ein Drache!«

Tanja wurde über und über rot. »Ach das...«, versuchte sie wenig erfolgreich abzuwiegeln. »Ich hatte doch nur Angst, dass da etwas Verderbliches drin sein könnte! Nicht, dass ich da was übersehen würde!«

»Nein, nein, schon klar. Nicht, dass du da was übersehen würdest...« Diana verschluckte sich fast vor Lachen und stellte schnell die Tasse, die mittlerweile glücklicherweise fast leer war, zur Seite. »Oder, als du beim letzten Bewusstseinskurs in der Schulsattelkammer zufällig über die bereitgelegten Abschiedsgeschenke gestolpert bist...«

»Also, dass die Teilnehmerinnen die Geschenke so mittig drapieren statt sie zu verbergen, da kann ich ja nun am allerwenigsten für!«, fiel Tanja hastig ein.

»Mhmh. Niemals nimmer nicht!« Ein ausgesprochen zweifelnder Gesichtsausdruck war auf Dianas Gesicht erschienen.

Bevor sie weiterreden konnte, sprang Tanja auf und zog Diana auf die Beine. »Los, komm, die Kaffeezeit ist vorbei! Du musst dir unbedingt Paloma ansehen!«

Diana folgte vor sich hingiggelnd der Freundin. Doch vor der Box der neuen Stute, die erfreut über den Besuch den Kopf über die Tür geschoben hatte, blieb sie still und aufmerksam stehen.

»Ooh... was für eine edle Schönheit! Du bist ja noch viel schöner als auf den Fotos!« Überrascht drehte sich Diana zu Tanja um. »Wahnsinn! Ganz ehrlich - ich kann dich verstehen! Auch wenn ich nicht den Geldbeutel dafür hätte. Wow! Wowowow!«

Tanja blieb im Hintergrund und errötete leicht vor Freude. Es war ihr wichtig, dass auch die Freundin von der Dunkelfuchsstute überzeugt war.

»Und? Hast du schon was mit ihr gemacht?«

»Nein. Sie dreht mit den anderen ihre Runden in der Führanlage und kommt bei passendem Wetter - also heute zum ersten Mal - mit aufs große Paddock. Ich möchte ihr die Zeit lassen, die sie braucht.«

Diana nickte verstehend. »Klingt gut. Aber ansonsten ist sie doch sehr menschenbezogen und zugewandt?«

»Auf jeden Fall. Doch ich merke, dass da - sagen wir einfach, sie ist höflich. Gut erzogen. Aber für eine tiefgründige Beziehung fehlt noch die Basis. Verstehst du, was ich meine?« Tanja suchte nach Worten für ihre Empfindungen.

Diana verstand sie glücklicherweise auch so und nickte. »Willst du mit ihr eine Art Join-up machen?«

»Nein. Dafür ist sie bereits viel zu sehr mit Menschen vertraut. Aber das, was wir damals in unserem ersten Bewusstseinskurs gemacht haben, das Freilaufen und später dann das Tanzen, das würde ich sehr gerne mit ihr durchspielen.«

»Heute?«

Tanja schüttelte heftig den Kopf. »Definitiv nicht! Erstens haben wir heute noch wahrhaft genug zu tun.« Sie warf hektisch einen Blick auf die Uhr. In fünf Minuten war Pferdewechsel in der Führanlage und damit in der Halle angesagt.

»Und zweitens?«, wollte Diana wissen.

Die Angesprochene zögerte leicht. Mit leiser Stimme sagte sie: »Ich möchte auf ein Zeichen warten. Ein Zeichen von ihr, dass sie mit mir kommunizieren möchte, verstehst du?« Tanja schlug ihre bislang gesenkten Augenlider halb auf und beobachtete die Freundin von unten her.

Die nickte verstehend, während sie Paloma sachte streichelte. »Ja. Ja, ich ahne, was du meinst.« Ein letztes Streicheln der edlen Konturen der Stute, dann wandte sie sich dynamisch zu ihrer Freundin um.

»Und ich sehe - anhand der Stalluhr - ein klares Zeichen dafür, dass wir beiden Hübschen uns jetzt an die Arbeit machen müssen. Auf geht's! Bis später, Paloma!« Schon zog sie Tanja stürmisch in Richtung Stalltür, nur um kurz darauf noch bei Beauty zu stoppen, die fordernd ihren Kopf in die Stallgasse streckte. Die Stute musste unbedingt klarmachen, bei wem hier die Prioritäten lagen. Lachend bekam sie ihre Streicheleinheiten von beiden Seiten, dann liefen die Frauen hinaus in die Kälte.

»Wo treibt sich Max denn herum?«, wollte Diana auf dem Weg zur kleinen Reithalle wissen.

Mit der Freundin an der Seite lief die Umbelegung von Führanlage und Halle stets anders ab als mit Max. Alles immer gemeinsam, dafür musste eine der beiden kurz alle vier Pferde halten, während die andere am Tauschen war.

»Der hat heute seinen letzten Tag vor den Weihnachtsferien im Büro. Es werden die letzten Buchungen für Kunden ausgeführt, die allerletzten Gespräche und guten Wünsche mit wichtigen Klienten ausgetauscht, und wenn das alles vorbei ist, feiert er mit seinen Angestellten ein wenig Weihnachten.«

»Es könnte also spät werden«, schloss Diana aus diesen Worten, während sie durch das Hallentor schlüpfte, zwei Stricke in der Hand.

»Bestimmt. Macht aber nichts, du vertrittst ihn ja heute würdig! Zumindest hier im Stall!«, lachte Tanja. Auch sie hatte zwei Stricke in der Hand, die sie bereits in die Halfter der Pferde, die sich um sie versammelt hatten, einklickte. »Was machst du übrigens heute Abend?«

»Hm. Bin schon mit Gasparo verabredet. Nachholbedarf…« Sie meinte den Halbbruder von Giovanni, mit dem sie ebenfalls eine Beziehung hatte. Unbeschreiblich, unglaublich - aber trotz allem eine harmonische Dreierbeziehung, deren Geheimnis Diana niemals nimmer nicht und unter gar keinen Umständen lüften würde.

»Pffh… Dem kann ich nichts entgegensetzen. Vermutlich könnten dich nicht mal Mariannas leckerste Plätzchen davon abbringen.« Sie warf einen verstohlenen Blick zu ihrer

Freundin hinüber, die mit den beiden Pferden am Hallentor angelangt war, es öffnete, den Hufauskratzer in die Hand nahm und alle acht Hufe damit bearbeitete.

Erwartungsgemäß lachte diese. »Nein. Und auch nicht mit dem besten Essen, meine Liebe! Heute Abend lassen wir es krachen! Aber so richtig!«

Tanja verzichtete lieber darauf nachzufragen und ließ den Satz so stehen. »Na gut. Ich habe ja noch einen schönen Schmöker zuhause liegen. Und so spät wird es bei Max wohl auch nicht werden. Hoffe ich... Vielleicht genieße ich ein Schaumbad?« Sinnend strich sie sich über die Lippen.

»Ganz heiß! Oh ja! Mit dieser Aussicht kann ich die Kälte hier viel besser ertragen!«

Mit diesen Worten übernahm sie den Hufkratzer, während Diana sich bereits mit dem Besen bewaffnete, um abschließend zu kehren.

»Gute Idee! Vielleicht sollte ich das mit Gasparo heute Abend auch noch machen!«, tönte es zu ihr herüber.

Tanja schüttelte mit hochgezogenen Augenbrauen den Kopf. Obwohl - was wusste sie schon von dieser skurrilen Beziehung...

Heiligabend - Dienstag

Am späten Nachmittag hatte Tanja schließlich alle Pferde in ihren Boxen untergebracht. Wie die letzten Tage waren sie auch heute zunächst in der Führanlage gelaufen, um anschließend in der Reithalle in ihrer Vierergruppe unter Aufsicht einige Runden im Trab und Galopp zu drehen und sich dann bewegen zu können, wie sie es wollten. Da das Wetter mitspielte, durften sie für den Rest des Tages noch aufs Paddock.

Im Winter trennte Tanja dort Stuten und Wallache, das hatte sich aus langjähriger Erfahrung ergeben. Während die Stuten sich prinzipiell etwas ruhiger verhielten, dafür aber gerne herumzickten, gaben die Wallache sich dem Spielen hin. Dort konnte es auch etwas ruppiger zugehen. Waren dagegen Stuten mit auf dem Paddock, mutierten die Wallache häufig zu Gockeln. Zu laut kreischenden und das Gefieder aufplusternden Megagockeln sozusagen. In der Gewichtsklasse um die sechshundert Kilo. Und damit stieg die Unfallgefahr immens an. Also kamen die Mädels nach links, und die Jungs nach rechts. Ganz im Sinne der italienischen kirchlichen Gemeinde, schoss es Tanja durch den Kopf, als sie müde und zufrieden die Stallgasse nach hinten lief, um vor Abendessen und Bescherung einen letzten Blick in die Boxen ihrer Lieblinge zu werfen.

Sie war fast hinten angelangt, da hörte sie es.

Ein ganz leises Brummeln.

Überrascht drehte Tanja sich um und blickte Paloma, die ihren Kopf über die Tür geschoben hatte und sie nicht aus dem Blick ließ, in die dunkel glänzenden Augen.

»Ooh«, machte Tanja, so perplex war sie. »Was war das denn?«

Die Stute nickte leicht mit dem Kopf.

›Das Zeichen!‹, schoss es ihr in den Sinn. Tanja überquerte zügig die Stallgasse. Strahlend fuhr sie der Stute über den Schädel, zart strich sie ihr den Schopf zur Seite.

Paloma drängte sich an sie heran, schnoberte an ihr herauf und herunter. Selig lächelnd nahm Tanja das Halfter, in das die Stute von selbst schlüpfte, und ging mit ihr, Zeit und alle anderen Kleinigkeiten - wie Heiligabend, Bescherung und Abendessen - vergessend, die Stallgasse hinunter, um in die kleine Reithalle zu gelangen.

Beide blinzelten, als dort auf Knopfdruck die hellen LED-Lampen aufflammten. Tanja führte die Stute durch das weit geöffnete Tor, das sie sorgsam und möglichst leise hinter ihnen beiden schloss. Dann wandte sie sich andächtig ihrer neuen Stute zu. Ein seltsam heiliges Gefühl durchflutete sie. Sie spürte dem hinterher, nahm sich Zeit, gelangte in den Zustand des einfachen Gewahrseins. Keine Gedanken mehr. Nur Stille. Und tief erfüllende Freude. Liebe. Mit Tränen in den Augen nahm sie Paloma das Halfter ab.

Die tiefgründigen Augen der Stute musterten sie lange. Endlich durchbrach ein tiefer Seufzer die Stille. Paloma schüttelte sich. Nun wirkte sie eher vergnügt und stupste Tanja nachdrücklich an. Die setzte sich in Bewegung, lachte. Tatsächlich, die Stute folgte ihr! Nach einfachem Geradeaus begann Tanja, enge Schlangenlinien und Kehrtwendungen einzubauen. Paloma blieb dicht an ihrer rechten Schulter. Übermütig trabte Tanja an - die Stute stutzte, senkte den Kopf zwischen die Beine, machte ein, zwei Bocksprünge und trabte dann wieder an ihre alte Position. Schließlich entwickelte sich daraus eine Art Fangspiel. Mal war es Tanja, die Paloma zu greifen versuchte, dann wieder trieb die Stute Tanja vor sich her. Und schließlich kam es, wie es kommen musste: völlig verausgabt ließ sich Tanja an Ort und Stelle in den staubigen Hallenboden fallen. Ihr Herz hämmerte in der Brust, und in Sachen Gesichtsfärbung hätte sie mit Sicherheit den Preis für das intensivste Rot bekommen. Ihr Haare fielen verschwitzt aus dem Pferdeschwanz, die Mütze hatte sie schon lange in die Jackentasche gestopft. Sie strahlte. Schöner als jeder Weihnachtsbaum.

Und in diesem Moment sackte auch Paloma in die Knie. Sie legte sich einfach neben ihren neuen Menschen und verweilte dort am Boden. Voll Vertrauen, voll geerdet.

Tanja schossen erneut die Tränen in die Augen. Wie war sie doch gesegnet! Vergessen waren all die Momente der Krisen und Leiden, wenn sie Sorgen und Nöte wegen ihrer geliebten Vierbeiner plagten. Liebe durchflutete sie in dreidimensionalen Wellen, farbig durchsetzt, Funken sprühend, mal wirbelnd, mal sachte flutend. Ein Zustand, für den viele andere jahrelang meditieren mussten, um ihn zu erreichen. Nichts, aber auch gar nichts konnte mit einem derartigen Geschenk aufgewogen werden! Sie seufzte tief und vergrub ihre Hände in der kurze Mähne der Stute.

Eine Weile saßen und lagen sie dort, bis die bissige Dezemberkälte Tanja wieder in die Realität zurückholte. Die Stute spürte die beginnende Unruhe in Tanja und sprang vorsichtig auf ihre Beine. Sie schnoberte in deren Haaren, während diese mühsam die einsetzende Steifheit ihrer Gliedmaßen überwand und in die Vertikale gelangte.

Dankbar umarmte Tanja Paloma, dann gingen sie einträchtig zum Halleneingang, wo Halfter und Strick warteten.

Und eine Überraschung.

Max.

Auch er strahlte über das ganze Gesicht, aus seinem Innersten heraus, und Tanja erkannte berührt, dass da verräterische Spuren über seine Wangen liefen.

Liebevoll nahm er seine Frau in die Arme. Genau genommen nur in den einen, denn der andere umfasste den Hals der Stute. Die blieb in ihrem gelassenen Zustand und fand sich damit ab, dass es nun zwei Herzensmenschen in ihrem neuen Leben gab.

»Es war so schön!« Seine Stimme klang rau, seine Bartstoppeln kitzelten Tanja.

Doch die war so erfüllt von Euphorie und Liebe, dass sie diese Kleinigkeit gut ignorieren konnte.

»Eigentlich wollte ich Fotos und Videos machen, aber es hat mich derart berührt, dass das nicht in Frage kam. Hatte sich verflüchtigt. Einfach so...« Wieder strich er zart über Frau und Pferd.

»Kann es denn ein schöneres Weihnachtsgeschenk geben?«, wisperte Tanja, sich an den dicken Mantel ihres Mannes kuschelnd. Wärme drang daraus hervor, sein wunderbarer, geliebter herber Duft. Ein Versprechen.

Sachte schüttelte Max seinen Kopf. »Sicher nicht! Nein, ganz bestimmt nicht! Wir sind wunderbar beschenkt! Mehr kann es gar nicht geben! Da muss man doch demütig werden...« Seine Stimme verlor sich.

Tanja nickte wortlos. Mehr gab es nicht zu sagen.

Schließlich zogen die drei los, löschten das Licht und brachten Paloma in ihre Box zurück. Max holte den vorbereiteten Eimer, und jedes der Pferde in der privaten Stallung erhielt seinen Weihnachts-Spezial-Apfel, liebevoll gefüllt mit Leckerli, samt einer dicken Karotte. Dieselbe Prozedur wiederholten sie bei den Schulpferden, dann dimmten sie die Lichter auf Notbeleuchtung.

»Zeit für die - andere Bescherung?«, fragte Max augenzwinkernd.

»Nachdem dir die erste so überragend geglückt ist?«, stellte Tanja lächelnd die Gegenfrage.

»Besser konnte ich nicht Regie führen«, gab Max zurück.

»Nein. Besser konntest du in der Tat nicht Regie führen«, bestätigte Tanja nachdenklich.

Erst nach einer ganzen Weile - sie waren dem Herrenhaus

schon ganz nahe, selbst die Hunde waren nach all dem freien Herumstromern wieder an ihrer Seite - sagte sie leise: »Danke! Danke, dass du dich auf all das eingelassen hast! Eine Reitanlage, trotzdem du nie etwas mit Pferden zu tun hattest. Jetzt Paloma. Und du hilfst mir, wo du kannst! Theoretisch. Und praktisch! Was bist du nur für ein wundervoller Mann! Danke!«

Er hatte angehalten und drehte Tanja zu sich um. »Da gibt es nichts zu danken! Schließlich habe auch ich eine ganze Menge davon! Ich habe hier meine Basis, komme bei all der Hektik, die meine Selbständigkeit und die Firma so mit sich bringen, hier zur Ruhe. Und ich habe dich! Dich, und die Hunde«, bei dieser Gelegenheit sprang einer der beiden Greyhounds - natürlich Mortimer - ungeniert an ihm hoch, während Charles selig seine feuchte Nase in Max' Hand steckte, »… und die Pferde. Das erfüllt mich mindestens ebenso sehr, wie es dich erfüllt!«

Dankbar schloss Tanja ihre Augen und ließ sich wieder an Max' Brust sinken. Doch nicht lange. Denn Mortimer hatte beschlossen, dass es nun endlich Zeit für die Bescherung war. Genau genommen für sein Abendessen. Und so sprang er immer wieder kläffend an dem Paar hoch, bis die beiden sich endlich in Bewegung setzten, dem warmen Licht des Herrenhauses entgegen, das in weihnachtlichem Glanz erstrahlte.

FREITAG

»Puh! Was bin ich froh, dass Stanis am Sonntag wieder-
kommt! Wie lange sind denn die Jungs noch in Deutschland
bei ihren Familien?« Diana ließ sich erschöpft auf die Bank
im Eingangsbereich des Privatstalls sinken und strich sich
eine verirrte braune Locke aus der Stirn.

Tanja lachte laut auf. »Sonntag in einer Woche! Du hörst
dich an, als hättest du die letzten Tage hier durchgear-
beitet!«

»Na hör mal, das habe ich ja auch! Fast!«

»Mh. Joah... So ähnlich, nicht wahr?« Ein schelmisches
Zwinkern traf die Freundin.

»Naja, Weihnachten ist nunmal Weihnachten, oder?« Diana
schien sich mittlerweile wieder daran zu erinnern, dass sie
die letzten drei Tage fernab der Reitanlage verbracht hatte.

Und jetzt war gerade mal früher Vormittag - sie war eben
hier aufgeschlagen und hatte sich als erstes einen Kaffee
gebraut, bevor sie sich auf die Suche nach ihrer Freundin
machen wollte. Allzu weit musste sie dafür allerdings nicht
gehen, denn während sie mit dem dampfenden Becher in
der Hand aus der Sattelkammer trat, öffnete sich die schwere Stalltüre und Tanja erschien mit Beauty darin.

Die hatte sich heute etwas mehr Zeit für ihr Herzenspferd
genommen, hatte sie doch deren leise Eifersucht auf Paloma
gespürt. Ihr temperamentvolles Pferd teilte einfach nicht
gerne. Deswegen war Tanja mit ihr nach der Schrittrunde in
der Führanlage in die große Halle gegangen und hatte mit
ihr etwas Bodenarbeit gemacht, während sich die andern
drei Pferde in der kleinen Halle alleine bewegen mussten,
denn Max hatte sich für den heutigen Tag ins Büro verabschiedet. Leichte Zirzensikübungen wie Spanischen Schritt,

den Beauty liebte. Manch einer belächelte diesen als reine Zirkuslektion. Tatsächlich aber macht er die Schulter frei und aktiviert wichtige Muskelgruppen. Zudem fördert er sowohl die Koordination des Pferdes, sowie dessen Konzentration. Mittlerweile hatte die Stute - im wahrsten Wortsinne - den Bogen heraus, wie das Vorderbein nach vorne oben gehoben und kurz dort gehalten wurde, bis es in Fortführung dieser Linie wieder auf den Boden traf. Eine imposante Geste, vor allem, wenn Beauty dabei den Hals wölbte und gleich mehrere Schritte dieser Bewegung abwechselnd mit beiden Vorderbeinen in Folge machte, während die Hinterhand im normalen Schritt folgte.

Dementsprechend zufrieden und müde waren die beiden, als sie den Stall betraten. Rasch brachte Tanja ihre Stute in die Box, lobte sie ausreichend und brachte ihr eine kleine Kelle Kräutermüsli ohne Getreide, da die Übung nur den Kopf, nicht aber den Körper gefordert hatte. Und zuviel Energie konnte diese Stute wahrhaft nicht gebrauchen.

Mittlerweile saß sie neben der lamentierenden Diana und fragte sich, was diese wohl an ihrer Stelle machen würde. Tanja war still. Auffallend still.

»Na, was ist denn nun mit dir? So kenne ich dich ja gar nicht!« Diana beugte sich vor und musterte ihre Freundin mit gefurchter Stirn.

»Ich bin am Nachdenken. Über das, was du gerade gesagt hast«, antwortete Tanja nach einer kleinen Weile.

»Ja, manchmal bin ich ein Genie, ich weiß!« Diana prustete los. »Im Großen und Ganzen! Erhell mich aber mal bitte, weswegen jetzt genau!«

Tanja konnte sich ein Grinsen nicht verkneifen und schüttelte den Kopf. »Na, dass das alles alleine doch eine ganz schöne Herausforderung ist! Gut, die Aushilfen machen die Stallungen, füttern und halten Führanlage und Paddocks sauber.«

»Abgesehen davon, dass wir bei jedem Tausch in der Führanlage selbst die Pferdeäpfel einsammeln«, warf Diana mit erhobenem Zeigefinger ein.

Ein kühler Blick traf sie. »Nun. Auf jeden Fall fegen sie alles noch ordentlich, was wir nicht machen.«

»Aus purem Zeitmangel«, schob Diana unaufgefordert hinterher, während sie angelegentlich ihre Fingernägel musterte.

Ein Seufzen entrang sich Tanjas Lippen. »Ja. Aus Zeitmangel. Aber alle zweiundzwanzig Pferde jeden Tag bewegen, Führanlage, Reithalle, Paddocks - das ist doch ganz schön viel für zwei Personen. Und das über achtzehn Tage.«

»Nicht zu vergessen das Hufeauskratzen vor dem Verlassen der Box und der Reithalle! Da kommt ja auch immer noch einiges an Zeit hinzu!« Diana nickte weise.

»Ja. Wie gesagt, ganz schön viel. Wenn du mir nicht helfen würdest... Ich fürchte, ich muss da was ändern...«

»Vielleicht solltest du mal mit Stanis und den beiden Jungs darüber reden?«, schlug die Freundin vor.

»Puh! Ganz ehrlich - ich traue mich das gar nicht! Ich meine - Weihnachten, und auch Neujahr. Das ist schon was Besonderes! Und da wir hier fernab von der Heimat leben... Die Jungs in Deutschland, Stanis in Polen... Ich weiß gar nicht, wie ich das formulieren soll.« Hilfesuchend blickte Tanja in das Gesicht von Diana.

»Lass es einfach auf dich zukommen!« Etwas ratlos schob die Künstlerin jene Locke zurück, die sich schon vorhin in ihr Gesicht geschummelt hatte. Plötzlich durchzuckte sie ein Blitz der Erkenntnis. Jedenfalls strahlte sie förmlich auf.

»Ich hab's!« Stolz schwellte sie ihre Brust und reckte sich in die Höhe.

»Jaaa?« Tanjas Stimme klang zweifelnd, aber hoffnungsfroh.

»Du gibst einfach mehr Geld aus! Feiertagszuschlag hin oder her - was ich meine, ist noch mehr! Erheblich mehr!

Geld ist immer ein schlagendes Argument! Oder - falls dir das lieber ist - ein paar Tage Sonderurlaub im Rest des Jahres. Im Januar. Oder im frühen Februar, wenn hier ohnehin noch keine Kurse laufen. Was hältst du davon?«

»Hm. Hmhmhm.« Tanjas Finger trommelten auf der Holzlehne der Bank. Sie wirkte nachdenklich.

»Du hast recht. Ich werde es auf mich zukommen lassen. Und mal sehen - deine Idee, vor allem mit dem zusätzlichen Urlaub, könnte ausgesprochen hilfreich sein. Vielleicht kann man es ja auch so lösen, dass einer der Azubis über Weihnachten weg ist und dafür Neujahr hier verbringt, im Austausch mit dem anderen. Ja. Ja, vielleicht ist das die Lösung!« Sie strahlte auf. »Ich spreche mit Stanis, sobald er wieder hier ist. Yeah!«

Vor Freude schlug sie Diana auf die Schulter, die sich prompt an ihrem Kaffee verschluckte und den kläglichen Rest in ihrer Tasse auf der Stallgasse verschüttete. Nun musste Tanja auch noch den Rücken der Freundin bearbeiten, denn die hustete und hustete. Na gut, etwas theatralisch, aber so war Diana eben. Manchmal.

»Besser?«, wollte Tanja besorgt wissen, als sich das Gesicht der Künstlerin ins Rötliche verfärbte.

Ein schelmischer Blick traf sie. Dem prompt hemmungsloses Kichern folgte. »Und ob! Du darfst jetzt aufhören, deine überschüssige Energie auf meinem Rücken zu entladen! Ein Wunder, dass du überhaupt noch soviel Kraft hast…«

Tanja stellte mit einem betretenen Augenausdruck ihre Hilfeversuche ein. »Und?«

»Alles klar«, krächzte Diana. »Da fällt mir ein…« Ihr Blick folgte der Spur des verschütteten Kaffees und fiel dann auf die große Stalluhr am Eingang. »Haben wir noch Zeit für einen Kaffee? Ich meine, der hier ist ja leider verlustig gegangen. Und zwar ganz bestimmt nicht meinetwegen!«

Die Stallinhaberin seufzte. »Na gut, in Ordnung. Aber nur

ganz kurz! Und ich erzähle dir, was ich an Heiligabend Aufregendes geschenkt bekommen habe.«

»Schmuck? Ein neues Smartphone? Oder - lass mich raten - einen Zuchthengst?« Schon war Diana wieder am Giggeln.

Verständnislos blickte Tanja die Freundin an und schüttelte den Kopf. »Du denkst immer nur in Banalitäten! Und das als Künstlerin! Da würde ich doch erheblich mehr an Kreativität erwarten!«

Nun wurde Diana still und betrachtete ihr Gegenüber aufmerksam. Doch im Moment kam nichts. Jedenfalls nicht freiwillig.

»Na, was denn nun? Ich bin schon richtig gespannt! Erzähl!«

»Erst den Kaffee, solange lasse ich dich auf jeden Fall schmoren! Vielleicht tut sich ja doch noch was in deinen Gehirnwindungen!«

»Oh, das ist so unfair! Komm, erzähl! Bitte! Erhelle mich!«

Wie ein junger Hund lief Diana hinter ihr her, mal rechts, mal links von ihr auftauchend, bittend und bettelnd.

Tanja hatte sie genau dort, wo sie sie haben wollte. In gespannter Aufmerksamkeit.

Doch äußerlich ungerührt ließ sie erst den doppelten Espresso, für den sie sich entschieden hatte, durchlaufen. In dem Zischen und Brodeln war eine Unterhaltung ohnehin nicht möglich. Diana schmollte, machte sich aber ihren gewünschten Café Crema. Mit den Tassen in der Hand gingen die beiden hinaus aus der Sattelkammer, zielstrebig zur Bank am Eingang, wo sie auf den weichen Kissen Platz nahmen. Und nun erzählte Tanja ihrer Freundin von der faszinierenden Begebenheit mit Paloma. Die lauschte mit großen Augen, und als Tanja das Niederlegen von sich und ihrer Stute beschrieb, kullerten diese fast heraus.

»Das ist aber ein riesiger Vertrauensbeweis! Und das nach so wenigen Tagen!«, brachte sie schließlich tief beeindruckt mit kratziger Stimme hervor. »Oh Mann! Ich kann verstehen, dass das mit nichts vergleichbar oder aufzuwiegen ist! Und ausgerechnet an Heiligabend! Schöner könnte es kein Schriftsteller in einem Roman schreiben!«

»Ja, nicht wahr? Und als zusätzliches Sahnehäubchen obendrauf: Max hat fast von Anfang an alles mitangesehen! Er war so tief berührt! Wie Wunder-voll!« Strahlend wandte sich Tanja zu Diana hin.

Die nickte, vollkommen verloren in ihren Gedankengängen. Erst nach einer Weile meinte sie nachdenklich: »Weißt du, damit ist er mehr denn je hier eingebunden! Das ist schon…«

Ihr gingen die Worte aus. Sie spielte auf den Umstand an, dass Max noch eine zweite Ehefrau hatte: seine Arbeit. Dementsprechend war er häufig - ziemlich häufig und oft ziemlich lange, um genau zu sein - gar nicht anwesend. Oder, falls physisch anwesend, in seinem Büro im Herrenhaus vor dem Computer festgeschweißt.

Tanja wusste, was sie meinte, und nickte. »Du hast recht. Von dieser Seite her habe ich es noch gar nicht betrachtet. Ach, was habe ich doch für eine kluge Freundin!« Sie lachte auf.

Dann fiel ihr Blick auf die Uhr und sie hielt kurz inne. »Oh-oh! Diana, wir müssen uns ranhalten! Ich fürchte, heute fällt das Mittagessen aus…«

Schon sprangen die Frauen auf, verstauten hastig ihre schnell gewaschenen Becher in der Sattelkammer und machten sich auf den Weg, die Pferde zu tauschen.

Sylvester - Dienstag

Der große Stress für Tanja, der sich vor allem im alleinigen Tragen der Verantwortung äußerte, hatte mit dem Erscheinen des polnischen Reitlehrers Stanis am späten Sonntagnachmittag ein Ende genommen. Nicht, dass sich dadurch die Arbeit verringert hätte - aber sie musste nicht mehr alles alleine durchdenken. Das ließ sie wieder tiefer durchatmen. Die selbstverständliche, zupackende Art des homosexuellen Mannes, gepaart mit seinen sensitiven Einsichten, nahmen ihr viel Last von den Schultern.

Doch bevor sie in Ruhe mit Stanis wegen ihrer Sorgen und Nöte über die Weihnachts- und damit Urlaubszeit reden konnte, erschien Dienstag Nachmittag unversehens Peter, einer der beiden Lehrlinge, auf der Reitanlage. Ausgerechnet an Sylvester.

Er wollte nicht sprechen. Doch er sah ziemlich unglücklich aus. Schließlich konnte Tanja ihn überreden, wenigstens zum Anstoßen zur Feier des Neuen Jahres aus seinem Zimmer im Künstlerdorf zu kommen, in das er sich ohne weitere Worte verkrochen hatte.

Um einen vertrauten Rahmen zu schaffen, hatten Tanja und Max kurzentschlossen die kleine Feier in den Speisesaal des Künstlerdorfes verlegt. Zu intim wäre für Peter ganz bestimmt nicht das Richtige gewesen. Eher ein willkommener Grund zur Absage. So hatte er die Möglichkeit, sich jederzeit zurückzuziehen. Immerhin befand er sich hier auf gewohntem Terrain, zuhause. Für ihn ganz offensichtlich die beste Lösung, denn allmählich, ganz allmählich hatte sich der schmerzhafte Panzer um ihn gelöst, bis er schließlich ebenso wie Tanja, Max, Stanis, Marianna und Elvira, die Köchin des Künstlerdorfes, herzhaft am Büffet zugelangt hatte. Die beiden Italienerinnen hatten sich extra für Peter, den sie tief in die mütterlichen Herzen geschlossen hatten, von ihren eigenen Familienfeiern frei gemacht. Wie Glucken umgaben sie den Lehrling, lasen ihm jeden Wunsch von den Augen ab. Und wenn sie keinen fanden, fiel ihnen etwas anderes ein. Hauptsache, verwöhnen!

Die darauffolgende Spielsession mit ›Love Letter‹, einem Kartenspiel für bis zu acht Personen, verlief gewohnt rasant und kurzweilig, denn außer viel Glück bedarf es hier auch taktischen Geschicks. Jetzt lachte Peter mit den anderen, begann, zu zocken, lebte sich aus. Er war schon wieder ganz der Alte. Bis auf die Merkwürdigkeit, dass er seine Ferien ausgerechnet an diesem Feiertag hier verbrachte. Und nicht bei seinen Eltern in Deutschland.

Rechtzeitig fünf Minuten vor Mitternacht schlug Marianna mit Elan auf den Gong, der neben dem Buffet stand, und alle erhoben sich brav, um mit Gläsern - wahlweise gefüllt mit Sekt oder einer alkoholfreien Variante, die sich hier einer unerhörten Beliebtheit erfreute - hinaus in die Kälte zu gehen. Auf der weiten Ebene konnten sie hinüber zu den Stallungen blicken, deren Lichter heute alle angeschaltet waren. Stanis hatte gegen neun Uhr abends überall Radio angestellt und mehrfach die geschlossenen Boxentüren zu den davorliegenden Paddocks gecheckt, bevor er ins Künstlerdorf gegangen war. Die Pferde sollten nicht erschreckt werden vom Treiben der Menschen am Jahreswechsel. Glücklicherweise lag die Anlage weit genug entfernt vom Dorf und von anderen menschlichen Ansiedlungen, sodass der Lärm doch deutlich abgemildert wurde und fast kaum wahrnehmbar war. So konnten sich nun alle an den bunten Sternenregen erfreuen, die überall den Nachthimmel erleuchteten. Die Kirchenglocken der umliegenden Dörfer begannen zu läuten, Max und Tanja nahmen sich in den Arm und küssten sich innig.

Schließlich zog der Tross wieder ins Warme, wo Marianna ihren Spezialpunsch ohne Alkohol großzügig verteilte. Als sich Peter den Punsch holte, stand Tanja direkt neben ihm. Unauffällig dirigierte sie den Azubi etwas abseits.

»Schön, dass du wieder da bist!«, seufzte sie.

Peter lachte bitter auf. »Das hätte ich gerne von meinen Eltern gehört!« Das Gläschen Sekt zum Anstoßen auf das Neue Jahr hatte ihm offensichtlich etwas die Zunge gelockert.

Tanja prallte zurück, war wie vor den Kopf geschlagen. Sie wusste gar nicht, was sie darauf sagen sollte. Glücklicherweise sprach Peter von alleine weiter. Er musste das, was ihm so auf der Seele brannte, endlich loswerden. Und hier war er in Sicherheit. Daheim. Wirklich daheim.

»Als ich ankam, hatten die beiden schon wieder einen heftigen Streit. Ich konnte mir von meinem Vater pausenlos anhören, dass ich ohnehin den falschen Beruf erlerne. Er hätte sich etwas Vernünftiges erwartet! Handwerk oder so. Klempner, Elektriker, keine Ahnung. Aber nein, der Herr Sohn…« Mit einem schmerzhaften Ausdruck im Gesicht winkte Peter ab und fuhr sich durch die Haare.

»Und auch wenn meine Eltern sich nur zoffen - in einem sind sie sich jedenfalls einig: ihr Sohn ist eine einzige Enttäuschung! - Weihnachten war gnadenlos, ich kann das gar nicht beschreiben. Mutter ist gleich nach der Bescherung abgerauscht, zu ihrer Freundin. Oder so. Will ich gar nicht wissen! Und Vater hat sich die Kante gegeben. Gesoffen bis zum Beinahe-fast-Koma. So ging das die ganzen Tage. Glücklicherweise konnte ich zu meiner Oma flüchten. Aber irgendwann haben wir darüber gesprochen, über den ganzen Schlamassel, und da hat sie mir den Rat gegeben, meinem Herzen zu folgen. Tja - und hier bin ich nun wieder.« Mit einem schiefen Lächeln blickte Peter Tanja von unten herauf an.

Der zerbrach es fast das Herz. Ja, sie kannte solche Geschichten. Aber hier, bei ihr? In der heilen Ponyhof-Realität?

»Also weiß deine Oma, dass du hier bist? Und hat das deinen Eltern weitergegeben?«, bohrte Tanja vorsichtig nach.

Peter lachte verzweifelt auf. »Als ob die das interessieren würde! Ja, sie hat es ihnen ganz bestimmt gesagt, aber...« Reflexartig zückte er sein Handy, warf einen kurzen Blick auf das Display und verstaute es achselzuckend wieder in seinem Hoody. »Aber glücklicherweise werde ich in diesem Monat achtzehn. Dann bin ich raus. Endgültig.«

Ein vorsichtiger, abschätzender Blick traf Tanja.

»Wenn ich hier bleiben darf...«

Die Anlagenbetreiberin zuckte zurück. Mit so einem Satz hatte sie nicht gerechnet. »Was denkst du denn?! Du bist hier angestellt, hast noch über eineinhalb Jahre Ausbildung vor dir - und wir brauchen dich! Nicht nur deine Arbeitskraft, sondern auch dich! Als Persönlichkeit!«

Sie nahm ein leichtes Aufleuchten in seinem völlig verspannten Gesicht wahr. Sachte, ganz wenig. Aber da.

Peter senkte den Kopf, ein verlegenes und gleichzeitig dankbares Lächeln umspielte seine Lippen. Er räusperte sich. Erst nach einer Weile hatte er seine Stimme wieder im Griff. »Danke«, murmelte er. »Schön, dass es einen Ort gibt, an dem ich willkommen bin.«

Spontan ergriff Tanja seine Hände. »Hey! Wir haben hier zwar keine Wahlen zum Mitarbeiter des Jahres - aber du wärest ziemlich weit oben auf der Liste!«

Er schluckte mühsam seine überbrodelnden Emotionen herunter und stand mit gesenktem Blick auf. »Ich muss mal...«

Schon war er weg, hinaus auf die Terrasse, deren Tür noch angelehnt war, in die Kühle der Nacht hinein.

Tanja drehte sich um, schwankend. Das Gespräch hatte ihr sehr zugesetzt. Max kam an ihre Seite und musterte sie besorgt. Leise erzählte sie ihm von dem Gespräch. Er schüttelte fassungslos den Kopf.

»Manchmal trifft es sich ganz gut, wenn man den Background von seinen Angestellten nicht kennt, sondern nur den Menschen selbst! Denn sonst würde man nicht das Juwel entdecken, das da schlummert. Man hätte Vorbehalte wegen der schlechten Herkunft oder den armseligen Verhältnissen oder dem Drogen- und Alkoholkonsum der Eltern. Aber es gibt so viele anständige Jugendliche, die trotz - oder vielleicht sogar wegen - dieser Umstände zu wahren Edelsteinen heranreifen. - Lass ihm die Zeit, er kommt sicher bald zurück.«

Er hatte den unruhigen Blick bemerkt, den Tanja in Richtung Terrasse geworfen hatte. Sie nickte und ließ sich von ihrem Mann zu den anderen hinüberschieben, die gerade eine neue Runde ›Love Letters‹ beginnen wollten und nach Verstärkung riefen.

Während sie sich in das Spiel vertiefte, öffnete sich tatsächlich nach geraumer Zeit die Terrassentür. Ihr Blick traf Peter, der auf merkwürdige Weise verändert aussah. Aufgeräumt. Frisch. Mit sich im Reinen.

Sie zwinkerte ihm zu, er lächelte zurück. Dann ging er zum Buffet, schenkte sich nochmals von dem alkoholfreien Punsch ein und gesellte sich zur Runde am Tisch, um ihn bis in die frühen Morgenstunden nicht mehr zu verlassen.

FREITAG

»Nanu? Was macht Peter denn hier?«, wollte Diana ein paar Tage später verwundert wissen, während sie sich den Hals nach dem Lehrling verrenkte, der gerade Schulpferde über den angefrorenen Hof in Richtung Führanlage brachte.

Der Atem aus den Nüstern der Tiere schien in der Luft zu gefrieren. Es war die kälteste Zeit auf der Reitanlage, die allerdings rasch vorbeigehen würde.

Tanja lachte fröhlich auf. »Der hat beschlossen, seinen Urlaub - wenn ich es denn möchte -«, bei den letzten Worten nickte sie eifrig bejahend, »auf Anfang Februar zu verschieben und lieber jetzt mit Hand anzulegen. Selbstverordnete Therapie, möchte ich meinen.«

Ein fragender Blick traf sie, während sie die Hallentür hinter Diana schloss, die die Pferde gerade losgelassen hatte und wieder aus der Bahn herausgetreten war.

»Komm, Kaffeezeit!«, wies Tanja in Richtung Stalltor.

Ohne jegliche Widerworte trabte Diana hinter der Freundin her, wusste sie doch, dass sie zum einen nun eine spannende Geschichte erfahren würde, und zum anderen ihr Arbeitspensum deutlich schrumpfte, wenn nicht gar sich in Luft auflöste.

Als sie gemeinsam auf der Bank saßen und sich vorsorglich Decken über die Beine gelegt hatten, umriss Tanja in groben Zügen das Geschehen. Was genau in Peters Heimatstadt vor sich gegangen war, behielt sie allerdings für sich. Es genügte, Diana wissen zu lassen, dass Peter keinen Kontakt mehr zu seinen Eltern wollte und lieber hier in Italien blieb. Die respektierte die schützende Verschwiegenheit von Tanja, während sie nachdenklich Runde um Runde ihren Café Crema umrührte, bis ihm sicherlich ganz schlecht geworden war. Schließlich nippte sie an dem schwarzen Gebräu und verzog angewidert das Gesicht.

»Bäh! Kalter Kaffee…«

»…macht schön!«, ergänzte Tanja hilfreich.

»Hm. Nja. Ich glaube, dann verzichte ich doch lieber auf die Schönheit! Egal. Jedenfalls haben sich deine Probleme in Wohlgefallen aufgelöst! Das ist doch mal was!«

Ein Seufzer entrang sich Tanjas Brust. »So gesehen - ja! Es ist gut, dass Peter sich hier so wohlfühlt, und von sich aus anpackt. Gestern hat er erstmal anständig ausgeschlafen, bis nach Mittag, dann kam er aus Langeweile auf die Anlage geschlendert, hat sich die Lage betrachtet und - stell dir nur vor - mich einfach zu Beauty in die Box geschoben, ihr Putzzeug geholt und gesagt: Ab jetzt übernehme ich! Und dann war er weg!«

»Wow! Das nenne ich mal ein Ding!« Bewundernd schob Diana eine verirrte Haarsträhne zurück. »Hammer! Hätte ich so nicht erwartet!«

»Ich auch nicht! Ich wusste erst gar nicht, wie ich reagieren sollte! Aber dann habe ich mich einfach nur gefreut! Und später, in der Kaffeepause am Nachmittag, haben Stanis, Peter und ich uns zusammengesetzt und über die nächsten Tage gesprochen. Max hat ja mit dem Jahresabschluss genug zu tun, den sehe ich im Moment nur noch zum Abendessen. Frühmorgens ist er schon verschwunden. Du bist raus aus dem Arbeitsdienst, und ich bin Partime. Fantastisch, oder?« Tanja strahlte ihre Freundin an. »Und bei der Gelegenheit - DANKE! Danke, dass du mir geholfen hast! Und auch die nächsten Tage bereit warst zu helfen!«

Die leuchtete vor Freude zurück. »Gerne doch! Immer wieder! Aber ich gestehe - diese neue Sachlage hat nun auch ihre definitiven Vorteile! Dann kann ich ab morgen wieder ausschlafen! Und malen! Yeah!«

Tanja lachte mit ihrer Freundin, die den Faden schon wieder

aufnahm, hatte doch auch sie einiges zu erzählen.

»Oooh… Wenn ich an den Kater von gestern denke…« Sie fasste sich an den Kopf. »Ich war mit Giovanni und Gasparo…«

»Mit BEIDEN???!!!«, unterbrach sie Tanja mit weit aufgerissenen Augen und Mund. Immerhin handelte es sich um Halbbrüder, mit denen die Künstlerin ein Verhältnis hatte. Gleichzeitig! Pikant…!

Diana nickte schmunzelnd. »Ja, dieses Mal haben wir es hingekriegt! Sollte ja schließlich ein toller Abschluss des Jahres und ein fantastischer Start in ein noch fantastischeres neues Jahr werden! Also, wir waren im ›Angelini‹. Und sind ersoffen. Quasi. Glücklicherweise hatte Giovanni schon ein Zimmer gegenüber in einer kleinen Pension gebucht. Wie wir allerdings dorthin gekommen sind - keine Ahnung! Auf jeden Fall war es eine rauschende Party mit bestem Essen! Und Alkohol. Viiiiel Alkohol! Definitiv zuviel… Ich glaube, wir hatten alle noch ausreichend Promille im Blut, als uns das Taxi am nächsten Abend nach Hause gebracht hat. Mann, hatte ich Kopfschmerzen…! Deswegen war ich gestern auch noch nicht ansprechbar.« Sie schüttelte ihr Haupt und griff sich an die Stirn. »Ich glaube, da sitzt zumindest noch ein Katerchen hier drinnen! Gut also, dass es heute keinen Arbeitsstress gibt!«

Tanja betrachtete stirnrunzelnd ihre Freundin. »Vielleicht hätte dich die Arbeit an der frischen Luft auch ausgenüchtert! Ist dir eigentlich bewusst, dass Alkohol ein massives Zellgift ist? Und unter anderem zum Absterben von Gehirnzellen führt?«

»Hm. Hab ich schon mal von gehört. Aber da wir nachgewiesenermaßen ohnehin nur maximal zehn Prozent unserer Gehirnkapazitäten nutzen, vertröste ich mich damit, dass noch genügend übrig bleibt.«

Ein tiefes Seufzen entrang sich Tanjas Brust. »Naja. Ist deine

Angelegenheit. Sag mal - wenn du schon hier bist, was hältst du denn von einem Ausritt? Mit einem der Schulpferde?«

Erst zog Diana die Nase kraus, überlegte. Bis sie schließlich nickte. »Geht in Ordnung. Aber nur hübsch im Schritt, ja?« Sie griff sich an den Kopf. »Der will schließlich nicht zusätzlich noch gebeutelt werden. Nicht, dass das eine ausgewachsene Gehirnerschütterung gibt!«, stöhnte sie mit jammerndem Unterton.

Tanja grinste. »Bei dem Kopf? Eher nicht…«

Schon traf sie ein Kissen.

»Hey! Langsam, langsam! Da ist ja doch noch Spontaneität zu erkennen!«

»Oh ja! Ich bin - fast fit! - Na, komm schon. Lass uns reiten!«

»Sag ich doch! Nimm du doch einfach Lafayette, der ist ein Seelchen und ein einziges wattegefülltes Kissen. Du musst nur noch aufpassen, dass du nicht einschläfst!«

»Apropos Lafayette - hast du was von Elinor gehört?«

Diana sprach von der Tierkommunikatorin, die vor fast einem Jahr an einem Reitkurs teilgenommen hatte, der sich ein klein wenig verselbständigt hatte und zu einem Bewusstseins-Seminar mit Pferden mutiert war. Maßgeblichen Anteil an der Gestaltung hatte Elinor gehabt, die seitdem als Angestellte immer wieder auf die Reitanlage kam, um bei weiteren Seminaren dieser Art zu helfen. Oder einfach nur, um da zu sein. Bislang war es zum Leidwesen von Tanja nur ein einziger weiterer Kurs gewesen; ihre deutschsprachige Kundschaft schien noch nicht allzu bereit für einen tiefgreifenden Sichtwechsel im Umgang mit Pferden - und Tieren allgemein - zu sein. Sie selbst brannte nach ihren eigenen Erfahrungen aus tiefster Seele dafür, doch dieser Weg erwies sich als wesentlich steiniger denn gedacht.

Außerdem hatte sie eigentlich gemeinsam mit Max Kurse zu diesem Thema besuchen wollen, doch entweder waren sie schon ausgebucht oder fielen kurzerhand aus. Bei anderen Angeboten hatte sie Bauchschmerzen bekommen, deswegen konnte sie sich nicht zur Anmeldung entscheiden. Was wohl auch besser so gewesen war - hatte ihr zumindest Elinor versichert, deren erklärter Liebling ausgerechnet der schwere, gemütvolle Wallach Lafayette war.

»Elinor?« Tanja schreckte aus ihren Gedanken hoch. Dann nickte sie eifrig. »Ja. Wir haben an Weihnachten telefoniert. Kurz nur, da ich sie gerade beim Kochen erwischt hatte. Sie musste für eine ganze Runde von Tierärzten ein Abendessen geben, lauter Kollegen ihres Mannes, die sich traditionell am zweiten Weihnachtsfeiertag bei ihnen treffen. Aber wir wollen uns nächste Woche nochmal kurzschließen. Immerhin ist ja bald wieder ein schöner Bewusstseinskurs!« Bei diesen Worten strahlte sie auf.

Dianas Miene änderte sich in ähnlicher Weise. »Oh! Ja! Kommen denn alle Teilnehmerinnen vom letzten Jahr wieder?«

»Fast. Die beiden Mädchen, die damals dabei waren, können leider nicht. Die sind jetzt in der Kollegstufe und damit auf direktem Weg Richtung Abitur, da haben die Eltern blockiert… Dafür haben sich drei andere angemeldet, die wohl über Social Media von der Sache Wind bekommen haben und das mal ausprobieren wollen.«

»Social Media?!« Diana hatte sich gerade erhoben und verzog bei diesen Worten das Gesicht. »Ich bin mir nicht sicher, ob das deine Kundschaft ist. Bling-bling und so. Nicht mein Ding! Influencer… boah…«

Tanja lachte. »Du und deine Vorurteile! Da stecken ganz normale Menschen dahinter, die sich einfach auf andere Art und Weise ihre Informationen holen und untereinander teilen. Sozusagen die moderne Art!«

»Willst du mich jetzt etwa als hinterwäldlerisch bezeichnen?!« Diana stemmte ihre Arme in die Hüften. Blitzende

Blicke musterten Tanja von oben, was das Ganze wesentlich eindrucksvoller machte.

Die zuckte die Schultern, blieb aber gemütlich sitzen. »Muss doch jeder für sich selbst entscheiden. Solange die Leute die Hintergründe von den Posts überprüfen und nicht alles einfach für bare Münze nehmen...«

»Ja! Fake-News! Genau davon spreche ich doch! Deswegen kotzen mich die Influencerinnen auch so an! Ihre Wahrheit ist die einzig seligmachende! Die verdienen Millionen, ohne die Produkte, die sie bewerben, tatsächlich auch nur anzurühren! Außer für den Post natürlich! Und wieviele Jugendliche fallen darauf rein! - Wusstest du übrigens, dass es einige hundert Posts auf den Social Media Kanälen gibt, in denen Hungerwahn und Abnehmen bis an die absolute Schmerzgrenze in den Himmel gelobt werden? Oder Ritzen - es gibt Seiten, auf denen den Kids das dafür perfekt geeignete Messer empfohlen wird! Und die entsprechenden Fotos von völlig vernarbten oder frisch blutenden Armen und Schenkeln, die Ausführung des Ritzens mit hunderten von Likes... Das ist doch krank, oder etwa nicht?« Diana schüttelte angewidert ihren Kopf.

»Aber dafür gibt es doch eine EU-Richtlinie...?« Tanja war wie vor den Kopf geschlagen. Davon hatte sie tatsächlich noch nichts gehört. Ihre Gemütlichkeit war augenblicklich dahingerafft. Unruhig rutschte sie auf der Bank herum.

»Ach! Ja... Träum weiter! Du glaubst doch nicht ernsthaft, dass das in naher Zukunft umgesetzt wird?! Nein, da werden wohl noch einige Jugendliche im wahrsten Wortsinne bluten...«

»Puuh! Das ist aber harter Tobak! Daran werde ich wohl noch eine Weile herumkauen müssen...« Tanja erhob sich ebenfalls. Sie musste jetzt zu Beauty, um sich zu erden. »Ich glaube, wir sollten die Pferde fertigmachen für den Ausritt. Noch haben wir schönes Wetter.« Ihr Blick war aus dem

Fenster geglitten, wo sich auf dem Hof etwas Sonne zeigte.

»Na gut. Ist vielleicht auch besser, dieses trübe Thema zu verlassen. Sonst ist der ganze Tag hinüber! Ich gehe denn mal rüber, zu unserem dicken Superstinker. Ein bisschen durch die schöne Welt schunkeln lassen. Aber ich persönlich glaube ja, dass sich Lafayette am meisten über den baldigen Besuch von Elinor freut!« Mit diesen Worten wandte sich Diana ab, um in den Schulstall hinüberzutrotten.

Tanja seufzte, denn diese Unterhaltung hatte sie tief verstört. Gut, dass es die Pferde gab! Und dass sie selbst ein ›Pony-hof-Dasein‹ führen konnte. Entschlossen lief sie in die Sattelkammer, um die Putzkiste für Beauty zu holen und sich ein Seelenbad bei und mit ihrem Pferd zu gönnen.

DIENSTAG

»Hallo Elinor, wie geht es dir? Hast du heute mehr Zeit zum Telefonieren?« Tanjas Freude und Energie pulsten einige Tage später nur so durch das Telefon.

»Hoppla!«, kam es denn auch prompt mit dunkler, rauchiger Stimme zurück. Ein Lachen schwang darin. Elinor pur. Sie war so präsent, als sei sie mit bei ihr im Raum.

Tanja freute sich umso mehr.

»Da geht es aber jemandem hervorragend, darf ich mal feststellen!« Wieder das kehlige Lachen.

Tanja nickte, merkte dann, dass Elinor das nicht sehen konnte und antwortete: »Ja! Definitiv ja! Manchmal ist es schon erstaunlich, wie sich Sorgen einfach so auflösen können!«

»Wie Nebel in der Sonne«, antwortete die Gegenseite.

»Wie Nebel in der Sonne…«, wiederholte Tanja gedankenverloren, während sie lächelnd eine Haarsträhne um den Finger wickelte.

»Das ist doch schon mal schön! Ja, ich habe. Zeit. Genug…« Ein Seufzen erklang.

»Nanu? Das hört sich doch deutlich trübsinniger an?«, wollte Tanja wissen, stutzig geworden.

»Nichts Großartiges. Nur die Buchhaltung. Jahresabschluss. Nicht unbedingt mein favourite…« Erneutes Seufzen. »Also jede Menge Zeit für willkommene Unterbrechungen!«

Tanja lachte. »Da geht es dir wie Max! Den sehe ich im Moment auch kaum, weil er so damit beschäftigt ist. Allerdings kommt bei ihm noch etwas anderes hinzu - er hat am Jahreswechsel auch sehr häufig mit Umstellungen in den Software-Systemen zu tun, die er entwickelt und vertreibt. Er hat mir schon gedroht, dass er jetzt bald wieder auf Tournee gehen muss. Sein Mitarbeiter und Assistent Antonio DiLucci, den er eigens zur Übernahme seiner Aufgaben vorbereitet hatte, ist doch Vater von Vierlingen geworden. Das Ganze scheint ein ziemlicher Kraftakt zu sein, und trotz zweier Großmütter, die allerdings etwas weiter weg wohnen, will er mindestens ein Jahr Erziehungsurlaub nehmen. Vermutlich sogar mehr… Damit fällt also nicht nur die Übernahme von Max' Aufgaben weg, sondern die gesamte Manpower. Er muss dringend einen neuen Mitarbeiter finden, der den verantwortungsvollen Arbeiten gewachsen ist.« Sie seufzte tief.

»Irgendwie hat das vor einem Jahr aber anders geklungen«, antwortete die tiefe Stimme nachdenklich.

»Ja. Hat es. Definitiv. Hat nicht sollen sein…«

»Wer weiß, wofür das gut ist! Du sollst wohl mal wieder in den Genuss deiner Selbst kommen! Eigene Erfahrungen machen, die unabhängig von Max sind. Manchmal ist man so verstrickt mit den Empfindungen und Gemütslagen des Partners, dass man gar nicht mehr trennen kann, von wem was kommt. Und so ist eine gelegentliche Trennung eine durchaus erfrischende Angelegenheit mit erneuernden Kräften für die Beziehung! Täte mir übrigens auch mal wieder ganz gut…«

Tanja meinte förmlich zu sehen, wie der Blick Elinors über die vielen Rechnungen und Papiere vor sich glitt.

Aufmunternd meinte sie: »Du bist doch bald wieder hier! Ist das nicht herrlich? Und wie schön, dass du ein paar Tage früher kommst! Darauf freue ich mich schon riesig!«

»Ich auch, mein Hase, ich auch! Und das Schönste daran ist - ich bin den ganzen Bürokram hier los!« Ein Lachen aus tiefstem Herzen hallte durch die Leitung.

Schnell hielt Tanja den Hörer weit weg, soviel Vibration in den Ohren war ihr denn doch zuviel. Aber auch sie begann zu lachen. »Übrigens - meine neue Stute Paloma macht mir so viel Freude! Sie ist anhänglich wie ein Hund, total clever und intelligent. Ich muss mir ernsthaft überlegen, ob ich sie wieder decken lasse, oder ob ich sie reite. Oh, sie ist sooo toll!« Ihre Verzückung war kaum zu überbieten.

Stille herrschte am anderen Ende.

Irritiert fragte Tanja nach einer Weile: »Elinor? Bist du noch dran?«

»Hm. Ja. Bin ich.«

Schweigen.

Schließlich nahm Elinor mit gewohnter Geschmeidigkeit den Faden wieder auf. »Was machen denn deine Angestellten so? Stanis? Gib dem einen dicken Schmatzer, wenn du ihn siehst!« Ein entsprechendes Geräusch war durch die Leitung zu hören.

Tanja war zutiefst irritiert. Doch sie wusste, dass sie nichts mehr zum Thema Paloma aus Elinor herauslocken konnte, also unterließ sie es.

»Dem geht es gut, und ja, er kriegt seinen dicken Schmatzer. Allerdings nur verbal. Peter ist früher angereist, und Erik kommt morgen Abend, dann sind wieder alle vollzählig. Das Stallpersonal hat seine Arbeit auch schon wieder aufgenommen, die Aushilfen sind wieder weg. Alles bestens. Und bald beginnt ja schon der erste Reitkurs, Ende Januar. Bis dahin werden wir die Schulpferde wieder in den alten Glanz bringen. Und reiten, reiten, reiten. Auf dass der Hintern wund werde und brenne!« Sie lachte. Aber eine gewisse Unsicherheit war zu spüren.

Nochmals kurze Stille. Dann sagte Elinor mit Nachdruck in der Stimme: »Hase! Genieße das Leben! Jetzt! Diese Gelegenheit von JETZT kommt nie wieder! Jetzt ist allzu schnell Vergangenheit! Schon in der nächste Sekunde. Machst du das? Bitte?«

Verwirrt sagte Tanja zu. »Ja. Klar. Mache ich. Aber…«

»Sorry, hier klingelt gerade das Praxistelefon. Vermutlich ein Notfall! Wir haben ja eigentlich Urlaub. Ich melde mich.

Später.« Schon legte Elinor auf.

Tanja starrte mit einem dumpfen Blick und einem schalen Geschmack im Mund auf ihr Handy.

Sie schüttelte den Kopf. Eine dunkle Ahnung streifte sie, verursachte ihr eine leichte Gänsehaut. Nicht greifbar. Doch sie nahm sich fest vor, das zu tun, was die Schamanin ihr geraten hatte. Intensiv das Jetzt zu genießen und zu leben.

Und genau so verbrachte sie die nächsten Tage und Wochen. Intensiv lebend, alles aus vollem Herzen auskostend. Elinor hatte sich nicht mehr gemeldet, und Tanja war sensibel genug, die Schamanin nicht zu stören. Sie hatte ganz offensichtlich ihren Bannzauber um sich gewirkt. Keine Störungen von außen möglich.

ANFANG FEBRUAR - SONNTAG

Der erste Reitkurs des Jahres war Geschichte. Eine gute Geschichte, wie Tanja im Nachgespräch mit Stanis befunden hatte. Die Teilnehmer - ja, es waren tatsächlich auch mal drei Männer dabei gewesen - waren hochzufrieden am Vortag abgereist. Die Schulpferde hatten den Tag über Pause gehabt und die ersten Vorfrühlingsstrahlen der Sonne auf den Paddocks genossen. Noch war es zu früh, um sie auf Weide zu schicken. Doch in fünf, sechs Tagen war es wohl soweit. Das Anweiden konnte beginnen. Die Böden waren schön abgetrocknet, die ersten vorwitzigen Grashalme sprossen ans Licht und zierten Garten und Wiesen. Unmengen an Krokussen und Schlüsselblumen hatten sich schon entfaltet, nebst manch einer verfrühten Osterglocke, die allerdings noch ihre Köpfchen schützten.

Heute kam eine neue Gruppe, wieder zehn Teilnehmer, dieses Mal ausgebucht, für einen regulären vierzehntägigen Kurs.

Tanja saß neben Max am Frühstückstisch, der nur deswegen an einem Sonntag zu einer für ihn nachtschlafenden Zeit aufgestanden war, weil er heute in die Vereinigten Staaten reisen musste. Einige wichtige Wartungstermine seiner international vertriebenen Software standen für ihn an.

»Vier Wochen!«, jammerte Tanja, während sie lustlos in ihrem Müsli herumrührte.

»Ja. Aber danach bin ich erstmal wieder eine Weile im Land. Wahrscheinlich...«

»Hoffentlich!«, begehrte sie auf. »Glücklicherweise kommt das Fohlen von Paloma erst Mitte März. Das wird ohnehin schon knapp...«

»Ach was, mein Schatz, das stimmt doch gar nicht! Ich bin

zwei Wochen vorher schon wieder daheim! Und wir haben das immer gut hingekriegt, wir zwei beiden, nicht wahr?«

Seine Hand fasste zärtlich unter ihr Kinn und drehte ihren Kopf sanft zu sich hin. Tief sanken seine Augen in die ihren, und sie stöhnte auf.

»Du hast ja recht. Aber - es ist einfach so schön, wenn du hier bist! Daheim! Denk nur, vor einem Jahr standen die Zeichen so gut, dass du deine Arbeit nur noch von zuhause aus managst, und jetzt…«

»…soll es wohl so sein! Sonst wäre es nicht so, wie es ist! Stell dir nur vor, du würdest meiner überdrüssig werden!«

Liebevolle Blicke trafen sie, und ein Grinsen stahl sich nun doch über ihre Lippen. »Nicht auszudenken…«

Mit diesen Worten kuschelte sie sich seufzend an seine Brust, und Max streichelte sie sachte.

»Ich weiß dich ja glücklicherweise in den besten Händen. Stanis hat ein Auge auf dich, und Marianna passt sowieso auf dich auf wie eine Glucke, die nur ein einziges Hühnchen hat.«

Tanja zuckte, doch Max wusste in diesem Moment nicht, ob vor Lachen oder weil sie das Bild eines Drachen vor sich sah. Beides schien ihm durchaus plausibel.

»Hühnchen? Ich? Ernsthaft?!« Schmunzelnd entwand sie sich seinen Armen. »Das meinst du nicht wirklich, oder?«

Max musste grinsen. »Was hast du gegen quietschgelbe, plüschige Küken? Ist doch jetzt sowieso die Zeit dafür!« Er machte eine weite, ausladende Bewegung mit seinem Arm in Richtung Garten, der allerdings noch im Dunkeln lag.

Aufgeregt sprang Mortimer auf. Gassigehen? Jetzt schon? Klar, er war dabei! Auch Charles hob nun erwartungsvoll seinen Kopf und schnüffelte.

Max' Hand glitt nach unten, strich liebevoll über den seidigen Kopf von Mortimer. »Nein, Jungs, ist noch nicht soweit. Legt euch wieder ab, Tanja geht später mit euch raus. Dafür aber ganz lange, nicht wahr, Schatz?«

Ein noch längerer Seufzer antwortete ihm. »Ja. Gaaanz lange…« Sie dachte daran, dass sie heute bestenfalls - aber auch nur vielleicht - mittags hier aufschlagen würde, bevor die neuen Gäste anrollten. Ein kurzes Innehalten zwischendrin. Der Bustransfer vom Flughafen in der eine gute Fahrstunde entfernten Stadt war mit acht Gästen gebucht, die anderen zwei kamen per Bahn und wurden auf dem Rückweg eingesammelt. Wieder ein normaler Reitkurs. Neue Menschen. Neue Geschichten. Neue Erlebnisse.

Und der nächste Kurs - der würde wieder ein Bewusstseinskurs sein! Mit Elinor…

Auch Max schien gerade an die Tierkommunikatorin gedacht zu haben. »Elinor kommt ja auch in wenigen Tagen. Da hast du doch richtig schön Zeit für sie! Lange Teerunden…«

Tanja strahlte nun doch. »Ja! Ungestörte Frauenzirkel! Diana wird sich das mit Sicherheit auch nicht entgehen lassen.«

»Na siehst du! Jeder Nachteil hat immer auch seinen Vorteil!«

»Und jeder Vorteil hat eben immer auch einen Nachteil«, seufzte Tanja.

»Ich sehe schon, wir verstehen uns! Wir müssen wohl aus demselben Stall kommen!«, schmunzelte Max.

»Ja. Hauptsache, du kommst heil zurück. In unseren Stall, meine ich. Ich werde dich so vermissen!«

»Ich dich auch, mein Herz. Ich dich auch…«

SAMSTAG

Sechs Tage später stand Tanja leicht frierend am Bahnhof. Sie hatte es sich nicht nehmen lassen, ihre Freundin und Vertraute Elinor höchstpersönlich abzuholen. Ihren Part des Unterrichts übernahmen Erik und Peter, die parallel zu Stanis, der in der großen Reithalle zugange war, in der kleinen Halle mit einigen der Gäste arbeiteten. Eine gute Übung für die Azubis.

Böen trieben leisen Nieselregen vor sich her, der sich unaufgefordert unter die Kleidung und von dort bis in die Knochen hinein schob. Ein letzter Gruß des Winters, der noch einmal nachdrücklich auf sich aufmerksam machen wollte. Sie war froh, dass damit die garstige Zeit endgültig vorbei war. Zumindest bis zum nächsten Winter, der hier glücklicherweise nur kurz und - im Vergleich zu Deutschland - relativ mild war. An den meisten Tagen jedenfalls.

Der Zug fuhr fauchend ein, Bremsen quietschten in schrillen Tonlagen, die Ansagen überschlugen sich, und mit dumpfen Tönen öffneten sich die Türen, aus denen in typisch italienischer Heftigkeit nun die Leute strömten. Tanja stand ganz vorne am Ausgang des Bahnhofs, hier konnte sie Elinor auf keinen Fall verpassen. Hypnotisch starrte sie auf die vorbeiströmenden Massen. Keine Elinor. Ungläubig schüttelte sie den Kopf. Bevor sie ihr Handy aus der Manteltasche herausreißen konnte, sah sie sie doch. Und lächelte. Vor allem über sich selbst.

In aller Gemütsruhe kam Elinor als eine der Allerletzten auf sie zugeschlendert. Sie strahlte einen fast schon überirdischen Frieden aus, fern aller Hektik. Sozusagen das genaue Gegenteil von Tanja.

Weit öffnete sie nun ihre Arme, nachdem sie sich umständlich ihrer Koffer und Taschen entledigt hatte, und Tanja versank darin.

Es war einfach nur gut.

Sie schloss ihre Augen, ein leiser Seufzer entrang sich ihren Lippen, und sie fühlte sich unsagbar geborgen. Schließlich - bei einer besonders garstigen Böe - schob Elinor sie von sich und musterte sie von Kopf bis Fuß. Anerkennend nickte sie.

»Gut siehst du aus, Hase! Frisch, erholt…«

»… und halb erfroren!«, lachte Tanja. »Komm, lass uns aus diesem gräßlichen Wetter fliehen! Mein Auto steht um die Ecke, da ist es wenigstens trocken! Oder möchtest du lieber erst einen Cappuccino trinken? Ein Proseccochen? Zur Feier deiner Ankunft?«

»Ein Proseccochen! Oh ja! Das ist ja mal ein Wort!«

Die tiefe Stimme mit dem unverkennbaren Timbre dröhnte in Tanjas Ohren. Vor allem aber die Begeisterung, die darin lag. Tanja erkannte, wie sehr sie die Lebendigkeit, die Freude am Dasein und am Genießen in Form ihrer Freundin und Mentorin Elinor doch vermisst hatte. Ähnlich wie ihr gerade Max fehlte… den sie ganz schnell wieder aus ihren Gedanken schob. Hier und Jetzt! Also - Prosecco!

Mit vor Freude strahlendem Gesicht ergriff Tanja die Taschen, während Elinor ihren Koffer hinter sich herzog. Sie brachten das Gepäck in den Wagen und gingen zu Fuß zu einer Bar, die schräg gegenüber dem Bahnhof lag. Elinor schnupperte, als sie die Bar betraten. Ein Dunst aus Kaffee, Zigaretten und guter Laune hing unverkennbar in den hohen Räumen, die mit dunklem Holz bis in Kopfhöhe verkleidet waren. Die Tapeten darüber schienen schon eine ganze Menge an weißen Anstrichen verkraftet zu haben. Jetzt glänzten sie gerade relativ frisch gestrichen. Winterarbeit.

Die beiden Frauen ließen sich an einem Tisch mit Fenster hinaus auf die Hauptstraße nieder. Flugs erschien eine junge Bedienung, die ihre Bestellung von Kaffee und Prosecco aufnahm. Tanja wollte klar im Kopf bleiben, aber auch mit Elinor anstoßen. Deshalb hatte sie beschlossen, nur wenige Schlucke Alkohol zu trinken und den Rest ihrer Freundin, die italienischen Schaumwein liebte, zu überlassen.

»So, nun erzähl doch mal…«, dröhnte Elinors Stimme in den Raum.

Und Tanja erzählte. Lange. Ausführlich. Strahlend. Von Paloma. Von ihrer Lösung mit den Urlaubstagen. Von Beauty und den herrlichen Ausritten. Sie fand kaum ein Ende.

Ihre Mentorin, ihre Freundin war da! Endlich wieder!

Auch Elinor kam irgendwann zu Wort. Tatsächlich! Tanja bog sich vor Lachen, als sie schilderte, wie ein Dackel mit seinem Herrchen wegen Gewichtszunahme bei Elinors Mann, dem Tierarzt, vorstellig geworden war, und sie ihm im Vorübergehen zugeflüstert hatte, er solle mal nach Pralinen fragen.

Es stellte sich heraus, dass der Besitzer tatsächlich jeden Abend drei der Süßigkeiten naschte. Allerdings nur weiße Schokolade, die dunkle war ihm zu intensiv. Außerdem bekam er Verstopfung davon. Und da er etwas älter war, dachte er, er würde schon etwas tüddelig im Kopf werden, da er gelegentlich der Meinung war, er hätte eine Praline weniger gegessen, als er sich hingestellt hatte. Tatsächlich aber hatte sich der Dackel immer seinen gerechten Anteil stibitzt.

»Glücklicherweise war es weiße Schokolade, die kaum Theobromin enthält, sondern hauptsächlich Kakaobutter und Zucker. Auch wenn das ebenfalls nicht gesundheitsfördernd für Hunde ist…«

Elinor bemerkte den fragenden Blick. Natürlich wusste Tanja, dass Hunde keine Schokolade essen dürfen. Um die Details hatte sie sich allerdings nie gekümmert. Sie hatte sich einfach daran gehalten. Schön, dass sie nun von einer Fachfrau aufgeklärt wurde.

»Also, Hase, es ist folgendermaßen: Der in Kakaobohnen - und übrigens auch in Kaffee und Tee - enthaltene koffeinähnliche Stoff Theobromin ist, ebenso wie das in geringeren Mengen darin befindliche Koffein, für die Vierbeiner hochgiftig, da ihnen das entsprechende Enzym zum Abbau fehlt. Dieser Stoff überstrapaziert also das Nervensystem unserer Vierbeiner. Zittern, Herzrasen, Gleichgewichtsstörungen… Das kann sogar tödlich enden, und zwar schneller, als man denkt! Je dunkler die Schokolade, desto gefährlicher ist sie für die Fellnasen. Am schlimmsten ist tatsächlich Backkakao. Da ist am meisten drin von diesem Hunde- und übrigens auch Katzenkiller. Und je kleiner das Tierchen und je größer sein Appetit auf Schoko, desto schwieriger wird es! Eine halbe Tafel Zartbitter kann einem Yorkshire-Terrier bereits das Leben kosten.«

Elinor schüttelte betrübt den Kopf. Sie hatte schon so manch traurigen Kampf um das Leben eines Leckermäulchens mitgemacht.

»Was genau passiert denn da?« Tanja war gerade das Lachen vergangen. Sie dachte an ihre beiden Spitzbuben zuhause. Und ihre Gier nach Süßigkeiten. Ein ungutes Gefühl breitete sich in ihr aus.

»Naja, es kommt - wie immer - auf die Menge an. Die Dosis macht das Gift! Erst sind die Tierchen aufgeregt, müssen mehr Pipi, später kommt es zu Erbrechen und Durchfall. Eine blaue Zunge kann auftreten. Herzrasen gehört auch dazu… Meist treten die ersten Symptome zwei bis vier Stunden nach der Aufnahme auf. Und dann sollte sich der Besitzer beeilen! Denn unbehandelt kann das nach zwölf bis sechsunddreißig Stunden zum Tod führen!«

Tanja riss ihre Augen auf. Sie würde in Zukunft mehr denn je auf ihre Schokoladen-Ressourcen achten!

»Viel schlimmer ist aber, dass sich viele Familienmitglieder gar nicht bewusst sind, dass sie auch eine schleichende Vergiftung provozieren können, indem jeder - unwissentlich über die Tätigkeiten der anderen - dem Hundchen ein Stück Schokolade zukommen lässt. Ist ja nur ein Stückchen… Das summiert sich bei mehreren Personen. Was allerdings die wenigsten wissen: Das Theobromin hat eine Halbwertzeit von siebzehn einhalb Stunden, das heißt, das Hundchen steuert unweigerlich auf eine schleichende Vergiftung zu!«

Elinor musterte die mittlerweile ziemlich käsige Tanja, die nur mühsam die nächsten Worte fand. »Du meinst, nach dieser Zeit ist gerade mal die Hälfte von dem - Theobromin abgebaut?«

Elinor nickte mit schwerem Blick.

»Wie sieht das denn aus bei Pferden?«, hakte Tanja mit kläglicher Stimme nach.

»Ähnlich. Allerdings braucht es da erheblich größere Mengen für eine Vergiftung. Etliche Tafeln hochprozentiger Zartbitter. Ist also ziemlich unwahrscheinlich. Aber ganz ernsthaft - wer sollte denn Schoko an ein Pferd füttern?!«

Tanja zuckte schuldbewusst zusammen und erinnerte sich daran, wie Beauty ihr vor etwa einem Jahr einen Schokokeks abgeluchst hatte. Sie wollte auch etwas von den Leckerlis abhaben, die ihrem Frauchen so gut zu schmecken schienen. Glücklicherweise hatte die Stute, nachdem Tanja ihrem Drängen nachgegeben hatte, den Keks mit heftigem Kopfnicken und verdrehten Augen umgehend in Krümelform wieder von sich gegeben und war tief beleidigt abgezogen.

So schüttelte Tanja einfach nur ihr Haupt, während ein wissender Blick sie streifte. Es war definitiv Zeit, wieder in die heiteren Bereiche zu gelangen.

»Aber zurück zu unserem Dackel. Der Gesundheit zuträglich ist der Mix aus Kakaobutter und Zucker natürlich trotzdem nicht, und der Besitzer bekam von meinem Mann den Rat, seine Pralinen in Zukunft nicht nur abzuzählen, sondern vor allem so aufzubewahren, dass sie sich nicht mehr in hundeschnauzengerechter Reichweite befinden.«

»Und er hat es dir erzählt? Der Dackel, meine ich?«

»Na klar! So ein richtig kleiner Aufschneider!« Elinor grinste breit über das ganze Gesicht. »Immer, wenn sein Herrchen nach der ersten Praline die Zeitung wieder in die Hand genommen und sich dicht vor die unscharfen Augen gehalten hat, ist er vorsichtig vom Sofa runter, hinten um das Sofa herum, auf den Stuhl gegenüber und von dort auf den Tisch gerobbt. Er durfte ja nicht in Sichtweite kommen! Und da es nicht auffallen sollte, hat er sich immer nur ein Pralinchen einverleibt. Das zweite. Da fiel es am wenigsten auf. Und danach ist er geräuschlos wieder zurück aufs Sofa. Kekse findet er übrigens auch klasse! Ein echter Jagdhund!«

Tanja wischte sich die Lachtränen von den Wangen.

»Kenn ich was von! Solche Racker hab ich auch zuhause! Da darf kein Krümel zu Boden fallen, schon machen sich Mortimer und Charles darüber her, als bekämen sie nie was Anständiges zu essen! - Geht es dem Dackel denn nun wieder gut?«

Elinor grinste. »Und wie! Er hat deutlich abgenommen. Allerdings redet er nicht mehr mit mir. Hat ihn wohl tief verletzt, dieser Vertrauensbruch! Andererseits sind seine gesundheitlichen Probleme damit gelöst. Schade nur, dass er da so uneinsichtig ist!«

Tanja konnte das Bedauern in den Worten ihrer Freundin hören. Sie versuchte abzuwiegeln. »Ich wäre dir auch nicht dankbar, wenn du Max verraten würdest, dass ich heimlich Schokolade an verschiedenen strategisch günstigen Plätzen versteckt habe. Nur für den Notfall.« Sie klimperte mit ihren Wimpern.

»So, so, für den Notfall! Na, da will ich gar nicht wissen, wo! Für den Notfall - falls Max doch mal fragen sollte…«

Die beiden prusteten los. Andere Besucher drehten sich neugierig zu den Frauen mit der nun wieder hervorragenden Laune um. Das ein oder andere Lächeln huschte über die Gesichter. Merkwürdig, wie ansteckend doch Lachen und Freude wirkt!

»Themenwechsel - warum bist du eigentlich dieses Mal mit der Bahn gekommen statt wie üblich mit dem Flugzeug?«

»Ach Hase, dieses Mal wollte ich einfach bewusst in die Ruhe kommen. Nicht fliehen, sondern die Zeit im Zug nutzen, um mich allmählich umzustimmen, in Gedanken bei dir hier ankommen. Wenn man das Flugzeug benutzt, spart man sich vielleicht viele Stunden Zeit, das mag wahr sein. Aber die Muße, die fehlt. Man ist halb daheim, halb im Neuen. Komplett entzweigerissen. Zugfahren dagegen erdet. Finde ich. Übrigens ebenso Autofahren, denn auch da sieht man die Landschaft vorbeirauschen, nimmt die Veränderungen um sich herum wahr. Bei längeren Fahrten ändert sich dabei ja gleichzeitig das Klima, und der Körper kann sich schneller anpassen.«

»Du meinst, wenn man fliegt, sieht man nur den Flughafen, und dann Ewigkeiten die Kabine mit der Lehne des Vordermannes, bis man an dem anderen Flughafen wieder aussteigt. Ich kann dich verstehen. Geht mir auch so. Das kommt mir immer vor wie eine Zeitreise…«

»Oh! Ja! Mr. Spock, beam me up! Und schon sind wir in anderen Welten!« Elinors Lachen dröhnte durch den Raum.

»Du meinst also, wenn man zum Beispiel in die Karibik fliegt, hat man nicht nur den Jetlag, sondern vor allem einen Zeit- und Klimaschock?«

Elinor lachte guttural auf. »Das hätte jetzt aber auch von mir stammen können!« Ihre Hand strich liebevoll über Tanjas Arm. »Aber du hast recht! Berücksichtigt man, dass der Körper pro Stunde Zeitverschiebung vierundzwanzig Stunden braucht, um dies zu kompensieren, kann man auch gleich per Segelschiff in die Karibik dümpeln. Macht ja nicht nur ökologisch Sinn…«

Tanja strahlte sie an. »Darüber werde ich nachdenken! Wenn man mit einem schnellen Traumschiff den Atlantik überqueren kann, und dabei schon den Urlaub beginnt, ist das mal eine echte Alternative!«

»Wenn man soviel Zeit hat…«, erinnerte sie Elinor.

»Hm. Naja. Für mich kommt das ohnehin nicht in Frage. Dann lieber die Seychellen, das ist wenigstens in der gleichen Zeitzone!«

Beide Frauen lachten wieder.

»Da hast du recht! In Zukunft achten wir bei der Wahl unserer Fernreisen also auf die Zeitzone. Oder besser noch - wenn wir genügend Zeit haben - auf die passende Verbindung! Prost!«

MITTE FEBRUAR - SONNTAG

Es war soweit - die alte, neue Gruppe von vor einem Jahr rückte an! Fast die gleichen Personen, die damals den ersten Bewusstseinskurs mit Pferden erlebt hatten. Damals, am Anfang, hatten alle noch gedacht, es würde sich um einen ganz normalen Reitkurs handeln. Doch ganz schnell hatten die Winde auf Entdeckung und Neuland gedreht und sich zu mitreißenden Stürmen entwickelt, und vieles hatte sich dadurch verändert.

Tanja war besonders darauf gespannt, Samantha wiederzusehen, die damals eine Mega-Zicke gewesen war und sich durch die Arbeit mit - oder genauer gesagt von - der Leitstute Marbella einige Unebenheiten weggebügelt hatte. Auch freute sie sich auf das anfangs graue Mäuschen Mareike, die damals ihre ganz eigene Transformation erfahren hatte.

Natürlich hatten sich die Frauen in einer Nachrichtengruppe vernetzt, die - wie meistens - dem Lauf der Zeit erlegen war. Erst kurz vor dem neuen Treffen kam frisches Leben in die Aktivitäten. Tanja allerdings hatte sich herausgehalten, zumal sie gar keine Zeit dafür hatte.

Passend zum Eintreffen der dieses Mal neun Frauen zeigte sich das Wetter von seiner schönsten Seite. Die Sonne strahlte von einem blitzblauen Himmel, den ein paar Schönwetterwolken zierten. Und schon sah Tanja in der Ferne den Bus von der Straße abbiegen und die lange Zufahrt zur Reitanlage, genau genommen zum Künstlerdorf, entlangfahren.

Künstlerdorf wegen der verschiedenfarbigen Häuschen, die für maximal zwei Personen gestaltet waren. Sie standen in bunter Pracht wie Würfel in der Ebene, am hinteren Ende von einem Swimmingpool gekrönt, der jetzt allerdings noch ungefüllt war und auf wärmere Tage wartete. Ein großes, zitronengelb getünchtes Haus mit Küche, Speisesaal und Terrasse, sowie mit Bibliothek und Aufenthaltsräumen bot auch bei seltenen Regentagen ausreichend Platz für die Gäste.

Tanjas Blick schweifte voller Liebe über das Dörfchen; im Hintergrund konnte sie die Reitanlage ausmachen. Ihr eigenes Haus lag auf der anderen Seite hinter Bäumen verborgen, und sollte auch bewusst abseits des Interesses liegen. Rückzug war manchmal durchaus notwendig. Plötzlich wurde ihr wieder klar, wie sehr sie das hier alles liebte. Ihr Herz machte einen Satz vor Freude.

Und so strahlte sie über das ganze Gesicht, als der Bus vor ihr zum Stehen kam, die Türen sich öffneten, und die ganze Horde lachend, schwatzend und überschwänglich daraus hervorquoll. Ehe Tanja es sich versah, versank sie bereits in Umarmungen und Fragen und Erzählungen. Nach einer Weile fiel ihr Blick auf drei junge Frauen im Alter von etwa achtzehn, höchstens zwanzig Jahren, die sich betont etwas abseits hielten und stattdessen etliche Fotos mit ihren Handys schossen. Die eine schien sich gleichzeitig intensiv mit ihrer Kaumuskulatur zu beschäftigen, bis sie schließlich die Lippen öffnete und eine riesige pinkfarbene Kaugummiblase erschien, die mit einem lauten ›Plopp‹ zerplatzte.

Bei dem Geräusch verstummten schlagartig alle. Die junge Frau sah sich unversehens im Mittelpunkt des Interesses. Tanja zog ihre Augenbrauen nach oben, schluckte und ging mit ausgestreckter Hand auf die Dreiergruppe zu.

»Hallo! Ich bin Tanja, die Besitzerin der Reitanlage und damit eure Gastgeberin.«

Ihr einladendes Lächeln traf auf Unverständnis. Die ›Blase‹, wie Tanja sie spontan nannte, nickte flüchtig und drehte sich um, sah auf die Berge, um dort die nächsten Aufnahmen zu machen.

So etwas hatte Tanja denn doch noch nie erlebt.

Etwas irritiert wandte sie sich schulterzuckend den zwei weiteren Neuankömmlingen zu. Wie die ›Blase‹ hatten auch sie extrem lange Wimpern, die eine sogar noch oppulentere als die anderen, und Tanja fragte sich unweigerlich, ob man damit nicht irgendwo hängen blieb. Ihr kam in den Sinn, dass sich das ein oder andere Pferd vermutlich spontan mit dem Abbau dieser Monsterwimpern beschäftigen würde. Deldrin und Sammour, die jungen, verspielten Wallache, kamen dafür mit Sicherheit in Frage. Alle drei Frauen waren bestens gestylt, und alle hatten sie die neuesten Handys in den Fingern.

Aber zumindest zeigten diese beiden ihr nicht die kalte Schulter.

»Hey! Ich bin Lisa.« Die junge Frau mit den raspelkurzen blonden Haaren reckte ihr Kinn Richtung Tanja, ignorierte aber die ausgestreckte Hand.

»Und ich bin Marie«. Zögernd ergriff diese Tanjas Rechte.

Der kam es vor, als hielte sie einen toten Fisch in der Hand. Schlaff, kalt, formlos. Feucht. Schnell ließ sie wieder los.

›Das kann ja heiter werden‹, schoss es ihr durch den Kopf.

Von hinten hörte sie Gejohle. Und Elinors lautes Hallo. Sie war gerade zu der Gruppe gestoßen. Schon wandte sich die allgemeine Aufmerksamkeit der Tierkommunikatorin zu, der bekanntermaßen die spirituelle Leitung des Kurses oblag. Selbst die drei jungen Frauen drehten sich zu ihr hin, doch nur Marie schien länger interessiert. Die anderen machten bald weiter Selfies, drehten sich und lächelten in ihre Kameras. Als sie jedoch anfingen, auch Videos von der Gruppe zu machen, schritt Tanja schweren Herzens ein. Dieser Schritt barg natürlich auch das Risiko von Negativ-Werbung…

»Sorry, Videos von anderen Teilnehmerinnen ist hier nicht! Das betrifft Persönlichkeitsrechte. Außerdem sind wir hier in einem Bewusstseinskurs. Das seelische Öffnen der Einzelnen verträgt sich definitiv nicht mit Posten auf Social Media. Tut mir leid!«

»Sorry, das wusste ich nicht!« Marie schien zugänglicher als die anderen beiden.

Die ›Blase‹ zuckte nur die Schultern, und Lisa, spontan von Tanja mit dem Namen ›Wimper‹ betitelt, verzog verärgert ihren Mund.

»Das steht übrigens auch in der Anmeldung«, versuchte Tanja die Stimmung zu retten.

»Heutzutage geht alles viral!«, erboste sich die ›Blase‹.

Tanja kramte verzweifelt in ihrem Gedächtnis, das sie doch sonst nie im Stich ließ. Verflixt, wie hieß diese junge Frau denn nur? Sie konnte sie ja schlecht mit ›Blase‹ anreden! Unaufgefordert drängte sich ein Kichern ans Licht, das sie nur mühsam und unter Aufbietung all ihrer Kräfte unterdrückte.

Elinor schien die dunkle Wolke bemerkt zu haben und hatte sich - ihrem Gewicht zum Trotz - lautlos und unauffällig an Tanjas Seite geschoben. So unauffällig, dass sie regelrecht zusammenschrak, als Elinors Bass neben ihrem Ohr erdröhnte.

»Na, was haben wir denn da für Hübsche? Alles gut bei euch, Mädels?«

Auch die Angesprochenen zuckten allein der puren Lautstärke wegen zusammen. Vielleicht aber auch wegen dem ›Mädels‹. ›Wohl eher wegen dem ›Mädels‹‹, entschied Tanja spontan, als sie sich die Reaktionen betrachtete.

Die ›Blase‹ schnappte hörbar nach Luft, verdrehte die Augen, schüttelte demonstrativ den Kopf und wandte sich ab. Schon wieder.

›Wimper‹ klimperte mit besagten, errötete, nestelte in ihren kurzen Haaren und wandte sich erneut ihrem Handy zu.

Und Marie klappte der Unterkiefer herunter. Im Moment

schien sie unter Wortfindungsstörungen zu leiden. Zudem unter akuter Atemnot.

Mittlerweile hatte sich der Fokus der anderen Teilnehmerinnen natürlich auf die seltsame Dreierkonstellation in Soloaufstellung gerichtet. Denn von Gruppe konnte hier keine Rede sein. Der einzig gemeinsame Nenner waren Alter und Verhalten. Ansonsten schien die drei nichts, aber auch gar nichts miteinander zu verbinden.

»Wollen wir uns mal gegenseitig vorstellen? Was haltet ihr davon? Also, ich bin die Elinor. Meines Zeichens Tierkommunikatorin. Und assistiere als zweite Leiterin bei diesem Kurs hier. Das da ist übrigens meine - und damit unser aller - Chefin hier. Tanja. Die Mädels vom Kurs habt ihr ja sicher schon auf der Fahrt kennengelernt!«

Sie warf einen lauernden Blick auf die drei jungen Frauen. Die eine - ›Blase‹ - wandte sich erneut demonstrativ ab und fummelte an ihrem Handy herum.

»Nein? Habt ihr nicht? Hmmm… Zuviel gepostet, nehme ich mal an!«

Marie tat Elinor tatsächlich den Gefallen und errötete. Von ›Blase‹ sah man nur die Rückfront.

›Was die hier nur will?‹, fragte sich Tanja, deren Ablehnung den jungen Frauen gegenüber sich ganz allmählich in eine gesteigerte Form des Grauens verwandelte. Sie schüttelte sich unwillkürlich.

Elinor lächelte. Wölfisch. Ihre Zähne zeigten sich in ihrer ganzen Pracht. Stark. Weiß. Glänzend. Funkelnd wie das Straßsteinchen in ihrem Schneidezahn. Und die Eckzähne blitzten bedrohlich auf. Dolchähnlich. Quasi.

»Seid ihr denn auch mit Namen gesegnet?« Bei dem Wort ›Namen‹ hoben sich ihre Augenbrauen demonstrativ, und die Betonung war offensichtlich.

Oder wäre offenhörig da besser angebracht? Das dachte Tanja, als sie Elinor fast ins Wort gefallen wäre. Glücklicherweise erinnerte sie sich gerade noch rechtzeitig an zwei Dinge:

Zum einen sollte man Elinor nicht unterbrechen, wenn sie im Schwange war. Die Konsequenzen waren meist unvorhersehbar. Und ziemlich häufig ziemlich ungemütlich.

Zum anderen wäre es vermutlich wenig hilfreich, die Frauen mit ihren neuen - obwohl, wer wusste das schon? - Spitznamen zu konfrontieren. Außerdem fiel ihr zu Marie keiner ein. Oder doch - Fisch. Nein, besser Fischleiche. Schon wieder musste sie innerlich grinsen. Und ermahnte sich auf der Stelle selbst. Was hatte sie denn nur für Vorurteile?!

Lisa reckte erneut ihr Kinn nach vorne oben. Das schien ihr Markenzeichen zu sein. Zumindest, wenn sie sich bedroht fühlte. »Hab ich doch schon gesagt! Ich bin Lisa.«

Ah! Lisa! Gleich Wimper. Zweimal i, und das an zweiter Stelle - das musste als Eselsbrücke für Tanja reichen.

»Schööön. Willkommen, Lisa! Warum hast du dich denn für diesen Kurs entschieden?« Elinor trompetete. Sie hielt ihr Gegenüber wohl für taub.

Eine leichte Unsicherheit zeigte sich bei ›Wimper‹. Nein, Lisa! Die Angesprochene zögerte. »Weil ich es - interessant finde?« Sie nickte, scheinbar zufrieden mit ihrer Antwort.

»Soso. Interessant also. Hmmm… Das wird es in der Tat…«

Damit wandte sich Elinor von Lisa ab und nahm stattdessen Marie mit ihren blonden Dreadlocks ins Visier. Die junge Frau wirkte eigentlich eher wie der Prototyp einer Surferin. Schmal, drahtig, braungebrannt, dem Winter zum Trotz.

Die schlug kurz die Augen nieder, um dann einen Punkt auf Elinors Schultern zu fixieren.

›Augenkontakt ist wohl nicht‹, dachte Tanja.

»Also dann. Ich bin Marie.«

»Guuut. Ma-rieee! Und was hat dich bewogen, hierher zu kommen?« Elinors Hände flogen durch die Luft, umfassten Reitanlage, Künstlerdorf und alles, was darauf kreuchte und fleuchte.

Die Angesprochene zögerte. Räusperte sich. Malte mit dem Fuß Muster auf den Boden.

»Also? Wir hören.« Wieder lächelte Elinor ihr wölfisches Lächeln.

Tanja musste sich eingestehen, dass dieses jetzt gerade durchaus einschüchternd, wenn nicht gar beängstigend wirken konnte. Falls man denn hinguckte.

»Ja. Nun.« Ein Ruck ging durch Marie. Wieder fixierte sie den Punkt auf Elinors Schulter. Also an besagtem Lächeln vorbei. Tanja konnte die junge Frau gut verstehen. »Ich mag Pferde. Ja. Und so ein bisschen Naturverbundenheit ist doch gerade wieder hip. Kommt allmählich. Da ist es ganz gut, wenn man mit so einer Erfahrung aufwarten kann. Eine der ersten ist. Sozusagen.«

Die Augenbrauen der Tierkommunikatorin schossen in die Höhe. Seltsam genug machte sie jedoch keine Bemerkung dazu. Stattdessen nickte sie mit einem leisen, dieses Mal tatsächlich freundlichen Lächeln auf den Lippen. Und das nahm Marie wahr. Und mit.

Elinor wandte sich der letzten jungen Frau zu. Der ›Blase‹. Tanja konnte sich immer noch nicht an deren echten Namen erinnern. Seltsam.

»Soooo….«, kam es von Elinors Lippen.

Sie fixierte den Rücken der ›Blase‹. Ganz offensichtlich hatte sie hypnotische Kräfte, denn langsam, ganz langsam, fast, als wäre es gegen deren Willen, drehte sich die junge Frau um. Als letzten Kraftakt, den sie aufzubieten hatte, formte sich vor ihrem Gesicht wieder die Kaugummiblase. Bevor diese allerdings zu ihrer vollen Größe erblüht war, trat Elinor einen schnellen Schritt vor und bohrte ihren Finger in die dünne Hülle. Einen Teil des klebrigen Stoffs hatte sie nun an ihrer Hand herunterhängen, der Rest verteilte sich mit einem leisen Knall auf dem stark geschminkten Gesicht ihres Gegenübers. Inklusive den Wimpern. Die junge Frau wurde blass, während sie mit beiden Händen versuchte, sich von den Kaugummiresten zu befreien.

»Was soll das?«, keifte sie, sobald sie ihren Mund wieder in Gänze bewegen konnte. Den Kaugummi hatte sie wütend zu Boden geschleudert.

»Wir sind hier in einer Gemeinschaft. Da hält man sich an Regeln. Das gilt für alle«, erwiderte Elinor kühl. »Dein Name?«

Ein wütender Blick traf sie. Die ›Blase‹ musterte sie von oben bis unten. Und keifte mit der Stimmlage eines über alle Maßen erbosten Fischweibes los. »Der tut hier nichts mehr zur Sache! Ich wusste doch, dass das hier alles nur Nonsens ist! Hätte ich mir wirklich sparen können! Ich fahre sofort mit dem Bus zurück zum Flughafen! Gut nur, dass ich das nicht selbst bezahlen muss! Aber mein Sponsor, der wird das alles erfahren! Wie ihr hier mit euren Kunden umgeht! Na, das gibt mit Sicherheit einen schönen Artikel!« Sie lachte gehässig auf.

»Mmmh…«, kam es langgezogen von Elinor. »Denn man immer schön bei der Wahrheit bleiben, Kindchen, ja? Als Praktikantin bei einem Verlag muss man sich erst noch seine Lorbeeren verdienen. Vom Vertrauen ganz zu schweigen!«

Tanja klappte vor Erstaunen der Mund auf. Woher in aller Welt wusste Elinor denn das nun schon wieder?! Doch offensichtlich entsprachen die Worte der Schamanin der Wahrheit, hatten einen Finger in eine tief klaffende Wunde gelegt.

Ein wütender, fast schon feindseliger Blick traf sie. Aus zusammengekniffenen Augen musterte die ›Blase‹ zuerst Elinor, dann Tanja, die Gruppe an fassungslosen bis höchst neugierigen Frauen und die beiden anderen Außenseiterinnen. Anschließend schweiften ihre Augen nochmals über die Anlage, bevor ein deutlich sichtbarer Ruck durch sie ging. »Oh nein! So schnell werdet ihr mich nicht los! Ich komm hier schon noch auf meine Kosten, das dürft ihr wohl glauben!«

Zufrieden zwinkerte Elinor ihr zu. »Das wollte ich hören! Eine kleine Kampfsau, die nicht gleich alles hinschmeißt! Respekt!« Sie lachte kehlig.

Die anderen beiden jungen Frauen verfolgten das Gespräch mit offenen Mündern. Auch Tanja musste sich daran erinnern, ihre Gesichtsmuskulatur unter Kontrolle zu bekommen. Wie machte die Schamanin das immer wieder? Noch während sie darüber nachgrübelte, tat die Blase einen entschiedenen Schritt nach vorne, ergriff Elinors Hand und knirschte zwischen zusammengebissenen Zähnen: »Leah!«

»Willkommen. Leah!« Wieder schossen die Augenbrauen der Tierkommunikatorin bedeutungsschwanger nach oben, das Lächeln wurde freundlicher.

Leah wandte sich auch an Tanja, schüttelte deren Hand. Kurz, fest. Eigentlich genau das, was Tanja bevorzugte. Dann trat Leah zwei Schritte zurück, zwischen die beiden anderen.

›Als ob ausgerechnet sie Schutz bräuchte‹, dachte Tanja irritiert.

Ihr Blick fiel auf Elinor, die sehr zufrieden wirkte. Dagegen war die Gruppe ihrer früheren Gäste mittlerweile heftig, wenn auch leise am Diskutieren über das Verhalten der Neuen. Bereits im Bus hatten die drei erkennbar keinerlei Kontaktaufnahme gewünscht. Nun waren die früheren Teilnehmerinnen eng zusammengerückt, es hatte sich eine kleine Mauer gegen die jungen Frauen gebildet. Mit ihrer Vorstellung hatten die Bloggerinnen sich nicht unbedingt eingebracht.

Nun. Tanja wusste, dass diese Art von Kurs prinzipiell für Überraschungen gut war. Es würde turbulent werden die nächsten Tage, das war klar.

Elinor war jedoch noch nicht fertig. »Wir haben - wie Tanja schon gesagt hat - einige Regeln, an die sich alle zu halten haben. Ansonsten drohen in bestimmten Fällen Anzeige und schwere Geldstrafen. Dazu gehört, keine Fotos oder Videos zu veröffentlichen, auf denen andere Teilnehmer zu sehen sind. Außer, es liegt für dieses bestimmte Foto beziehungsweise Video eine schriftliche Genehmigung dieser Person vor. Während unserer Sessions - also unseren intimeren Besprechungen und Sitzungen - sind Handys verboten. Wir werden einen Korb vor dem jeweiligen Eingang aufstellen, da kommen alle Smartphones rein. Ausgeschaltet. Das habe ich deutlich genug ausgedrückt, oder?« Sie klimperte mit ihren Wimpern, die zwar gegen die künstlichen der jungen Frauen winzig wirkten, trotzdem aber ihren ganz eigenen Effekt hatten.

›Ausgerechnet‹, dachte Tanja. Sie war innerlich so angespannt, dass sie kurz vor einem hysterischen Lachanfall stand. Oder vor einem Tränenausbruch. Sie war sich da nicht ganz sicher, hatte allerdings auch nicht vor, das jetzt herauszufinden.

Zögernd nickten die drei Neuzugänge.

»Prima! Haben wir das schon geklärt! Ebenso ist es verboten, Gesprächsinhalte unserer Runden zu veröffentlichen. - Ah, da kommen ja schon unsere fleißigen Helfer!«

Elinor drehte sich halb um und winkte Peter und Erik zu, die sich munteren Schrittes dem Bus näherten. Sie halfen immer beim Aus- und Einladen des Gepäcks, so auch dieses Mal. Von den bisherigen Vorkommnissen hatten sie naturgemäß nichts mitbekommen, und dementsprechend war ihre Laune höchst ungetrübt.

Ein kurzer taxierender Blick genügte, und die Lehrlinge wandten ihre volle, unvoreingenommene Hilfsbereitschaft spontan den drei neuen Einzelgängerinnen in ihrem Alter zu. Lachend und schwatzend nahmen sie das Gepäck, zeigten den Weg zu den Häuschen und verschwanden mit den jungen Frauen.

Tanja hatte gerade noch genügend Zeit gehabt, ihnen zuzurufen, dass das erste Treffen um sechzehn Uhr im Schulstall stattfinden würde. Nun zerstreute sich auch die Schar der anderen Frauen, ebenfalls heftig schnatternd. Gründe dafür gab es ja reichlich…

Elinor und Tanja blieben zurück, und ein riesiger Seufzer entfuhr der Anlagenbesitzerin.

»Naaa? Du WUSSTEST doch, dass dieser Kurs wieder eine Herausforderung wird!« Elinor blitzte Tanja schelmisch von der Seite her an.

Ein weiterer Seufzer schloss sich an. »Joah… Aber gleich sooo groß?!« Ihre Augen schweiften zu den bunten Häuschen, dann folgten sie dem davonfahrenden Bus.

»Wir wachsen mit den Herausforderungen, denen wir uns stellen.«

»Beziehungsweise die uns gestellt werden«, korrigierte Tanja mit einem schrägen Seitenblick.

»Dann suchen wir uns immer noch aus, ob und wie wir damit umgehen.«

»Na gut. Du hast mal wieder recht. Und das letzte Wort.«

»… das noch lange nicht gesprochen ist! Wir unterhalten uns in dreizehn Tagen zu diesem Thema.« Elinor grinste schon wieder so unbeschreiblich wölfisch.

Tanja zog ihre Nase kraus. Aus leidvoller Erfahrung - na gut, es hatte sich bisher immer zum Guten gewendet - wusste sie, dass da noch einiges auf sie zukam. Eine ganz gewaltige Menge sozusagen…

Mit einem Kopfschütteln wandte sie sich ab und ging nach Hause. Ein Pfiff, und irgendwo aus Richtung Küche tauchten tatsächlich die beiden abtrünnigen Greyhounds Charles und Mortimer wieder auf. Die hatten wohl von Elvira, der Köchin des Künstlerdorfes, die sich gerade an Kaffee und

Kuchen austobte, eine Kleinigkeit bekommen. Auch schon egal...

Punkt sechzehn Uhr hatten sich die Teilnehmerinnen im Schulstall versammelt. Alle.

Bis auf eine.

Tanja verrenkte sich den Kopf in Richtung Ausgang, doch nichts war zu hören. Es blieb still. Selbst die Pferde schienen jegliche Aktivität eingestellt zu haben.

»Nun. Warten wir noch einen Moment«, lächelte sie mühsam.

Leises Gemurmel setzte ein. Es gab schließlich noch so viel zu erzählen. Aber dass ausgerechnet jetzt, beim ersten offiziellen Treffen mit anschließendem Probereiten zur Einteilung der beiden Gruppen, eine der Teilnehmerinnen fehlte, war doch höchst ungewöhnlich.

Endlich waren Schritte im Hof zu vernehmen, die sich dann auf der Stallgasse bewegten. Zielstrebig näherten sie sich dem Schulungsraum.

Mit einem lauten »Tata!« trat Samantha ein und warf schwungvoll die Tür hinter sich zu.

Tanja blinzelte.

»Nanu? Wartet ihr etwa auf mich?« Die schlanke Frau mit den langen dunklen Haaren musterte irritiert die Menschen, die in einem Kreis sitzend ihres Auftauchens harrten.

»Jupp. Schon mal auf die richtige Uhr geschaut? Deine scheint sich wohl in eine andere Zeitzone verschoben zu haben! In die Vergangenheit sozusagen.« Elinor blieb vollkommen lässig und grinste. »Das Schmuckstück deines Ex hat jetzt wohl ausgedient, würde ich sagen. Musst du nicht mehr als Stachel in deinem Fleisch und als ewige Erinnerung mit dir rumschleppen.«

Samantha warf erstaunt einen Blick auf ihre sichtlich teure goldene Armbanduhr mit den vielen Diamanten, dann auf die von Mareike, die ihren Arm nach oben in Richtung Samanthas Gesicht streckte, schließlich auf die große Wanduhr schräg gegenüber.

»Ups!« Sie schlug ihre bestens manikürte Hand vor den Mund. »Und ich habe mich schon gewundert, wie ruhig es im Künstlerdorf ist! Aber ich war noch im Bad…« Ihre Augen huschten entschuldigend über die Runde.

Tanja stellte fest, dass ihre Kundin, wie bereits beim vorigen Kurs, gut, dabei aber durchaus kunstvoll aufgelegt hatte. Sie wirkte wie immer durchgestylt, bei ihr war nichts dem Zufall überlassen. Ausgesuchter Geschmack traf hier auf ausreichend Geld. Und in den jungen Bloggerinnen, die am Fenster nebeneinander saßen, hatte sie wohl eine interessante Herausforderung erkannt. Denn auch ihre Wimpern waren nun eindeutig stärker betont als bei der Ankunft.

»Das tut mir jetzt echt leid!« Schon rauschte sie auf den letzten freien Platz und ließ sich darauf niedergleiten. »Wir können!«, verkündete sie strahlend. »Und um meine Uhr kümmere ich mich die Tage, versprochen!«

Sie warf einen Blick hinüber zu Elinor, die nur die Augenbrauen hochzog.

»Inklusive Erinnerungen…«, schob Samantha eilig in deren Richtung hinterher.

Die Augenbrauen senkten sich, ein erwartungsvolles Glitzern trat stattdessen in die Augen der Schamanin.

Tanja räusperte sich. »Nun. Schön, dass ihr alle da seid! Herzlich willkommen nochmals auf unserer Reitanlage! Wie ihr alle wisst, ist dies kein normaler Reitkurs, sondern ein Bewusstseinskurs mit Pferden. Ich möchte gerne von euch wissen, ob wir wieder vormittags reiten und uns nachmittags anderweitig mit den Pferden beschäftigen. Oder wollt ihr dieses Mal lieber vormittags und nachmittags reiten? Wer ist für die erste Variante?«

Spontan schossen sieben Hände hoch. Tanja blickte zu Leah

und Lisa. »Wollt ihr lieber zweimal täglich reiten?«

Leah, die tatsächlich auf ihren Kaugummi verzichtet hatte, zuckte die Schultern. »Ich enthalte mich.«

Lisa an ihrer rechten Seite nickte. »Ist mir egal«, nuschelte sie.

»Gut! Dann werden wir also vormittags reiten und nachmittags auf andere Art und Weise die Pferde bespaßen!«

»Wollen wir auch wieder mit den Pferden tanzen?« Mareike hatte vor Aufregung rote Wangen.

»Können wir. Sehen wir dann«, antwortete Tanja vage. Sie wusste mittlerweile, dass sich diese Art von Kurs nicht wirklich planen ließ. Deshalb ließ sie die Antwort auch lieber offen.

Stattdessen zog sie ihre Liste aus der Tasche hervor und ging die Einteilung der Pferde durch.

Gerade, als sie am Ende angelangt war, ertönten schwere Schritte vor der Tür, die sich nach dem Klopfen sogleich öffnete. Der ausgesprochen gut aussehende - und ebenso schwule - Reitlehrer Stanis trat in den Schulungsraum, um sich vorzustellen. Zumindest den drei jungen Frauen, die ihn noch nicht kannten. Kaum war er fertig und öffnete mit einladender Geste die Tür, sprangen die Teilnehmerinnen von ihren Stühlen, machten sich auf den Weg in die Sattelkammer und zeigten den Neuen, was wo aufgeräumt war. Beim Putzen und Satteln halfen Erik und Peter. Vor allem den jungen Frauen natürlich.

Während Elinor hingebungsvoll mit dem Putzen ihres geliebten Lafayette, dem schweren braunen Wallach, beschäftigt war, zog es Tanja hinüber zu den Paddocks mit den Zuchtstuten, die jetzt, da sie sich allmählich der Abfohlphase näherten, von den anderen Pferden separiert waren. Mit ihren dicken Bäuchen waren sie deutlich behäbiger und konnten nicht schnell genug reagieren, wenn junge Stuten diese Gelegenheit ausnutzten und herumzuzicken begannen.

Den Vormittag hatten sie wie die anderen Pferde eine Stunde auf der Weide verbracht. Minutenweises Anfüttern mit dem saftigen Gras war gerade angesagt, damit sich ausreichend Bakterienkolonien im Darm der Pferde zur Verdauung der eiweiß- und zuckerreichen Nahrung bilden konnten.

Mit einem tiefen Brummeln schlenderten die beiden anderen Zuchtstuten an den Zaun heran, um von Tanja liebkost zu werden. Nur Paloma blieb wie angewurzelt in der Mitte stehen.

Tanja zog die Augenbrauen kritisch zusammen. Dieses Verhalten kannte sie von der Dunkelfuchsstute gar nicht. Schnell schlüpfte sie zwischen den Balken des Zaunes hindurch und eilte zu Paloma. Die beachtete sie gar nicht, sondern schien vielmehr tief in sich hineinzuhorchen.

»Hey! Mädchen! Was ist denn los mit dir?«

Zärtlich glitten ihre Hände den prall gefüllten Bauch entlang. Unter ihren Händen konnte sie Bewegungen fühlen.

»Hey! Dein Fohlen galoppiert ja schon!«, lachte sie.

Doch ein Unbehagen kam in ihr auf. Mit einem Blick kontrollierte sie das Euter. Alles normal. Dann trat sie einen Schritt zurück, um auch das Becken der Stute zu betrachten. Keine Absenkung. Wäre auch viel zu früh… Gut drei Wochen noch bis zum Geburtstermin. Eigentlich sah alles gut aus. Eigentlich…

Die anderen beiden Stuten waren mittlerweile bei ihr angekommen und stupsten sie freundlich an. So schmuste sie auch mit ihnen noch eine Weile. Allerdings ließ sie Paloma dabei nicht einen Moment lang aus den Augen. Was war das nur? Oder reagierte sie über? Mit einem Seufzer wandte sie sich schließlich kopfschüttelnd ab, als sie von Ferne das Klappern der Hufe hörte. Zeit für den Reitunterricht.

Zum Abendessen hatte sich Diana angekündigt. Heute wollte sie keinen ihrer beiden Männer sehen. Lieber das Neueste von der Truppe hören. Sie bog sich vor Lachen, als Tanja ihr wieder und wieder schildern musste, wie Elinor die Kaugummiblase von Leah zum Platzen gebracht hatte.

Als sie sich endlich die Tränen von den Wangen gewischt hatte - auf das freundliche Anbieten der Hilfe von Mortimer und Charles hatte sie dankend verzichtet und die Hunde immer wieder von sich weggeschoben -, meinte sie mit überlegener Stimme zu Tanja hin: »Dann bewahrheitet sich das wohl doch, was ich dir prophezeit hatte!«

Ein überraschter Blick traf sie. »Wie meinen?«

»Na, dass Influencerinnen nicht unbedingt das Einfachste sind! Und ihren ganz eigenen Blick auf die Wirklichkeit haben!«

Tanja wiegte bedächtig den Kopf. »Lass den dreien doch einfach ein wenig Zeit! Ich meine, alleine dass Leah, die eigentlich quasi schon am Besteigen des Busses zur Rückfahrt war, sich mehr oder weniger eingegliedert hat, spricht doch schon für sie! Außerdem wissen wir beide, zu welchen Wundertaten sich unsere edlen Tiere anspornen lassen! Wenn ich da an Mareike denke…«

Ihr innerer Blick wandte sich dem Kursgeschehen vor einem Jahr zu. Die graue Maus, die gleich anfangs ein Pony hatte ausbüxen lassen und es eigenhändig, wenn auch nicht ganz freiwillig - und trotz erheblichstem Respekt vor diesen großen Vierbeinern - zurückgebracht hatte. Unglaubliche Sessions von Mareike und Pony Lisgast waren gefolgt, die allen die Tränen in die Augen getrieben hatten.

»Ja! Genau! Mareike! Ist sie noch beim Finanzamt?«

»Klar! Aber gleichzeitig baut sie sich einen ausgesprochen guten Ruf als Fotografin auf. Sie hat sogar schon zwei Ausstellungen mit Bravour hinter sich gebracht!«

»Da schau mal einer an! Ausgerechnet Mareike, die so lichtscheu war wie ein Maulwurf!«

Die beiden Frauen lachten.

»Ja! Und jetzt steht sie voll im Scheinwerfer der Öffentlichkeit! Freiwillig! Unseren Pferden sei Dank!«

»Wow! Und Samantha?«

»Samantha…« Tanja wiegte bedächtig ihren Kopf. »Das könnte noch spannend werden, dieses Mal. Oder besser - mal wieder. Die hat sich zwar von ihrem Mann getrennt. Aber da ist noch etwas, das es zu lösen gilt!« Und schon erzählte sie ihrer Freundin von dem seltsamen Geschehen mit der Uhr sowie dem Kommentar von Elinor dazu.

»Oh-oh! Nachtigall, ick hör dir trapsen!« Diana schüttelte ihren Kopf, dass die kastanienbraunen Haare nur so aus dem Pferdeschwanz flogen. »Wenn Elinor so was sagt… - Und was meint sie zu den Neuen?«

Tanja zog die Schultern hoch. »Ich habe den Eindruck, dass sie dort… - zumindest Interessantes erwartet. Sie ist regelrecht begierig auf die Arbeit mit den Mädels. Werden sehen…«

Sie zwirbelte eine Strähne, die sich aus ihrem Dutt gelöst hatte, mit dem Finger auf. »Beim Reiten machten alle drei eine halbwegs passable Figur. Keine Sportreiterinnen, auch keinerlei Ambitionen dazu. Eher das ›Spaß-haben-mit-Einhörnern‹-Syndrom. Rosarote Wölkchen, Glitzerglitzer und so.«

»Na, das werden deine Edeltiere wohl ziemlich schnell regeln«, lachte Diana auf. Ein klitzeklein wenig hörte es sich gehässig an. Oder auch schadenfroh. Wenn man denn genau hinhörte.

»Heute waren die ihnen zugeteilten Schulpferde jedenfalls brav und anständig.«

»Anfüttern nennt man das!«, grinste ihre Freundin.

»Oder so… Morgen Mittag darfst du dich ihnen vorstellen. Und dann werden wir sehen, ob sie bei dir malen wollen.«

Diana, die während der Aufenthalte Malkurse für die Teil-nehmerinnen anbot, verdrehte die Augen. »Kann ich drauf verzichten! Sowas von…«

Sie bekam von Tanja einen Rüffler mit dem Ellbogen. »Du und deine Vorurteile! Du weißt doch selbst am besten, dass Lernen nicht immer einfach ist! Auch wenn man sich mit Begeisterung hineinstürzt! Aber glücklicherweise nimmst du ja wieder teil an den Sessions! Vielleicht ändert sich da-durch ja auch dein Weltbild!«

»Apropos Weltbild - wie sieht es denn aus mit Essen? Dafür war ich eigentlich hierher gekommen…« Theatralisch rieb sie sich mit beiden Händen den Bauch und setzte eine Lei-densmiene auf, die Tanja stark an jene von Charles und Mortimer erinnerte. Vor dem Futtererhalt. Wenn ihr Frau-chen mal wieder zu lange herumtrödelte. Ihrer vier-, oder besser gesagt achtbeinigen Meinung nach.

Tanja seufzte. »Immer die wirklich wichtigen Dinge im Kopf… Na komm, schauen wir mal in die Küche, was Mari-anna uns so kredenzt hat!«

Nach einem reichhaltigen Mahl mit Spargellasagne und knackigem Salat, dem ersten aus dem eigenen Garten, hat-ten sich die Freundinnen mit Espresso und Gebäck wieder auf der Terrasse niedergelassen.

Gegen zweiundzwanzig Uhr räkelte sich Tanja. »So. Ich muss. Bist du mit dem Roller da?«

»Ja. Kennst mich doch!« Diana grinste. »Willst du eben dei-ne Stallrunde drehen?«

Tanja nickte. »Und ein besonderes Auge auf Paloma haben! Sie war heute Nachmittag so merkwürdig. Auch wenn sich das zum Abend hin wieder gelegt hatte. Ich will einfach sichergehen.«

»Hast du schon die Überwachungskamera installiert?«

»Nein, das wollte ich die Tage machen. Aber du hast recht,

je bälder, desto besser.«

Diana sah ihre Freundin nachdenklich an. »Du hängst schon ganz schön an Paloma, nicht wahr?«

Die nahm sich Zeit, länger darüber nachzudenken. Langsam und mit Bedacht erwiderte sie: »Schon. Ich weiß auch nicht, warum. Vielleicht, weil sie es mir letzten Endes ziemlich leicht gemacht hat? Ich nicht um sie kämpfen musste wie um Beauty? Oder wie damals um Donauzauber? Weil sie einfach ein Sonnenschein ist, der Menschen liebt und alles tut, um mir zu gefallen?«

»Andererseits liebst du Beauty genau WEGEN des Kampfes um ihr Herz und ihre Anerkennung. Oder - denk doch nur, wie verzweifelt du warst, als Donauzauber wieder gehen sollte, zu seiner Besitzerin Kathrin! Nachdem du und er all die Vorkommnisse gemeinsam durchlebt habt. Übrigens - was hat sie von ihm erzählt? Geht es ihm gut?«

Die beiden Frauen zogen sich an, noch waren die Nächte kalt. Um sie herum wuselten aufgeregt die Hunde, die sich bereits auf das Stöbern im Dunklen freuten.

Tanja lachte leise auf. »Oh ja! Sie ist völlig vernarrt in ihn und hatte sich ernsthaft gefragt, ob sie ihn einfach hierher auf den Kurs mitnehmen sollte.«

»Was spricht dagegen? - Autsch, du kleiner Racker, pass doch mal auf!« Dianas Schelte hatte Mortimer gegolten, der sich in Windeseile an ihr vorbeigedrängt hatte, kaum, dass die Türe einen winzigen Spalt weit geöffnet war. Sie hätte deswegen fast einen Nasenstüber davongetragen. Charles dagegen setzte sich artig hin und wandte verschämt seinen Blick ab.

»Na komm, Charles, raus mit dir! Du platzt doch auch innerlich vor lauter Laufdrang!«

Und schon war der Greyhound mit den aufmunternden Worten Tanjas aus der Tür geflitzt. Die Frauen liefen lachend hintendrein.

»Weißt du was? Ich schiebe den Roller, und du erzählst mir noch was von Donauzauber. Und von Kathrin natürlich!«

Als erstes inspizierten sie den Schulstall. Alles ruhig, alles unauffällig. Anschließend wandten sie sich dem privaten Trakt auf der anderen Seite des Hofes zu. Als Diana an dem Brunnen mit der Bronzefigur von Stute und Fohlen vorbeiging, ließ sie wie immer ihre Hand an der Einfassung des Beckens entlanggleiten. Ein altes Ritual, das sie vollzog, seit es den Brunnen gab. Wie eine Huldigung.

Tanja öffnete die schwere Tür, knipste das volle Licht an und seufzte behaglich auf. Köpfe erschienen über den Boxentüren, Augen blinzelten in die Helligkeit. Und das ein oder andere Pferd brummelte leise vor sich hin.

Eine Tür blieb frei.

»Hey! Beauty! Na, Prinzessin?« Tanja beugte sich weit in die Box hinein.

Ganz hinten stand die Dame, neben der Tür auf ihr vorgelagertes Paddock. Und dort blieb sie auch.

Tanja seufzte. »Okay. Prinzessin ist gestrichen. Eure Hoheit! Darf ich denn eintreten?«

Sie durfte. Und Hoheit erwartete durchaus huldvoll den ein oder anderen Apfelschnitz, den sie in Tanjas Tasche wusste. Diana kicherte auf der Stallgasse.

»Wenn Patsy mit so einem Benehmen anfangen würde, dann würde ich sie über den Hof jagen! - Nein, besser noch: an einen Bauern ausleihen, damit er sein Feld mit ihr bestellt!«

»Haha. Natürlich würdest ausgerechnet du das!«, tönte es dumpf aus der Box zurück. »Schatz, hör einfach nicht auf die Worte der bösen Frau dort draußen! Sie weiß es zwar besser, will es sich aber nicht eingestehen!«

Tanja fuhr noch ein letztes Mal mit der Hand sanft über die Stirn ihrer schwarzen Vollblutstute.

»Gute Nacht, schlaf schön!«

Schon schlüpfte sie hinaus auf die Stallgasse, während ihr Beauty, ohne sich zu regen, versonnen nachblickte.

»So. Dann wollen wir doch mal zu den anderen Hübschen schauen.«

Als sie die Stallgasse abliefen und zu jedem Pferd einen Blick hineinwarfen, dabei ausgiebig Schmuseeinheiten verteilend, beschlich Tanja wieder ein merkwürdiges Gefühl, das sie nicht in Worte fassen konnte. Doch bei Paloma schien alles in Ordnung zu sein. Sie wieherte sogar leise, als Tanja an ihre Box trat. Ein tiefgründiger Blick aus dunklen Augen traf sie. Diana streichelte ihren edlen Kopf, während Tanja die Türe öffnete und sich die Stute genauestens besah.

»What?! Meinst du nicht, du übertreibst?« Diana furchte die Stirn, als Tanja ihr Handy zückte, die Taschenlampenfunktion einschaltete und das Euter damit beleuchtete. Anschließend hob sie noch den Schweif, um dort nach dem Rechten zu sehen.

Zufrieden aufseufzend wandte sich Tanja ihrer Freundin zu.

»Mag sein. Aber du weißt ja… Außerdem… Ach, ich weiß doch auch nicht…«

»Mann, du bist ja echt ganz schön durch den Wind! Bist du sicher, dass du mit Beauty wirklich züchten willst? Da werden wir Psychopharmaka der härtesten Machart einsetzen müssen!«

Tanja schloss die Tür und streichelte Palomas Kopf noch einmal, bevor sie sich bei der Freundin einhakte und die Stallgasse zurücklief.

»Haha…« Doch es klang nachdenklich. Und durchaus nicht mehr so überzeugt wie noch vor ein paar Wochen, als sie Diana von ihren hochtrabenden Zuchtplänen erzählt hatte. Sie schloss leise das Tor hinter sich.

»Ich merke schon, du brauchst jetzt dein Bett, damit du etwas zur Ruhe kommst. Trink am besten noch etwas Lavendeltee! Wir sehen uns morgen! Bis denn!«

»Bis denn!«

Tanja beobachtete, wie Diana ihren Roller anwarf, erwiderte das Winken und blickte den roten Lichtern nach, die in der Dunkelheit verschwanden. Dann pfiff sie ihre Hunde, wandte sich vor der Platanenallee am Ende des Hofes nochmals um und blickte auf die Reitanlage, die in der Notbeleuchtung in Stille und Frieden lag. Sie seufzte, hoffte, dass das so blieb und sah zu, dass sie nach Hause kam.

Mitten in der Nacht schreckte Tanja hoch. Erst wusste sie nicht einmal, wo sie war. Zu tief war sie noch im Schlaf versunken. Suchend griff sie um sich, fand den Lichtschalter und schüttelte sich. Was war denn das?!

Doch wieder krampfte sich ihr Herz in schmerzhafter Ahnung zusammen. Ein Name schoss durch ihren Kopf.

Paloma!

Blitzschnell schoss sie in ihre Kleidung, raste die Treppe hinunter, wäre fast vor Aufregung gestürzt, hielt sich aber noch rechtzeitig am Geländer fest, wimmelte die Hunde ab, griff sich im Vorbeilaufen die Jacke und stürzte alleine hinaus in die Dunkelheit der Nacht.

Schwer atmend kam sie im Stall an, ließ sogar das Tor offenstehen, während sie mit zitternden Fingern den Lichtschalter betätigte, um die lange Reihe der erstaunt in die Helligkeit blinzelnden Pferde zu passieren.

Ganz hinten war kein Kopf zu sehen.

Tanja riss die Tür auf - und sah sich einer höchst zufrieden wirkenden Paloma gegenüber, die im Gegensatz zu den anderen Pferden absolut wach und präsent aussah. Sie stand entspannt in der Mitte der Box und wieherte leise zur Begrüßung.

Tanja fielen Steine vom Herzen. Geröilllawinen. Berghänge gerieten ins Rutschen.

Schluchzend hing sie ihrer Stute am Hals. Und verstand überhaupt gar nicht, was da gerade geschehen war! Wurde sie tatsächlich hysterisch? Als ihre Tränenflut gestoppt war, verließ sie nachdenklich die Box und schlenderte nach vorne zu Beauty, die die Vorgänge skeptisch beäugt hatte.

»Na, mein Schatz, reagiere ich gerade über? Allmählich zweifle ich an meinem Verstand…« Sie strich die Stirnlocke ihres Seelenpferdes glatt, die jedoch bei weitem nicht so zärtlich gelaunt war. Stattdessen stieß sie Tanja mit der Nase unsanft gegen die Brust.

»Denkst du wohl auch… naja… dann schlaf mal weiter. Gute Nacht!«

Sie drehte sich um und schlenderte Richtung Haus zurück. Kopfschüttelnd.

Was war da gerade vor sich gegangen? Und warum hatte sie sich so verstiegen? Fragen, auf die sie in dieser Nacht keine Antworten mehr fand. Unruhig wälzte sie sich im Halbschlaf in ihrem Bett, bis endlich der Wecker klingelte.

Ein neuer Tag hatte begonnen.

Montag

Zur Einstimmung hatten sich alle Frauen im Schulungsraum des Stalles getroffen. Selbst Diana war pünktlich erschienen. Wenn auch gerade eben so mit dem abschließenden Glockenschlag, der von Ferne aus dem Dorf über die Ebene hallte. Schwer atmend stürzte sie als Letzte in das Zimmer, das von einigen Kerzen beleuchtet wurde. Draußen war es heute windig und dunkel, dann und wann gab es Regen, der in unangenehmen Böen herabstäubte. Diana schien in genau eine solche Wolke gekommen zu sein, denn ihre Kleidung wirkte nass.

Tanja zog ihre Brauen zusammen. Schnell war sie an der Seite der Freundin.

»Möchtest du dir noch etwas anderes anziehen?«

Die Angesprochene schüttelte ihren Kopf. »Nein, lieb von dir. Wir sind jetzt ohnehin schon fast im Verzug. Aber das Auto wollte einfach nicht anspringen. Deswegen musste ich mit dem Roller vorlieb nehmen. Auto wäre mir bei dem Wetter lieber gewesen…« Sie deutete mit einem Seufzer nach oben und seufzte theatralisch.

»Na gut. Musst du wissen. Dann setzen wir uns mal.« Mit diesen Worten schob Tanja ihre Freundin in Richtung des leeren Stuhles.

Kaum, dass alle Frauen saßen, ertönte ein leiser, dunkler Gong. Bei Tanja stellten sich schlagartig alle Haare auf den Armen auf. Ein elektrischer Schlag durchfuhr sie. Plötzlich war sie hellwach. Wacher, als sie es die letzten Monate gewesen war.

Elinors dunkles Timbre schwang durch den Raum, erreichte

jeden, berührte das Herz, streichelte die Seele. »Willkommen, Mädels, zu einem neuen Bewusstseinsseminar mit Pferden! Hiermit eröffne ich offiziell den Heiligen Raum, in dem wir nun geschützt die nächsten zwölf Tage und Nächte verbringen werden.«

Sie zog ein Feuerzeug aus der Hosentasche, um damit das Kraut, das in einer Abalone- Muschelschale vor ihr auf dem Boden stand, zu entzünden. Feierlich erhob sie sich mit dem Räucherwerk in der Hand und begann, zunächst die Ecken des Raumes mit dem Rauch zu befächeln. Dafür drehte sie eine Runde im Uhrzeigersinn. Anschließend stand sie vor jeder einzelnen Frau, um diese ebenfalls mit dem würzigen Duft von vorne und hinten zu umhüllen. Auch sich selbst gönnte sie einige Einheiten.

Nachdem sich Elinor wieder gesetzt und die Muschel auf den Boden gestellt hatte, schaltete Tanja mit der Fernbedienung Meditationsmusik ein. Das Räucherwerk glimmte noch eine Weile vor sich hin, bevor es leise verlosch.

»Wir gehen nun in die Stille. Versucht, eure Gedanken ziehen zu lassen. Statt sie wahrzunehmen und zu überdenken, beobachtet ihr sie wie Vögel, die am Himmel entlangziehen. Weit oben, weit weg. Achtet stattdessen auf eure Atmung, auf euren Herzschlag. Spürt, wie ihr zur Ruhe kommt. Alles, was heute geschehen ist, darf gehen. Es zählt nur der Augenblick. Jetzt!« Elinors Stimme verklang.

Die Frauen hatten die Augen geschlossen.

Stille dehnte sich aus.

Bis nach einigen Minuten ein lauter Ruf auf dem Hof alle aus ihrer inneren Einkehr riss.

»Tanja! TANJA!!!«

Das war eindeutig Peter! Und er würde niemals stören, wenn es nicht wirklich wichtig wäre!

Tanja spürte, wie sich alles in ihr anspannte. Mit einem mächtigen Satz sprang sie auf, der Stuhl fiel klappernd hinter ihr zu Boden. Schon hatte sie den Raum mit wenigen Sprüngen durchmessen, die Tür aufgerissen und war in Richtung Hof gestürzt. Den Rumor hinter sich hatte sie gar nicht mitbekommen, zu sehr war sie im tiefsten Inneren entsetzt. Das Grauen hielt sie mit festem Griff umklammert. Paloma!

Peter, der fast mit ihr in der Türe zusammengestoßen war, schimmerte im Gesicht weiß wie die Wand neben ihm. »Schnell! Ich hab den Tierarzt schon angerufen! Ich glaube, da stimmt was mit Paloma nicht! Sie schwitzt, ist unruhig. Komm! Schnell!«

Die letzten Worte hätte er sich sparen können. Tanja sprintete mit der Schnelligkeit einer Olympialäuferin über den Hof, sah von links Stanis mit Erik erscheinen, hörte hinter sich Peter, Diana, Elinor... und bekam eigentlich gar nichts mit. Eine schreckliche Vorahnung überfiel sie.

Die meisten Boxen, die sie passierte, waren bereits leer, die Pferde schon auf der Koppel.

Schließlich, endlich war sie an der Tür ihrer Traumstute angelangt. Die lag gerade mitten in der Box und versuchte, sich zu wälzen. Angsterfüllte Augen blickten Tanja an, rollten in zurückgesunkenen Höhlen.

Tanjas Herz krampfte sich zusammen. Mit einem Satz war sie in der Box, streifte der stöhnenden Stute das Halfter über und mühte sich ab, um Paloma auf die Beine zu bekommen.

Hinter ihr huschten ein, zwei Schatten vorbei. Diana und Peter schrien auf das Pferd ein, Peter trat auffordernd mit dem Fuß an die Hinterhand Palomas. Diese nahm alle Kraft zusammen und sprang auf ihre zitternden Beine.

»Raus! Wir müssen raus hier! Schnell! Macht die Tür ganz auf und tretet zur Seite!«

Tanja sah erst jetzt, dass der ganze Pulk der Teilnehmerinnen mit weit aufgerissenen Augen vor der Box stand und das Spektakel entsetzt verfolgte.

»Peter! Häng dich hinten an den Schweif zum Stabilisieren! Wann kommt der Tierarzt?«

In dem Moment hörten sie vom Hof her knirschenden Kies, ein Auto kam schlingernd vor der Tür zum Stehen.

»Jetzt!«, murmelte der Lehrling, der sichtlich mitgenommen war. »Gott sei Dank!«, fügte er mit schwacher Stimme hinzu, während er den Schweif von Paloma unter Einsatz seines ganzen Gewichtes nach hinten zog.

»Dann warten wir doch hier in der Box«, ordnete Tanja an.

Der Tierarzt, der in der Stalltür auf Stanis und Erik getroffen war, stellte den beiden Fragen, die diese nur mit Schulterzucken beantworten konnten.

Dr. Trapponi, erkannte Tanja die Stimme mit Erleichterung. Schnell eilte er den langen Gang hinunter, schob sich durch den Pulk der Frauen, die ihm zur Seite wichen wie einst das Rote Meer dem Stabe Moses.

Er nickte Tanja flüchtig zu, musterte die Stute, zog schnell Nadel, Spritze und eine Flasche aus der mitgebrachten Ledertasche. Konzentriert zog er die durchsichtige Flüssigkeit auf, staute die Vene am Hals und verabreichte Paloma die Spritze.

»Ist gleich vorbei, zumindest das Schlimmste!«, sagte er, an Tanja und Peter gewandt. Die anderen hatten die Box verlassen.

Tanja warf einen bittenden Blick hinüber zu Elinor, die nickte.

»Mädels, wir haben hier nichts mehr verloren! Lassen wir den Doc in Ruhe seine Arbeit machen! Wir selbst kommen jetzt auch am besten wieder runter und gehen rüber in den Schulstall. Wer nochmal eine rauchen muss oder die Toilette aufsuchen möchte - jetzt ist ein guter Zeitpunkt dafür. Ansonsten treffen wir uns in fünf Minuten wieder im Schulungsraum.«

Elinor reckte das Kinn in Richtung Tanja, die sie mit einem

dankbaren Blick bedachte. Sie wusste, dass die Tierkommunikatorin nun das Heft in die Hand nehmen und ganz viel Druck aus der Gruppe herauslassen würde. Die Stimmung war denkbar aufgewühlt.

Still verließen die Frauen den Privatstall. Tanja schickte nach kurzer Rücksprache mit Dr. Trapponi auch Stanis und Erik wieder hinaus an ihre Arbeit. Nur Peter, der sich persönlich betroffen fühlte, da er Paloma in ihrem jämmerlichen Zustand aufgefunden hatte, durfte bleiben.

Der Tierarzt beschäftigte sich derzeit mit der umfassenden Untersuchung der Stute, die bereits nicht mehr zitterte. Allmählich verlor sich das Entsetzen in ihren Augen. Und auch Tanja kam wieder runter.

Dr. Trapponi tastete nun rektal, also von hinten durch den After, soweit die Länge seines behandschuhten Arms es zuließ. Der verschwand bis zur Achsel im Pferdedarm. Schließlich zog der Tierarzt seine Gliedmaße wieder heraus, kniff die Lippen zusammen und nickte.

»Das Fohlen hat sich bewegt und kam in eine ungünstige Lage. Hat wohl auf den Darm gedrückt, der sich dabei angeschoppt hat. Dadurch kam es zu Krämpfen und daraus entwickelten sich ganz schnell Herz-Kreislauf-Probleme. Deshalb das Zittern und Schwitzen. Jetzt ist alles wieder in Ordnung.«

»Kann sich das wiederholen?«, fragte Tanja mit angsterfüllter Stimme.

Sie war bei weitem noch nicht so ruhig wie nun Paloma, die bereits mit einem Seufzer der Erleichterung äpfelte. Zusätzlich zu den Mengen, die Dr. Trapponi mit der Hand bereits aus ihrem Darm geholt hatte.

»Das kommt der Chance auf einen Lottogewinn gleich«, schüttelte der Tierarzt den Kopf. »Es ist schon selten, dass so etwas überhaupt geschieht. In dieser Dramatik, meine ich. Nein, ich denke, damit ist alles gut. Garantieren kann ich das natürlich nicht.« Er blickte sie von unten herauf beobachtend an.

Tanja atmete tief ein und aus.

»Allerdings«, schon zog sich ihr Magen bei den Worten von Dr. Trapponi wieder zusammen, »ist es ungewöhnlich, dass sich das Fohlen so stark bewegt hat. Man könnte fast meinen, es will sich bereits drehen. Aber - da haben wir doch noch Zeit zum Geburtstermin, nicht wahr?«, wandte er sich mit gerunzelter Stirn an Tanja.

Die nickte. »Ja. Fast vier Wochen noch.«

»Hm. Vielleicht habe ich auch falsch gespürt. Muss wohl…« Er packte seine Sachen zusammen, Peter nahm den verdreckten Handschuh auf und die drei verließen die Box.

»Sieht wieder gut aus, die Maus. Ich erwarte eigentlich keine weiteren Komplikationen. Ansonsten…« Dr. Trapponi machte mit der linken Hand das Zeichen für Telefonieren. Daumen hoch, Richtung Ohr, die Finger gekrümmt, als hielten sie ein Handy. Typisch italienische Zeichensprache, die oft genug Worte ersetzte. Ein Überbleibsel aus der Zeit der reichen Handels- und vor allem Hafenstädte, in denen Menschen jeglicher Herkunft miteinander kommunizieren mussten, ohne auch nur im Ansatz die Sprache des anderen zu verstehen.

»Gut. Dann bin ich erleichtert!«

»Dürfen Sie auch. Alles wieder auf der sicheren Seite!«

»Kann Paloma raus? Auf die Weide?«

»Ist vielleicht sogar das Beste für die Stute. Dann kommt sie schneller über den Schock hinweg.« Dr. Trapponi wiegte bei diesen Worten nachdenklich sein Haupt, während er Paloma betrachtete. Die wirkte mittlerweile schon wieder regelrecht munter.

Peter griff sich bereits das Halfter.

»Aber bitte erst noch etwa dreißig Minuten Schritt führen! Du kannst auf dem Reitplatz immer wieder mal eine Bahnlänge mit ihr joggen. Dann lösen sich auch die letzten Reste, weil der Darm in Schwingung versetzt wird.« Der Tierarzt gestikulierte weiterhin mit beiden Armen, um seine Worte zu unterstreichen.

Tanja dachte an den Außenplatz hinter den Bögen, die die kleine und die große Reithalle mit einem überdachten Gang verbanden. Aber vielleicht war es besser, in letztere zu gehen, des Wetters wegen. Und ihre Teilnehmer waren ohnehin erst in etwa vierzig Minuten an der Reihe. Sie teilte Peter ihre Gedanken mit.

Der Tierarzt fiel ein. »Schön. Dann sehen wir uns hoffentlich erst zum Geburtstermin wieder!«

»Danke, Dr. Trapponi! Auch, dass Sie so schnell da waren!«

»Glücksache! War gerade auf dem Weg zum Nachbarn, für seine Kühe. Da muss ich jetzt auch schnellstens hin…« Der Tierarzt warf einen Blick auf seine Armbanduhr, nickte Tanja und Peter zu und verließ den Stall ebenso eilig, wie er ihn betreten hatte.

Peter wandte sich Paloma zu, die wieder völlig normal wirkte. Nur die aufgewühlte Einstreu und das verklebte Fell erinnerte noch an die heftige Symptomatik und den damit verbundenen Schrecken.

»Ich striegle sie vorne am Putzplatz noch über und gehe mit ihr spazieren. Dann kannst du wieder zu deiner Truppe!« Peter lächelte seine Chefin an. Man sah in seinen Gesichtszügen, dass auch er tiefe Emotionen durchlitten hatte.

Tanja nickte erleichtert, atmete noch einmal tief durch, strich Paloma zum Abschied über den Hals und lief hinüber zum Schulstall. Auch sie brauchte nun dringendst Erdung. Und freute sich umso mehr, dass Elinor ihr beim Eintreten zuzwinkerte und ebenfalls Entwarnung signalisierte.

Die Meditation konnte fortgesetzt werden.

»Puh! Das war ja mächtig viel Wirbel!« Diana betrachtete ihre Freundin mitfühlend, die ihr auf dem Weg zur Reithalle alles erzählt hatte, was nach deren Weggang noch geschehen war.

»Ja. Aber wie gesagt - das sollte sich laut Aussagen von Dr. Trapponi nicht wiederholen. Bin ich froh! Dafür bin ich definitiv nicht geschaffen!«

»Nein. Kann ich nachvollziehen. Und bevor du fragst - ich glaube eher nicht, dass ich Patsy im Frühjahr decken lassen werde! Nicht, nachdem ich das alles mitbekommen habe! Danke aber auch!« Sie schüttelte entschieden den Kopf.

»Ja. Nun. Ich bin mir mit Beauty auch gar nicht mehr so sicher... Mal sehen, was Max dazu sagt.«

»Telefoniert ihr heute Abend wieder?«

Tanja seufzte. »Eher nicht. Er ist jetzt an der Westküste, also eine immense Zeitverschiebung. Neun Stunden... Heute Morgen hat es schon mal wieder nicht geklappt. Aber glücklicherweise gibt es ja die Messengerdienste... Fotos hat er einige geschickt, und es ist dort erheblich wärmer als bei uns. Kalifornien halt...«

Ihr Blick blieb an Leah hängen, die sich gerade abmühte, auf das ihr zugeteilte Schulpferd Sunflower, kurz Sunny, zu steigen. Sunny war eigentlich ein ausgesprochen entspanntes Pferd, ein Warmblut-Noriker-Mix, kräftig in der Statur, freundlich im Wesen. Doch selbst dieses gemütvolle Pferd schien gewisse Probleme mit der Bloggerin zu haben.

Schnell wandte sich Tanja von ihrer Freundin ab, nickte zu Leah hinüber und setzte sich in Bewegung.

»Entschuldige...«, war alles, was Diana noch vernahm.

Sie zuckte die Schultern und begab sich auf die Zuschauertribüne, von wo aus sie alles im Blick hatte. Vier der fünf Reiterinnen saßen schon auf ihren Pferden. Elinor ritt gerade im Schritt an und winkte Diana mit einem spitzbübischen Lächeln unter der weit in den Nacken geschobenen

Reitkappe her zu, während sie ihren geliebten Lafayette mit der anderen Hand ausgiebig den Hals streichelte.

Erik hantierte noch an den Bügeln von Lisa, die gerade wieder ihr Kinn nach oben reckte. Was er wohl zu ihr gesagt hatte, dass sie in Angriffsstellung ging? Doch er lachte laut auf, und auch von ihr meinte Diana ein Giggeln zu hören, während sich ihr Kinn wieder senkte.

Stanis dagegen lehnte sich halb gegen Deldrin, den jungen Wallach, der sich zu einem zuverlässigen Partner entwickelte, und sprach lächelnd mit Marie, die fasziniert lauschte. ›Eine durchaus hübsche Person‹, dachte Diana. ›Schmal, drahtig, braungebrannt - wie eine Surferin aus dem Bilderbuch! Eigentlich gar kein Reitertyp…‹

Lisgast mit Mareike schob sich in ihr Blickfeld. Sie strahlte nur so vor sich hin, leise auf das Pony einredend, mit dem sie so viel verband. ›Wie hat sich diese graue Maus doch verändert!‹, schoss es Diana durch den Kopf. Sie schüttelte anerkennend ihre braunen Haare. Noch vor einem Jahr war es ein Akt schieren Willens von Mareike, ein Pferd nur zu putzen geschweige denn zu führen. Jetzt saß sie so locker auf dem Pony, als wäre das ihr normales Dasein. ›Sie hat wohl fleißig Reitunterricht zuhause genommen. Und freut sich über die Maßen, endlich wieder auf Lisgast zu sitzen! Mal sehen, wo es diese beiden noch hinführt‹, überlegte Diana.

Ihr Blick flog wieder zu Leah, die nun endlich mit Hilfe von Tanja auf Sunny geklettert war. Sie musste zweimal hingucken, blinzelte und begann zu grinsen. Das Aufsteigen hatte ein Opfer gefordert. Eine der Wimpern klebte nun nahe dem rechten Ohr. Tanja konnte das von ihrer Warte aus nicht sehen. Peter, der gerade am Eingang aufgetaucht war, dagegen schon. Er unterdrückte mühsam ein Lachen und wartete, dass er zu Tanja und Leah in die Bahn gelangen konnte.

Nach der obligatorischen Frage »Tür frei« vor Betreten der

belegten Halle und der Antwort von Stanis, der zuerst einen prüfenden Blick in die Runde warf, »Ist frei«, schob sich der Azubi durch das Tor. Als er bei Leah, die gerade anreiten wollte, angelangt war, zwinkerte er ihr zu und machte in original italienischer Manier eine Bewegung von Augenlid zu Wangenknochen. Dann deutete er auf ihre Ohrgegend.

Es dauerte einen Moment, bis Leah begriffen hatte. Mit einem leisen Entsetzenslaut griff sie sich an das rechte Auge. Nichts! Ihre Fingerspitzen wanderten weiter in Richtung Ohr. Dort fand sie die vermisste Wimper. Sie betrachtete das Stück auf ihren Fingern, überlegte, ließ sie fallen und zupfte sich kurzentschlossen in geübter Weise auch die andere Wimper ab. Zugegebenermaßen sah sie nun wieder symmetrischer aus. Allerdings auch ausgesprochen - ungewohnt. Normal? Entschlossen gab sie Sunny einen auffordernden Schenkeldruck, und die Stute stolperte aus dem Halbschlaf, in den sie gesunken war, in den Schritt.

Es waren zwei gelungene Stunden geworden, freute sich Tanja beim Mittagessen, während sie Diana beobachtete, die sich als Künstlerin und Leiterin der kreativen Stunden präsentierte. Dies stellte ein fakultatives Angebot an die Teilnehmer der Reitkurse dar, das meistens sehr gerne - und mit oft überraschenden Ergebnissen - angenommen wurde. Am Abschlussabend erfolgte eine Präsentation von ausgesuchten Werken, die Tanja immer wieder staunen ließ. Wieviel künstlerisches Talent lag doch in den Menschen! Und die wenigsten ahnten davon… Tanja selbst konnte nicht einmal einen Himmel malen, der auch nur halbwegs aussagekräftig wirkte. Nun ja - sie hatte ihre Talente auf anderen Gebieten. Eindeutig!

Mit halbem Ohr folgte sie dem Geschehen, wurde aber hellwach, als Leah voller Überzeugung »Ich!« rief. Die Frage war vermutlich gewesen, wer denn an dem Kurs teilnehmen wolle. Erstaunt musterte sie ›Blase‹, die tatsächlich wieder einen Kaugummi von einer Backe zur anderen schob. Die richtete ihre Aufmerksamkeit indessen auf die anderen beiden jungen Frauen.

Lisa zuckte die Schultern. »Warum nicht? Kann ich ja mal probieren…«

Marie schien ebenfalls unentschlossen, doch sie ließ sich von der Gruppendynamik anstecken.

Nun beobachtete Leah ganz eindeutig Samantha. Irgendwie schien die deutlich ältere Frau sie zu reizen. Oder ihr zu imponieren. Jedenfalls verspürte Leah ganz offensichtlich den Drang, sich mit ihr zu messen. Jene bemerkte den konzentrierten Blick, sah von ihrem Cappuccino auf, in dem sie gerade andächtig gerührt hatte. Und nahm die zwar wortlose, aber dennoch lautstark im Raum stehende Herausforderung an.

»Ich bin dabei!«, erklärte sie mit kühler, klarer Stimme, ohne den Blickkontakt mit Leah abzubrechen.

Mareike am Nachbartisch verschluckte sich fast und begann heftig zu husten.

»Na, na, geht's wieder?« Elinor klopfte ihr kräftig auf den Rücken.

Daraufhin lief Mareike noch röter an. »Ist gut, ist gut!«, ächzte sie und versuchte, sich Elinors ausgesprochen kraftvoller Hilfestellung zu entziehen.

Tanja grinste. Sie wollte sich gar nicht vorstellen, den wohlgemeinten Schlägen der schwergewichtigen Tierkommunikatorin ausgesetzt zu sein. Jedenfalls hatte diese Unterbrechung dazu geführt, dass das Kreuzen der Klingen auf - im wahrsten Sinne des Wortes - Augenhöhe zwischen Leah und Samantha beendet war.

Letztere beugte sich zu Mareike vor. »Alles wieder gut?«

Die nickte. »Ja. Sicher. War nur ein verirrter Krümel. - Ich möchte auch mitmachen. Bitte!«

»Geht klar!« Diana freute sich über den regen Zulauf, den Tanja ihr von Herzen gönnte.

So, wie ihr eigenes Herz aufging beim Reitunterricht und den Tätigkeiten rund um die Pferde, so war es bei Diana mit der Kunst. Sie liebte es, von den Teilnehmerinnen überrascht und damit auch selbst inspiriert zu werden!

Tanja wiederum lernte aus dem Unterricht, den sie gab, viel für sich. Sie hatte einmal mit Stanis darüber gesprochen, der daraufhin leise gelacht und ihr erklärt hatte, dass dieses Phänomen ›Lernen durch Lehren‹ genannt und bereits seit der Antike angewendet wurde. Es half den Schülern, Neues zu begreifen, während die Lehrenden tiefer in die Materie eintauchten und sich deren Wissen damit nicht nur verfestigte, sondern zudem ausweitete. Stanis hatte es mit einem Wurzelgeflecht verglichen. Anfangs nur ein einzelner Strang des Schösslings nach unten, fächert dieser sich im Lauf der Zeit mehr und mehr auf, bis er in feinsten Würzelchen das gesamte umgebende Erdreich verankert. Tanja musste zugeben, dass das ein schöner Vergleich war. Und hatte prompt daran gedacht, wie oft sie bei Nachfragen ihrer Schüler eine mindestens zufriedenstellende Antwort geben konnte, sich aber noch am selben Abend mit Büchern zurückzog, um sich intensiv mit der Thematik zu befassen.

Neben ihr ließ sich jemand auf den Stuhl fallen. Am Stöhnen, wohl der gerade geleisteten notwendigen Selbstdarstellung geschuldet, erkannte sie ihre Freundin Diana.

»Na? Fertig? Lass mal sehen!« Tanja schnappte sich die Liste und warf einen Blick darauf.

Fast alle hatten sich eingetragen. Bis auf Kathrin und Sandra, die bereits beim ersten Kurs auf Anhieb beste Freundinnen wurden und sich eher kritisch abseits gehalten hatten. Was sie nicht daran gehindert hatte, später voll einzusteigen und sich von der Welle der Euphorie mittragen zu lassen. Kathrin hatte im Sommer sogar ihr neues Pferd Donauzauber zu Tanja gebracht, um sich von ihr bei der Ausbildung des bildschönen Trakehners mit der problematischen Vergangenheit helfen zu lassen.

»Na, das läuft ja!«, freute sich Tanja mit der Künstlerin. Deren Augen leuchteten wie Sterne. »Oh ja…«, meinte sie träumerisch.

Doch plötzlich trat ein anderer Glanz in ihre Augen. Wie von der Tarantel gestochen sprang sie auf, um sich einen Latte macchiato zu holen.

»Koffeinsüchtig«, meinte sie mit einem entschuldigenden Kopfschütteln zu Tanja hin.

»Manchmal möchte man schon meinen…«, murmelte diese in sich hinein.

»Und wie geht es Paloma mittlerweile?«, wollte Diana wissen, als sie strahlend mit einem frisch gefüllten Glas zurückkam.

»Hast du doch vorhin selbst gesehen. Sie steht, nachdem sie zum Anweiden auf Koppel war, zusammen mit den anderen beiden werdenden Müttern wieder auf dem Paddock, nascht Heu und lässt sich die Sonne auf den Pelz scheinen. Erfreulicherweise hatte das Wetter ja ein Einsehen.«

»Dann war es wirklich nur eine unglückliche Drehung. Gott sei Dank! Entwarnung!«

Elinor, die sich bis eben gerade mit Mareike unterhalten hatte, drehte sich zu den beiden um. Tanja nahm wahr, dass sie den Satz mittendrin unterbrochen hatte. Doch die Tierkommunikatorin sagte kein Wort. Sie blickte Tanja nur kurz an.

Diese schluckte, atmete tief durch. »Elinor? Ich hatte heute Nacht ein ganz komisches Erlebnis…«

Sie warf einen Blick auf die vielen Menschen um sich herum. Dann winkte sie entschuldigend den anderen zu. Diana musterte sie mit hochgezogenen Brauen. Egal. Die würde später eine entsprechend abgespeckte Version zu hören bekommen, mit nicht ganz so viel Emotionen. Nur nichts heraufbeschwören! Dafür inklusive der Erkenntnisse, die sie sich nun durch das Gespräch mit Elinor erhoffte.

»Wollen wir mal ein Stückchen gehen?«

Die beiden liefen schweigend in Richtung Berge, die im Hintergrund grün leuchteten. ›Das erste Frühlingsgrün!‹, dachte Tanja erfreut. Wenn es dort oben ankam, war die Winterzeit definitiv überwunden. Hurra!

Elinor dachte gar nicht daran, eine Frage zu stellen. Sie ließ Tanja die Zeit, sich zu sammeln und die richtigen Worte zu finden. So dauerte es eine ganze Weile, bis Tanja mit ihrer Geschichte, die sie doch ziemlich bedrückte, begann. Sie erzählte von dem komischen Gefühl, dem regelrechten Herzzerreißen, der Panik, dem fluchtähnlichen Sprint hinüber in die Stallungen - und Paloma, die sie dort wach und mit freundlichem Blick erwartete.

Elinors Lippen kräuselten sich. Mit einem Lächeln antwortete sie. »Nun, da hat die Dame wohl mal getestet, wie schnell du im Ernstfall handlungsbereit bist!«

»Wie meinst du?«

»Na, sie wollte einfach wissen, ob du an bist! Ob du auf ihrer Frequenz schwingst! Ob du rechtzeitig reagierst! Ob du ihren Ruf hörst! Verstehst du?«

»Du meinst, das war einfach ein - Test?«

»Oh ja. Nicht mehr und nicht weniger.«

»Ah. Okay…« Das klang noch nicht wirklich überzeugt.

»Und du hast ihn bestanden! Glückwunsch!« Das breite Lächeln von Elinor ließ das Straßsteinchen in ihrem Vorderzahn in der Sonne blitzen und funkeln.

»Aber was war das dann heute Morgen?«

»Das war das, was es war. Eine unglückliche Drehung des Fohlens, die sich ungünstig auf den Darm ausgewirkt und damit eine Kolik ausgelöst hat.«

»Muss ich mir denn Sorgen machen?«

»Nein, Kindchen, musst du nicht. Nicht jetzt.« Elinor schüttelte ihren Kopf.

»Aber später?!« Entsetzt starrte Tanja die Freundin an. Sie schluckte. »Ich habe einfach Angst... richtig Angst... Sowas kenne ich doch sonst nicht! Wieviele Fohlen sind hier schon zur Welt gekommen...Dutzende... Aber jetzt?!«

Elinor betrachtete sie schmunzelnd. »So ist das Leben eben, wie das Leben eben ist!«

Tanja holte tief Atem. Sie blieb stehen, blickte in den blitzblauen Himmel und sah einem Bussard nach, der hoch oben seine majestätischen Bahnen zog.

»Jetzt machst du übrigens das Richtige. Das einzig Richtige!«, merkte Elinor nach einer Weile des Schweigens an.

Tanja betrachtete sie mit gerunzelter Stirn. »Zur Ruhe kommen?«

Die Tierkommunikatorin nickte.

Tanja hob ihren Blick wieder gen Himmel.

»Ich lass dich mal allein. Viel Spaß noch!« Mit diesen Worten drehte Elinor um und ließ Tanja zurück.

Die blickte ihrer Freundin überrascht nach, erkannte dann aber den Sinn und ließ sich zu Boden gleiten. Erst sitzend, dann liegend blickte sie in den makellosen Himmel. Sie spürte unter sich den noch kühlen Boden, das Gras kitzelte an ihren Händen, der Duft der Erde hüllte sie ein. Als sie die Augen schloss, hörte sie den Schrei des Bussards. In diesem Moment wurde sie ganz ruhig. Als sie ausatmete, schienen sie alle Sorgen zu verlassen. Sie war da. Ganz. Da.

Tanja verbrachte den Rest der insgesamt drei Stunden langen Mittagspause an diesem Ort, der ihr magisch geworden zu sein schien. Entsprechend geerdet erschien sie pünktlich zu Beginn der ersten Session im Hof, wobei sie vorher noch an den Paddocks vorbeigeschaut hatte. Alles friedlich. Alles gut. Sie hatte tief ausgeatmet. Paloma schien ihr zuzuzwinkern. Und ihr Erfolg zu wünschen für die bevorstehenden Stunden.

Tanja und Elinor hatten beschlossen, mit einem Führtraining zu starten. Für die erfahreneren Frauen hieß es nach kurzer Zeit, zunächst den Strick ganz lang zu lassen, um ihn schließlich über den Hals zu legen und dort zu verknoten. Gelangen diese Übungen, durften die wenigen verbliebenen Teilnehmerinnen, die bis dahin gut mit ihren Pferden zusammengearbeitet hatten, auch das Halfter ablegen. Bis zu diesem Punkt waren nur noch Kathrin, Samantha und Sandra übrig, die nun aus Sicherheitsgründen die Halle jeweils alleine nutzten, während die anderen beiden Pferde mit Erik und Peter im Hof warteten.

Sandra arbeitete konzentriert mit Roses, einer zierlichen Fuchsstute mit vier hochweißen Beinen, deren Abzeichen bis fast unter den Bauch reichten. Tanja hatte dieses Pferd selbst gezogen, ausgebildet war es von Stanis und den Jungs. Sie war erst seit einem knappen Jahr im Schulstall, die Frauen hatten sie also im Kurs vorher noch nicht kennengelernt. Und Roses war bisher auch noch nicht in einem Bewusstseinskurs eingesetzt worden.

Doch es klappte hervorragend! Sandra schien die Stute wie an einem undurchsichtigen Leitseil alle abgefragten Hufschlagfiguren zu führen. Auch die Pylonen, die sie umrunden mussten, stellten kein Problem dar.

»Wollen wir noch eine Herausforderung einbauen?«, fragte Tanja.

Mit leuchtenden Augen nickte Sandra. »Gerne!«

Tanja ging mit Peter, der Marbella an Erik abgegeben hatte, in die Bahn, um aus dem hinter der Bande - der hölzernen Umgrenzung der Reitbahn - liegenden Stauraum für Hindernisse und sonstiges benötigtes Material eine Stange und zwei niedrige Hindernisblöcke zu holen. Zunächst legten sie die Stange direkt auf den Boden zwischen die Hindernisblöcke, sodass sie auf dem Hufschlag im rechten Winkel direkt an der Bande lag. Lief Sandra auf der linken Hand, also die Bahninnenseite links von sich und damit gegen den Uhrzeigersinn, hatte sie die Begrenzung der Bande rechts von sich zu Hilfestellung, um Roses quasi einzurahmen. Diese sollte nun über die Stange laufen, an der Seite von Sandra. Ohne Halfter. Ohne Führseil.

Zunächst stoppte Roses, schnorchelte, warf einen Blick zu Sandra, drängte sich an sie - und lief brav über die Stange, nachdem diese sie beruhigend getätschelt und auf sie eingesäuselt hatte. Offenbar vertraute die Stute ihrer Führerin. Sie wiederholten die Übung so lange, bis Roses nicht einmal mehr einen Blick auf die Stange warf.

»Versuch es jetzt von der anderen Hand!«, rief Tanja euphorisch, und meinte damit, von der anderen Seite zu kommen.

Tatsächlich klappte auch dies beim ersten Mal, wenngleich mit einer kleinen Verzögerung.

»Mehr?«, wollte Tanja nach einigen Runden wissen.

»Gerne! Eins geht noch!« Sandra strahlte vor sich hin.

»Na denn. Dann wird es jetzt sportlich! Wechsle die Hand, wir fangen immer auf der für das Pferd einfacheren Seite an, damit wir die Motivation des Pferdes nutzen können. Dieses Mal überwindet ihr die Stange im Trab. Nachher legen wir sie höher. Am besten gehst du bis zur Ecke Schritt und trabst dann an. Schauen wir mal, was passiert...«

Doch dieses Mal ging alles schief.

Als Sandra antrabte, rollte Roses entsetzt mit den Augen, sprang zurück, bockte, und schoss dann an Sandra vorbei, in weitem Bogen um die Stange herum.

»Okay! Stoppen wir die Übung!« Tanja atmete schwer ein.

Sie hatte es ausgereizt, das war ihr klar. Sie hatte von einem Pferd mehr gefordert, als es zu diesem Zeitpunkt leisten konnte. Als Profi sollte ihr das eigentlich nicht passieren. Aber manchmal überkam sie einfach der Überschwang und sie ließ sich hinreißen...

Roses hatte sich wieder beruhigt und war in der entgegengesetzten Ecke stehengeblieben. Von dort aus musterte sie unsicher Sandra, die sich nun mit leiser Stimme auf sie zubewegte. Mit verzagtem Blick senkte die Stute den Kopf und kaute. Sandra trat dicht an sie heran und streichelte sie zart. Was genau sie in die Mähne des Pferdes murmelte, wussten nur sie und das Tier.

Schließlich setzte sich Sandra wieder in Bewegung, und Roses folgte an ihrer Schulter.

Tanja seufzte erleichtert. Nun galt es, die Übung zu retten.

»Geh noch einmal mit ihr von der linken Hand über die Stange. Im Schritt. - Ja, so ist es gut. Super! Jetzt lob sie, mach es nochmal von der anderen Hand, und dann lassen wir es für heute gut sein! In den nächsten Tagen arbeiten wir dann weiter.«

Die beiden erledigten die gestellte Aufgabe souverän, kein Zaudern war beim Überwinden der Stange zu sehen. Fast wirkte es, als läge kein Hindernis im Weg des Paares.

»Lobe sie ganz ausgiebig, er-lobe sie quasi! Ja, schön! Sie muss sich vorkommen wie die Gewinnerin des Tages! Sehr gut! Seht ihr, so sollte man Probleme korrigieren! Einen, oder gegebenenfalls auch zwei Schritte zurück, dort wieder Sicherheit aufbauen, und ein, zwei Tage später, wenn das alles gesackt ist, in der Sicherheitszone einen neuen Anlauf nehmen, um die Komfortzone zu verlassen und etwas mehr zu fordern und zu erreichen. Super gemacht, Sandra! Vor allem, wie du Roses wieder auf deine Seite gebracht hast! Chapeau!«

Sandra hatte in der Zwischenzeit das Halfter wieder angelegt. Als der Applaus der anderen Teilnehmerinnen aufbrandete, sprang die Stute zwar zurück, beruhigte sich aber schnell und Sandra konnte sie vor Stolz strahlend aus der Halle führen.

Nun war Kathrin an der Reihe. Sie hatte darauf bestanden, wieder mit dem weit ausgebildeten Wallach Chocolate Chips zu arbeiten, der ihr im letzten Kurs so viel beigebracht hatte. Dieses Paar machte seine Sache sehr ordentlich. Allerdings verzichtete Tanja auf das Experiment mit dem Antraben. Dafür schwebte ihr für das nächste Mal Führtraining schon eine entsprechende Übung vor.

Schließlich kam Marbella in die Bahn, gemeinsam mit Samantha. Die Stute war zwar nicht so spannig wie beim ersten Zusammentreffen dieser beiden Alphatiere, schien aber auch nicht gerade tiefenentspannt in sich zu ruhen.

Tanja zog argwöhnisch die Augenbrauen zusammen, als sie die beiden beobachtete. Tatsächlich, schon begann Marbella zu zicken. Nur Kleinigkeiten, für den Laien nicht auffällig, wie ein möglichst großer Abstand zu Samantha, die daraufhin das Pferd stärker an die Bande drängte, um mehr Kontrolle über die Stute zu erreichen. Marbella schüttelte unwillig die goldene Mähne und erhöhte ihr Tempo, um die Führung zu übernehmen. Auch Samantha wurde entsprechend schneller und drehte ihren Oberkörper in Richtung Stute, die daraufhin abrupt stehen blieb und sich blitzschnell in die entgegengesetzte Richtung drehte.

Die Frau hatte damit nicht gerechnet und starrte verblüfft auf die leere Stelle neben sich, während Marbella hocherhobenen Hauptes in Richtung Tribüne davonspazierte. Tanja beobachtete, wie es im Gesicht der attraktiven Frau arbeitete. Funken schienen zu sprühen, Blitze zu zucken, als sie sich mit verkniffenem Mund zu Marbella umwandte.

›Oh-oh!‹, dachte Tanja, ›das wird ja mal wieder spannend!‹

Samantha hatte ihre Energien ganz offensichtlich nicht mehr im Griff. Je näher sie Marbella zu kommen versuchte, desto eiliger hatte die es, von ihr wegzumarschieren.

»Stop!«, rief Tanja in die Bahnmitte.

Wie angewurzelt blieben beide stehen, Frau und Pferd, und starrten Tanja an. Die überlegte, ob sie wohl besser hineingehen oder ihre Anweisungen von draußen aus geben sollte. Sie entschied sich nach einem Blick zu Elinor hin, die sie auffordernd angrinste, für letzteres.

»Samantha, komm doch mal etwas näher bitte! Dann muss ich nicht so laut reden, und auch für das Pferd wird dadurch Aggression herausgenommen.«

Mit einem tiefen Einatmen folgte Samantha der Aufforderung. Sie stellte sich vor die Tribüne. Jetzt allerdings wirkte die Sache, als wäre sie die Angeklagte vor einem vielköpfigen Geschworenengericht. Auch nicht clever. Planänderung. Tanja stützte sich auf der mit Hallenstaub leicht bedeckten Bande, der hölzernen Einfassung der Reitarena, ab und überwand diese mit einem Satz, was Marbella, die sich ebenfalls interessiert genähert hatte, zurückspringen ließ. Doch sofort siegte wieder die Neugier.

›Schlimmer als Katzen!‹, dachte sich Tanja innerlich grinsend, während sie den langgereckten Hals und die aufmerksam spielenden Ohren der Stute betrachtete. Tanja war mit beiden Beinen sicher auf dem Hufschlag gelandet und wischte sich die leicht staubigen Hände an der Hose ab.

»Soooo....« Ihr Blick wanderte zwischen Samantha und Marbella hin und her. Die Stute befand sich mittlerweile wieder fast auf Schulterhöhe der Frau.

»Wie du siehst, besteht bei Marbella durchaus die Bereitschaft mitzuarbeiten.« Tanja nickte zu dem Pferd hin, das den Hals noch länger machte und in Samanthas Haare schnoberte.

Die war aber noch in ihrem Brast gefangen und kniff die Lippen aufeinander. Als sie sich umwandte, sprang Marbella wieder zurück und schüttelte heftig ihren Kopf. Dabei begann sie, mit dem Vorderfuß den Boden zu bearbeiten.

»Und?!«, verlangte Samantha zu wissen.

»Was denkst du denn über diese Situation?«

Ein wütender Blick traf Tanja. Sie verstand nun, warum Marbella den nahen Dunstkreis von Samantha mied. Am liebsten wäre sie selbst ein, zwei Schritte zurückgetreten.

»Ich sollte kooperativer sein!« Ihr Blick sprach Bände. Entgegengesetzter Art allerdings.

»Jo. Wie kommen wir da am besten hin?« Tanja wandte sich nun zur Tribüne um, an die anderen Kursteilnehmerinnen gewandt. »Das ist übrigens wichtig für uns alle! Denn nur dann haben wir eine Chance, mit einem Fluchttier zu arbeiten. Frei und frei-willig, versteht sich!«

Die Frauen nickten, manch eine mit sinnendem Blick. Tanja erhaschte ein mutmachendes Lächeln und Nicken von Elinor.

Sie drehte sich zurück zu Samantha. »Nun? Hast du eine Idee?«

Samantha schien sich gerade eben noch ein Augenverdrehen zu verkneifen. Marbella stand im Hintergrund, ein Hinterbein angewinkelt, Interesse im Blick, die Ohren fest nach vorne gerichtet.

»Ich - erde mich?« Ihre Stimme klang betont gelangweilt.

Tanja strahlte sie an. »Hundert Punkte! Super! Wollen wir das jetzt mal gemeinsam versuchen?«

»Äh…« Freude drückte sich wohl anders aus.

Spontan schüttelte Tanja den Kopf. »Wir machen es anders! Leg dich auf den Boden! Ja! Genau! Leg dich auf den Boden. Bitte!« Der Blitzstrahl der Erkenntnis hatte sie getroffen. Nur wenig Zeit zuvor hatte sie ebenfalls die heilsame Kraft der Erde am eigenen Leib erfahren.

Samantha betrachtete zweifelnd zunächst Tanja, dann die anderen Frauen, dann den Boden. Und schließlich ihr makelloses Outfit. Fast rechnete Tanja mit einer Totalverweigerung, doch dann knickte Samantha in den Knien ein und legte sich auf den Rücken.

»Recht so?«, presste sie zwischen ihren zusammengekniffenen Lippen hervor.

»Sehr recht!«, antwortete Tanja, die gleichzeitig Stute und Frau beobachtete und langsam ein paar Schritte zurückmachte.

In dem Moment, als Samantha auf dem Boden lag, senkte Marbella den Kopf und begann zu kauen. Ein Ohr kippte zur Seite, das andere blieb nach vorne gerichtet.

»So. Jetzt atme mal ganz tief ein, bis in den Bauchraum, da, wo deine Hände gerade liegen. Die Bauchdecke soll sich so weit heben, dass deine Hände deutlich nach oben kommen. - Ja! Prima! Atme genau so weiter! Noch tiefer und noch länger einatmen! Während du ausatmest, spüre den Boden unter dir!«

Tanja ließ Samantha geraume Zeit so weitermachen. Sie spürte förmlich, wie die Spannung Samantha verließ. Das Atmen der Frau wandelte sich von gepresst und forciert zu einem natürlichen Rhythmus.

Langsam bewegte sich ein Schatten auf Samantha zu. Tanja hatte sich mittlerweile nach ganz hinten an die Tribüne zurückgezogen und verfolgte das Schauspiel.

Marbella trat an die liegende Samantha heran, die ein bisschen zusammenzuckte, schnoberte in deren langen braunen Haaren und seufzte tief auf. Dann hob sie den Kopf ein klein wenig, entlastete wieder ihr Hinterbein und entspannte gemeinsam mit der Frau. Ein Auge blieb wachsam geöffnet, das andere Lid sank herunter.

Ein ganz leises Raunen ging durch die Menge der Teilnehmerinnen, das von Elinor schnell mit entsprechenden Handbewegungen gestoppt wurde.

Nach einiger Zeit rappelte sich Samantha vorsichtig und langsam hoch. In noch sitzender Position streichelte sie die Nase der Stute neben sich. Schließlich stand sie vollends auf und barg ihr Gesicht in der goldenen Mähne. Nach einer Weile trotteten sie gemeinsam zu Tanja hinüber, die ein irrsinniges Bedürfnis überkam, laut loszulachen und gleichzeitig zu heulen. Doch sie zwang sich durch tiefes Einatmen bis in den Bauch hinein zur Contenance. Breit lächelnd meinte sie: »Zeit, die Übung fortzusetzen. Reden können wir später! Bleib einfach in diesem mood, okay?«

Um die beiden nicht zu stören, indem sie die Bahn verließ, blieb Tanja drinnen, räumte allerdings ihren Platz an der Bande.

Und tatsächlich - nun klappten die Übungen einwandfrei. Marbella blieb an Samanthas Schulter, den Kopf leicht gesenkt, dann und wann kauend und die Frau an ihrer Seite mit tiefsinnigem Blick aus dunklen Augen betrachtend.

»So! Fertig!«, rief Tanja fröhlich nach etwa zehn Minuten intensiven Trainings. »Peter, komm rein und hol Marbella ab!«

Schon öffnete sich das Hallentor und der Azubi schlüpfte mit Halfter und Strick in der Hand in die Bahn. Die Stute ließ sich mühelos aufhalftern, die beiden verließen die Reithalle.

Samantha klopfte sich erstmal den Staub von den Kleidern und verbarg dabei ihre Augen, die sie wohl zu sehr verraten hätten.

Mit heiserer Stimme verabschiedete sie sich von den anderen, die mittlerweile in anfangs normaler, dann sich stetig steigernder Lautstärke miteinander das Geschehen diskutierten.

»Warum in aller Welt muss sie immer weglaufen, wenn sie etwas Bahnbrechendes erfahren hat?«, wunderte sich Tanja, an Elinor gewandt. »Statt darüber zu sprechen und es zu durchdenken…«

Elinor zuckte lässig ihre Schultern. »Sie macht es halt anders herum. Erst denken, dann quatschen. Soll auch seine Vorteile haben!« Sie lachte heiser.

»Hm!«

»Na komm, lass uns in die Sonne gehen zur Besprechung. Oder wollen wir das verschieben bis nach der Kaffeepause?« Die Tierkommunikatorin warf einen bedeutungsschwangeren Blick auf ihre Uhr. Und streichelte rein zufällig über ihren hervorstehenden Bauch. Ihre Brauen wanderten in die Höhe, ebenso wie die Enden ihrer Lippen.

Tanja lachte auf und klatschte in die Hände. »Mädels! Wir machen jetzt erstmal unsere Kaffeepause im Künstlerdorf! Anschließend setzen wir uns dort zusammen und besprechen die Erkenntnisse aus unseren Übungseinheiten von eben. Wollen wir?« Sie machte eine halb einladende, halb wegscheuchende Bewegung mit ihrer hocherhobenen Hand. Die Frauen folgten der Aufforderung schnatternd. Tanja stellte zufrieden fest, dass die drei Neuen sich allmählich zu öffnen begannen und sich mit anderen Frauen unterhielten. Leah ›Blase‹, die statt der drastisch verlängerten Wimpern ihre eigenen nur mit etwas Wimperntusche betont hatte und dadurch wie eine natürliche junge Frau wirkte, lief neben Marie, die ihr hingerissen lauschte. Daneben gingen Mareike und Melanie. Lisa hatte sich Kathrin und Sandra angeschlossen. Schön! Dann ging in dieser Hinsicht auch schon etwas voran!

Gelöst spazierte Tanja hinter der Gruppe her, die Hunde, die sie vor Verlassen der Anlage zu sich geholt hatte, dicht bei sich. Mortimer versuchte in einer Tour, seine Nase in die Hand seines Frauchens zu schieben und sich so eine Streicheleinheit abzugreifen. Immerhin hatte er zwei Stunden darauf warten müssen! Charles dagegen lief unaufdringlich an ihrer linken Hüfte.

Elinor, die sie nicht in der Gruppe vor sich ausmachen konnte, erschien lautlos an ihrer Seite.

»Gut, nicht?« Mit breitem Lächeln nickte die Tierkommunikatorin hinüber zu den Frauen.

Was genau sie meinte, war nicht auszumachen, doch Tanja ging fest davon aus, dass ihr Kommentar den Einzelgängerinnen galt.

»Mmh«, machte sie unbestimmt.

»Du solltest den Mädels aber nachher unbedingt noch sagen, dass ein Niederlegen bei einem freilaufenden Pferd auch gefährlich werden kann. Wenn zum Beispiel die Umstände sich ändern…«

»Fluchttier. Ja, ich weiß.« Tanja seufzte. »Darüber habe ich vorhin auch schon nachgedacht. Und dass - wenn man es denn tatsächlich macht - immer eine zweite Person anwesend sein sollte. Nur für den Notfall.«

»Der Teufel ist ein Eichhörnchen«, nickte Elinor weise. »Und ich bin seine Anwältin!«, fügte sie im Brustton der Überzeugung hinzu.

Bei diesen Worten zeigte sie wieder ihr wölfisches Lächeln, das Tanja nach wie vor etwas Angst machte. Sie zog die Nase kraus.

»Ach Kindchen, jetzt sei mal etwas entspannter! Hast doch alles ganz gut hingekriegt, würd ich mal sagen!«

»Bis auf das Antraben mit Roses. Da mache ich mir ernsthafte Vorwürfe!«, entgegnete Tanja heftig.

»Ach was! Das war nur eine Übung für Demut! Sonst entfliegst du in deinem Überschwang wieder weit weg in die Wolken. Dann tut die Rückkehr übrigens erheblich mehr weh. Die Erdung, meine ich.«

Ein wissender Blick traf Tanja, die bei diesen Worten zusammenzuckte. Und lieber auf eine Erwiderung verzichtete.

Schon waren die ersten Frauen im Künstlerdorf angekommen und schwärmten in Richtung Terrasse, wo Elvira bereits mit breitem Lächeln auf ihre Gäste wartete. Andere Menschen mit ihren Köstlichkeiten zu verwöhnen war für sie einfach das Schönste!

Auch Tanja freute sich nun auf ihren Latte macchiato. Und auf ein paar noch ofenwarme, duftende Biscotti!

»Hey! Max! Mein Geliebter! Es muss doch mitten im Arbeitstag bei dir sein!« Glückstrahlend blickte Tanja auf das Display ihres Smartphones, auf dem sie das Gesicht ihres Gatten sehen konnte. Etwas verschwommen und abgehackt, aber immerhin sichtbar!

»Hallo mein Schatz! Ja, ist so, aber ich konnte es einfach nicht mehr aushalten ohne dich! Ich sitze hier an der Westküste irgendwo im Nirgendwo, mit einer launischen, manchmal sogar längere Zeit funktionierenden Internetverbindung. Meistens aber eher nicht. Und habe gerade die Nase gestrichen voll! Meine Kunden... - egal! Viel wichtiger: wie geht es dir? Was machen unsere Fellnasen? Und wie läuft der Kurs?«

Tanja gab ihm fröhlich eine Zusammenfassung und bemühte sich, die Fragen von Max hinreichend zu beantworten.

»Oh, ich freue mich so sehr, dich zu hören und zu sehen! Wobei - das mit dem Sehen wäre verbesserungswürdig, aber ich will ja nicht undankbar sein!«

Ihr Mann seufzte am anderen Ende tief auf. »Ich wäre jetzt so gern bei dir, bei euch, glaube mir! Aber nun ja - ich habe mir diesen Job ausgesucht. Und sehr viel aufgebaut. Vielleicht muss ich doch nochmal über einen Vertreter für diese Außenarbeit nachdenken. Habe ich auch schon in den letzten Tagen. Potential gibt es ja genug in der Firma...«

»Vielleicht solltest du einfach mehrere Leute dafür aufbauen? Quasi eine zusätzliche - Ebene?« Tanja fuhr sich überlegend über die Nase. »Ich meine, dass diese Leute mehrfach einsetzbar sind?«

»Hm. Dafür müssten sie auch regelmäßig raus, sonst kommen sie aus der Übung. Und soviel an Kunden habe ich dann doch nicht...«

»Ich dachte einfach daran, dass Italiener nun mal nicht das reisefreudigste aller Völker sind. Die sitzen am liebsten daheim bei ihrer ›famiglia‹. Und wenn du ein rollendes System einführen würdest, könntest du da vielleicht andere Anreize schaffen. Außer den finanziellen.«

Auf der anderen Seite schwieg Max eine ganze Weile. Tanja konnte sehen, wie er müde seine Augen zusammenkniff und über diese strich. Er seufzte tief auf.

»Wie gesagt - ich denke ohnehin in jeder freien Minute darüber nach. Aber eventuell ist das ein guter Ansatz.«

»Wie lange bist du noch an der Westküste?«

»Nur noch fünf Tage. Und ich hoffe bei Gott, dass ich bis dahin das Wirrwarr hier gelöst bekomme!« Sein linker Arm flog durch die Luft.

›Ein witziger Anblick bei dieser Verzerrung‹, dachte Tanja, plötzlich wieder heiter. Und dann prustete sie los.

»Na? Was geht denn bei dir ab?«

»Nichts! Ich musste nur lachen, weil die schlechte Übertragung auch ganz witzige Bilder produziert!«

In dem Moment wurde die Bildqualität deutlich besser.

»Oh! Sitzt meine Nase jetzt auf der Stirn?« Prüfend befühlte Max dieselbige.

Tanja lachte immer mehr. »Das letzte Einhorn!«, brachte sie mühsam hervor.

Auch Max stimmte ein. Nach einer Weile schmunzelte er: »Siehst du - das liebe ich so an dir! Du bringst mich ganz schnell wieder in die gute Laune, wenn ich das Gefühl habe, gegen einen Felsen geflogen zu sein und zerschmettert am Fuß dieses Gebirges zu liegen. Jetzt geht es mir wieder richtig gut!«

»Du solltest einfach öfter mit mir telefonieren!«

»Ja, das sag man! - Was hast du heute noch vor?«

Tanja schüttelte ihren Kopf. »Nichts. Ich bin fertig für heute. Gleich gehe ich nochmal rüber und sehe nach unseren Edeltieren. Dann ist Schluss für heute. Mit diesem Glanzpunkt oben auf...« Sie strahlte Max verliebt an.

»Gut. Dann grüß mir Charles und Mortimer«, die beiden drängten bereits seit geraumer Zeit hechelnd an Tanja, um Herrchens Stimme zu verfolgen, »und natürlich unsere anderen Lieblinge. Wie sieht Paloma aus?«

»Dick und rund und zufrieden. Keine weiteren Auffälligkeiten mehr seit heute Morgen.« Sie seufzte tief auf.

Schlagartig verzerrte sich das Bild, immer mehr graues Rauschen nahm das Display ein.

»Auf dass es so bleibe! Gute Nacht, mein Liebling! Oh, hier stürzt ger..de ...d... Intern...bin...ng...« Weg war er.

Mit einem enttäuschten Seufzen blickte Tanja auf ihr nunmehr dunkles Display. Aber immerhin hatte es so lange geklappt! Was für ein Glück! Schon war ihre Laune wieder gerettet, zumal sie sich ohnehin dem Ende des Gesprächs genähert hatten. Zufrieden streichelte sie die erwartungsfrohen Gesichter ihrer beiden Hunde, um sich anschließend zu erheben und ihren allabendlichen Stallrundgang anzutreten.

DIENSTAG

Diese Nacht war ruhig verlaufen. Tanja hatte tief und fest geschlummert, bis ihr Wecker den Start des neuen Tages ausgerufen hatte. Schnell hatte sie sich gewaschen und war in die Reithosen geschlüpft. Ein prüfender Blick aus dem Fenster zeigte ihr, dass dieser Tag zumindest trocken bleiben würde. Dies hob ihre Stimmung nochmals an - denn heute war definitiv ausreiten angesagt! Die letzten Tage hatte sie mit Beauty in der Bahn gearbeitet. Doch gestern kamen ganz klare Signale von ihrer Stute, dass nun Abwechslung vonnöten war.

Die Hunde waren begeistert, spürten doch auch sie die aufgeregte Vorfreude von Tanja. Und so umtanzten sie ihr Frauchen, während diese sich einen kleinen Espresso braute und einen Apfel aß. Das Frühstück bekamen Charles und Mortimer erst nach dem Ausritt. Tanja wollte so einer möglichen Magendrehung, die vor allem bei größeren Hunden durchaus häufig auftritt und speziell bei Windhunden bei satten zwanzig Prozent Risiko liegt, vorbeugen. Da bei Hunden im Gegensatz zum Menschen der Magen nicht fest mit der Bauchhöhle verbunden ist, sondern von Bändern in seiner Position gehalten wird, kann er sich, vor allem durch Toben nach dem Fressen, um die eigene Achse drehen. Dabei werden Ein- und Ausgang des Magens abgeklemmt, das Organ gast auf. Gleichzeitig gelangt das Blut aus dem hinteren Teil des Körpers nicht mehr zurück zum Herzen, und es kommt zum Kreislaufkollaps. Eine lebensbedrohliche Situation! Tanja ließ deswegen die beiden Fellnasen nach dem Füttern grundsätzlich zwei Stunden in einem Zimmer ruhig ablegen, das waren sie vom Welpenalter an gewöhnt.

Als sie im ersten Morgengrauen den Garten durchquerte

und über die Platanenallee hinüber zur Reitanlage lief, hörte sie die Vögel zwitschern. Kurz blieb sie stehen, um ihnen zu lauschen und die sonstige Stille zu genießen. Sie legte den Kopf zurück in den Nacken, schloss die Augen und sog die noch feuchte Luft ganz tief ein. Ein warmes Gefühl der Zufriedenheit durchflutete sie. Vor lauter Glück schlang sie beide Arme um sich und jubelte leise. Als die Hunde das Dickicht zu ihr durchbrachen, kniete sie nieder, um die beiden ebenfalls zu umarmen. Nasse Zungen flitzten über ihr Gesicht, sodass sie sich lachend wehrte.

»Hey! So war das aber nicht gemeint! Mortimer! Lass das!« Schnell richtete sie sich wieder auf.

Mortimer machte den Ansatz, an ihr hochzuspringen, unterließ es aber im letzten Augenblick.

»Du Schlingel! Ab jetzt!«

Und schon schossen die beiden Greyhounds wieder davon, Richtung Stallungen. Dann erregte eine Bewegung die Aufmerksamkeit der beiden Hunde. So, wie sie im Zickzack durch das Gras stoben, ging Tanja von einem Kaninchen aus. Inständig hoffte sie, dass ihm die Flucht gelingen würde. Ein Eingreifen ihrerseits zu diesem Zeitpunkt wäre fruchtlos, das wusste sie aus leidvoller Erfahrung. Andererseits hatten ihre Hunde in all den Jahren noch niemals ein Tier erlegt. Darauf vertraute sie auch weiterhin. Tatsächlich kehrten die beiden ohne Beute zurück, als Tanja gerade die große Tür zum Privattrakt öffnete.

Aus dem Stall hörte sie eines der schönsten Geräusche, das sie kannte: das malmende Kauen von Heu, dessen würziger Duft ihr entgegenschwebte. Sie hob ihre Nase und sog den Geruch ein. Wie sehr sie das doch liebte! Sie stellte fest, dass dies schon der zweite ›Luxusmoment‹ war. So hatte sie für sich jene Gelegenheiten getauft, in denen sie hemmungslos das Jetzt auskostete. Sie strahlte.

Da schob sich aus der ersten Box der schwarze Kopf ihres

Seelenpferdes hervor. Ein leises Brummeln hallte ihr entgegen. Nicht zu laut, nur nicht übertreiben! Und - selten genug!

Was war denn heute los? So schön…

»Hey, Beauty, alles gut bei dir? Gut geschlafen? Was hältst du von einem herrlichen Ausritt am Meer entlang? Oder doch lieber über die Ebene, Richtung Berge?«

Schnell verschwand Tanja in der Sattelkammer, um Putz- und Sattelzeug zu holen. Plötzlich hatte sie es sehr eilig, mit ihrer Stute rauszukommen. Sie lief nicht einmal nach hinten zu Paloma. Der schien es gut zu gehen, sonst hätte sie bereits einen Anruf von den Pflegern erhalten, die um sechs Uhr mit dem Füttern des Heus begonnen hatten. Glücklicherweise war sie rechtzeitig im Stall, kurz vor halb sieben, bevor die Pferde das Kraftfutter erhielten. Sonst hätte sie mindestens eine Stunde warten müssen mit dem Reiten, damit der saure Mageninhalt durch die starken Bewegungen nicht in den vorderen drüsenlosen Teil des Organs gelangen und dort die Magenwand angreifen würde.

Als Tanja mit Beauty und den Hunden in den Hof trat, um am Brunnen mit der Skulptur von Stute und Fohlen aufzusteigen, färbte sich der Himmel rotgolden. Gleich würde die Sonne aufgehen. Mit den vielen Wolken könnte das ein Spektakel geben. Schon saß Tanja im Sattel, während Beauty nicht abwarten konnte und bereits in Bewegung war.

Lachend schüttelte Tanja ihren Kopf. Wie hatte sie sich doch abgemüht, ihrer Stute das Warten beim Aufsteigen beizubringen! Meist klappte das ja auch. Nur nicht, wenn sie laufen wollte. Und laufen - das konnte die Vollblutstute ganz gewiss! Immerhin war sie in ihrer Jugendzeit erfolgreich auf Rennbahnen unterwegs gewesen. Die Umwidmung zum Sportpferd war zwar nicht ganz einfach gewesen, aber von Erfolg gekrönt. Und zum Dank ließ Tanja ihrer Stute auch gelegentlich den Willen zu laufen.

Schon waren sie am Künstlerdorf vorbei. Nur in der Küche brannte schon Licht. Die Hunde wussten, dass sie dicht bei Pferd und Reiterin bleiben mussten, wollten sie auch nur den Hauch einer Chance bei dem gleich stattfindenden, allerdings aufgrund der langen Distanz ungleichen Wettrennen haben. Nicht einmal der Duft nach frischem Brot und Kuchen hielt sie von ihrem Weg ab, obwohl Mortimer kurz überlegend die Nase hob.

Doch in diesem Moment trabte Tanja an. Die Stute stieß gegen das Gebiss, drückte den Unterhals hervor.

»Noch nicht, Maus, noch nicht! Du musst erst ein bisschen warm werden, okay?«, murmelte Tanja beruhigend, während sie mit der linken Hand über den angespannten Hals von Beauty streichelte.

Die akzeptierte schnaubend, wenn auch nicht glücklich. Doch nach und nach gab sich die Stute dem Zügel hin und wölbte ihren Hals.

Die Hunde liefen ein Stück voraus, immer wieder den Kopf nach dem Paar wendend. Und dann, nach etwa fünfzehn Minuten, kam der Sandweg. Jetzt gab es kein Halten mehr für Beauty! Tanja, die dies bereits vorausgesehen hatte, gab noch die Hilfen zum Angaloppieren und ließ die Zügel leicht anstehen, um eine gewisse Stabilität für die beiden zu erreichen. Der Wind schoss ihr in die Augen, ihre Haare waren ebenso wie Mähne und Schweif von Beauty ein einziger Strich in der Landschaft. Bald überholten sie die Hunde, ließen diese hinter sich zurück.

Beauty rannte, schoss wie ein Pfeil nun hügelan, wurde mit jedem Galoppsprung schneller. Tanja war glücklich, dass es ab jetzt bergauf ging. Die Zeit des Geschwindigkeitsrausches war nun absehbar, das Pferd kontrollierbar. Noch genoss sie das Gefühl des Fliegens, doch sie merkte allmählich auch die Last auf ihren Oberschenkeln und in den Sprunggelenken.

Tatsächlich schien Beauty sich verausgabt zu haben, denn das Tempo wurde nun mit jedem Galoppsprung bergauf langsamer, bis sie von selbst in den Trab wechselte. Schließlich konnte Tanja zum Schritt durchparieren und lobte ihr Pferd mit hochroten Wangen. Wow, was war das schön gewesen!

Ihr Blick ging nach hinten. Von den Hunden noch keine Spur. Sie brachte Beauty zum Stehen, kurz nur, denn die Hunde tauchten bereits hinter der letzten Biegung auf. Hechelnd, strahlend.

Im Schritt am hingegebenen Zügel ging es noch ein paar Minuten weiter an der Flanke des Berges entlang, dann in einer Schleife zurück. Ein Stück weiter unten in der Ebene lockte noch eine famose Galoppstrecke, die Beauty dieses Mal in einem schnellen, aber mit vorhin nicht vergleichbaremTempo absolvierte. Mortimer und Charles blieben diesmal dichtauf, und Tanja freute sich ihres Lebens, während sie die nunmehr goldglänzende Landschaft bewunderte. Die Sonne wärmte bereits leicht, und sowohl Ross als auch Reiterin dampften vor Schweiß.

›Meine Güte, was bin ich doch gesegnet!‹, schoss es Tanja durch den Kopf, während sie sich umsah. Selig vor Glück lobte sie Beauty, die schnaubend den Kopf hob. Vorne sah Tanja, dass im Künstlerdorf nun reges Treiben herrschte. Die beiden Hunde hatten ihre Chance auf einen Snack erkannt und stürmten Richtung Terrasse, wo bereits eifrig dem Frühstück zugesprochen wurde.

Tanja verkniff es sich, die Hunde zurückzupfeifen. Das hätte ohnehin nicht gefruchtet. Schulterzuckend wandte sie Beauty ab, um den mit Holzschnitzeln gestreuten Weg zwischen den Platanen zu folgen und die Stallungen zu erreichen. Dabei kam sie an den Weiden für die Zuchtstuten vorbei. Kurz hielt sie an, um einen prüfenden Blick zu Paloma zu werfen, die sich jedoch nicht von ihrer konzentrierten Suche nach den würzigsten und schmackhaftesten Halmen abhalten ließ. Zufrieden über die offensichtlich prachtvolle Verfassung der Fuchsstute lächelte Tanja und trieb Beauty wieder in den Schritt.

Vor dem Stall angekommen, sprang sie ab.

»Guten Morgen, Tanja! Alles gut?« Die Stimme von Stanis klang wie immer ausgewogen, tief, entspannt.

Sie nickte strahlend. »Ja. Die Maus musste sich mal wieder verausgaben! Ich denke, morgen mache ich nur ein wenig Bodenarbeit mit ihr, dann kommt sie gut über den Muskelkater hinweg. Und den dürfte sie garantiert haben, so, wie sie gerannt ist!«

»Gute Idee! Dann hat Madame auch wieder mehr Laune für ein grundsolides Training übermorgen. Unter Aufsicht!«, drohte der Reitlehrer mit wackelndem Zeigefinger und Schalk in den Augen.

»Gerne!«, antwortete Tanja freudig. »So, ich muss!«

Sie deutete auf ihr verschwitztes, dank der langen Schrittstrecke mittlerweile größtenteils trockenes Pferd und verschwand im privaten Trakt.

Kaum hatte sie Beauty abgetrenst und abgesattelt, ging sie mit ihr in die Box. Sie wusste genau, dass ihre Stute sich erst einmal ausgiebig wälzen wollte. Während sie ihr wohliglich grunzendes Pferd betrachtete, das definitiv keine einzige Stelle auszulassen gedachte und sich deshalb wieder und wieder auf die jeweils andere Seite rollte, musste Tanja erneut lächeln. Ein nächster Luxusmoment! Heute reihten sie sich aneinander wie Perlen an einer Schnur. Wundervoll!

Dann wandte sie sich ab, um die Sachen aufzuräumen und das Leder kurz überzuputzen. Als sie wieder an die Box herantrat, fraß Beauty wie erwartet schon ihr Heu und konnte nun, nachdem ihr Magen etwas vorgewärmt war, das schwerer zu verdauende Kraftfutter bekommen.

In der Zeit, in der sich Beauty mit ihrem Frühstück befasste, holte sich Tanja eine große Tasse, die sie mit Milch aus dem Kühlschrank füllte und dann unter den Milchaufschäumer der riesigen Espressomaschine hielt, die sie vorhin bereits angeworfen hatte. Ein Schuss Espresso kam anschließend hinzu, und Tanja lief hinaus zur Bank vor dem Stall, um die Sonne zu genießen, die sich immer wieder zwischen den Wolken blicken ließ.

Etwa zwanzig Minuten waren seit ihrer Rückkehr vergangen, als sie sich wieder erhob, die Tasse in der Sattelkammer ausspülte, aufräumte und wieder zu Beauty trat.

»Na komm, Hoheit, jetzt spritzen wir dir mal den ganzen Schweiß aus dem Fell!«

Sie holte die Stute aus der Box und führte sie hinüber zum Waschplatz. Mittlerweile war deren Kreislauf ebenso wie die Atmung wieder im normalen Level, die Muskeln entspannt. Tanja hatte von Stanis gelernt, die Pferde nicht direkt nach der Arbeit abzuduschen, und schon gar nicht kalt. Daraus konnten massive Kreislaufbeschwerden und schlimme Muskelverspannungen bis hin zum gefürchteten Kreuzverschlag resultieren. Außerdem achtete sie darauf, immer von hinten nach vorne, und von unten nach oben abzuspritzen. Dabei begann sie bei den Hufen, um Kurzschlüsse von Venen und Arterien auf Höhe der großen Gelenke, nämlich Karpal- und Sprunggelenk, zu vermeiden, die eine erhebliche Minderdurchblutung der unteren Beinregionen zufolge haben. Tanja hatte unterschiedliche Problematiken, die aus falsch angewandtem Abspritzen resultierten, tatsächlich schon wiederholt in verschiedenen Reitställen beobachtet und hielt sich seit Stanis Aufklärung an die halbe Stunde Wartezeit, auch wenn diese eher an das Ende des eigentlichen Trainings in höheren Gangarten geknüpft war, denn an das Absteigen nach längerem Schrittreiten.

Vorsichtshalber kontrollierte sie erst die Einstellung am

Warmwasserhahn, zusätzlich prüfte sie mit der Hand die Wärme des Wassers. Handwarm. Perfekt für den heutigen Vorfrühlingstag! Tanja begann hinten rechts unten, an der dem Herzen fernsten Stelle, arbeitete sich bis auf Bauchhöhe nach oben und spritzte zunächst das andere Hinterbein ab, bevor sie die Vorderbeine und anschließend von hinten her kommend Rumpf und Rücken mit dem sanft massierenden Wasserstrahl bearbeitete. Die Nierenpartie ließ sie aus, diese würde sie anschließend mit dem Schwamm ausspülen, um Problemen in dieser Region vorzubeugen. Da die Nieren sehr gut durchblutet sind, war es Tanja zu gefährlich, hier einfach mit dem Wasserschlauch draufzuhalten und damit eventuell eine Minderdurchblutung wegen der sich zusammenziehenden Gefäße zu verursachen. Zu groß war ihr die Gefahr von Nierenproblemen und Rückenschmerzen! Diese Problematik hatte sie bereits als Kind im Schulstall kennengelernt und war seitdem ausgesprochen vorsichtig im Umgang mit der sensiblen Gegend geworden. Als sie auch den Hals abgespritzt hatte, nahm sie noch einen Eimer mit wärmeren Wasser und schwammte zunächst vorsichtig das Gesicht von Beauty ab, dann die Nierenpartie. Abschließend zog sie mit dem Schweißmesser das restliche Wasser ab, bevor sie Beauty hinüber zum Pferdesolarium führte. Dort schaltete sie das Gerät, das über Infrarot dem Körper Wärme zuführt, auf fünfzehn Minuten. Die Stute konnte nun in Ruhe stehen und trocknen. Wie üblich döste sie sofort ein, Augen und Ohren auf Halbmast, Kopf und Hals gesenkt, ein Hinterbein entspannt abgewinkelt. Sie genoss das Wellness-Programm ganz offensichtlich.

Tanja setzte sich auf die Bank daneben und dachte über den schönen Ausritt und ihre ›Luxusmomente‹ nach. Spontan fielen ihr einige Dinge für den Nachmittag mit den Kursteilnehmerinnen ein. So zog sie Notizheft samt Stift, das sie meist bei sich trug, aus ihrer Jacke, um ihre Ideen in Listenform niederzuschreiben.

Schon war die Zeit vorbei, und Tanja holte eine leichte Decke, damit Beauty nicht zu schnell nach der Wärme des Solariums auskühlte. Sie würde sie in einer Viertelstunde herunternehmen und eine weitere Viertelstunde warten, bevor sie Beauty hinaus auf die Weide brachte.

›Auch so eine blöde Falle, die dem Pferd unnötig Rückenschmerzen und sonstiges bescheren kann‹, dachte Tanja stirnrunzelnd. ›Am schlimmsten wäre es aber, ein Pferd direkt nach dem Solarium hinaus auf das Paddock in den Wind zu stellen! Oder in Regen oder Schnee...«

Beauty schnaubte in ihr Ohr. Ziemlich zufrieden, wie Tanja bemerkte. Fröhlich tätschelte sie ihrer Stute den Hals und bedankte sich noch einmal für den schönen Ritt.

An der Tür erschienen hechelnd Charles und Mortimer, beide mit denkbar schlechtem Gewissen. Tanjas Augenbrauen schossen in die Höhe, und sie musterte ihre Hunde mit strengem Blick.

»Na?! Habt ihr beiden Racker auch mal wieder den Weg nach Hause gefunden?! Und wie ihr ausseht, habt ihr schon reichlich zugeschlagen!«

Sie musterte kritisch die etwas runden Bäuche und überlegte, ob sie den beiden überhaupt noch etwas zu fressen geben sollte. Sie musste definitiv den Kursteilnehmerinnen nochmal ins Gewissen reden, den beiden nichts zu füttern. Und Elvira natürlich! Andererseits - warum ritt sie auch zu dieser Zeit am Künstlerdorf vorbei... Logischerweise wollten die Hunde abgreifen, was immer sie konnten! Sie hatten eine Menge Laufleistung hinter sich, außerdem war ohnehin Frühstückszeit! Bei den Mädels im Dorf. Und bei den Hunden.

Mortimer schielte sie mit geducktem Kopf von unten herauf an. Etwas schlechtes Gewissen zeigen schadete sicher nicht! Dumm nur, dass er seine Zunge nicht im Zaum halten konnte! Die schien ein Eigenleben zu führen und schleckte demonstrativ wieder und wieder über sein Maul.

Tanja seufzte. »Na gut, denn kommt man! Aber nur eine abgespeckte Version, damit das klar ist!«

Schon waren die Hunde an ihr vorbeigestürmt in Richtung Sattelkammer, wo sie morgens ihr Futter bekamen und dann auch die zwei Stunden warteten. Bei geschlossener Tür natürlich.

Ein kurzer Blick auf die Uhr ließ Tanja erstarren. Sie hatte nur noch eine knappe Stunde, bis die erste Gruppe ihren Reitunterricht bekam. Warum in aller Welt lief die Zeit nur immer davon, wenn man etwas Schönes machte? Beim Warten dagegen schien sie die Luft anzuhalten, samt Zeiger der Uhr. Merkwürdige Geschichte...

Schnell warf sie einen Blick über den Hof. Tatsächlich, dort hinten erschienen bereits die ersten Frauen, eifrig miteinander quatschend. Tanja atmete tief ein, rief nach Erik, dessen Statur sie gerade im Säulengang erblickt hatte, und klärte mit ihm nochmal das ohnehin schon Besprochene über Hilfe beim Putzen und Satteln.

»Wie kommst du übrigens mit den drei Neuen zurecht?«, wollte sie wissen, während sie einen prüfenden Blick über das Gesicht des Lehrlings gleiten ließ.

Der zuckte die Schultern. »Schon ganz nett!« Er grinste.

»Du kommst also gut mit ihnen zurecht?« Tanja war ein wenig perplex. So anders konnte die Welt sein...

»Ja. Klar. Du etwa nicht?«

»Doch! Doch, doch. Aber - irgendwie komme ich noch nicht so recht an sie heran.« Zweifelnd verzog Tanja ihren Mund.

»Ach, das gibt sich schon. Die sind noch ein wenig...«

»Schockgefrostet?«, schlug Tanja vor.

Erik gackerte los. »So würde ich es jetzt nicht sagen, aber - warum nicht? Ach, ich denke, die müssen erstmal damit klarkommen, dass sie - ihrem Auftreten zum Trotz - doch die Küken hier sind. Das passt wohl nicht zu ihrem Selbstbild, so als toughe Bloggerinnen.«

»Ah - du meinst, wir stellen ihr Weltbild in Frage?«

»Ein wenig?« Erik grinste sie von unten herauf an. Sein blonder Haarschopf fiel ihm seitlich ins Gesicht, was ihn ziemlich pfiffig aussehen ließ.

Tanja staunte. Immerhin kannte sie ihren Lehrling nun bald eineinhalb Jahre lang. Er hatte sich sehr gut entwickelt, was Pferde und Reiten anbelangte. Und nun fiel ihr schlagartig auf, dass das auch für seinen Körper und sein Aussehen zutraf. Sie würde ganz dringend die Augen aufhalten müssen, denn so ein hübsches Kerlchen stellte mit Sicherheit eine Verlockung für die ein oder andere Kundin dar! Nun schüttelte sie den Kopf, wischte diese Gedanken unwillig zur Seite. ›Das nächste Mal garantiert Mädchen als Azubis!‹, schoss es ihr durch den Kopf, bevor sie darüber nachdachte, dass das vielleicht Probleme anderer Art verursachen könnte. Pinke Kaugummiblasen schwebten plötzlich durch ihren Kopf. Sie musste grinsen. Egal.

»So, ab mit dir, da sind schon die ersten! Bis nachher!«

Sie wandte sich grüßend an die Frauen, Melanie, Sandra und Kathrin, die sich plaudernd genähert hatten. Die hoben freudig ihre Hände zum Winken, um dann mit Erik, der ihnen galant die Tür aufhielt, im Schulstall zu verschwinden. Eilig lief Tanja zum Privattrakt, zog Beauty die Decke herunter und machte sich nochmals Notizen für den Nachmittag. Als ihr Handywecker klingelte, steckte sie seufzend Kladde und Stift wieder in ihre Jacke, trat in Beautys Box und legte ihr das Halfter an.

»Komm, Hoheit, Zeit für die Weide!«

Die Stute stupste sie übermütig an und schnaubte ihr ins Ohr. Endlich kam die schönste Zeit des Tages! Außer Rennen natürlich…

»Naaa? Zufrieden?« Elinor ließ sich ihrer Körperfülle zum Trotz elegant wie eine Katze neben Tanja gleiten, die soeben an einem Tisch auf der Terrasse des Künstlerdorfes Platz genommen hatte.

»Joah... Weiß nicht...« Tanja rührte mit einem Löffel Kreise in den Milchschaum ihres noch zu heißen Latte macchiato.

»Was denn? Bist du grad am Trübsal blasen?« Ein prüfender Blick traf die Anlagenbesitzerin.

Tanja sah sich vorsichtig um. Die anderen Teilnehmerinnen waren weit genug entfernt. Mit gedämpfter Stimme antwortete sie. »Ich weiß auch nicht. Irgendwie habe ich das Gefühl, dass der Funke für unser Bewusstseins-Seminar noch nicht richtig gezündet hat. Ich meine - im Moment verläuft alles - ... - normal?«

Elinor lachte leise heiser auf. Auch ihre Stimme klang leise. »So, so. Dir ist also langweilig, nicht wahr? Schätzchen, glaub mir, das ändert sich immer schneller, als man ›Stopp!‹ brüllen kann.«

Ihr Gegenüber zog die Nase kraus. »Und das möchte man besser nicht?«, fragte Tanja mit gefurchter Stirn.

»Kommt immer drauf an, was man draus macht!« Die Worte hörten sich fast schmatzend an. Außerdem gefiel Tanja der merkwürdige Ausdruck in Elinors Augen nicht. Ganz und gar nicht.

Sie schüttelte den Kopf. »Ich glaube, ich will das jetzt gar nicht verstehen...«

»Besser ist das! - Schau doch mal, unsere Bloggerinnen scheinen sich ganz gut zu integrieren!« Elinor deutete mit ihrer Hand in Richtung der jungen Frauen, die tatsächlich etwas offener wirkten.

»Aber wir haben bisher noch nicht ein einziges Highlight!«, jammerte Tanja nach einem kurzen Blick in die gedeutete Richtung.

Elinor schüttelte entschieden den Kopf. »Glaub mir, Hase,

das kommt noch früh genug!« Im gleichen Atemzug und ihrer üblichen Lautstärke, etwa so, als ob jemand direkt in Tanjas Ohr trompetete, wandte sie sich an einen Schatten, der still und leise - ungesehen sozusagen - vorbeigleiten wollte. »Ah, Mareike, meine Süße, komm, setz dich doch hierher zu uns!«

Energisch winkte sie der grauen Maus, die sich so sehr zu ihrem Vorteil entwickelt hatte. Das Grau in der Kleidung jedoch hatte sie nicht abgelegt. Es schien wohl ihr nunmehr stolz getragenes Markenzeichen geworden zu sein. Frei nach dem Motto: ›Besser deutlich unterschätzt als den Erwartungen nicht zu entsprechen!‹

Tanja folgte dem Gespräch zwischen den beiden nur noch mit halbem Ohr. Sie hatte nicht einmal Hunger heute. Merkwürdig! So erhob sie sich, sobald sie ihren Becher geleert hatte, um ihn an der Theke abzustellen, Elvira, die im Flur erschien, kurz zuzuwinken und mit den Hunden im Schutz der Platanenallee in Richtung Herrenhaus zu verschwinden. Sie hatte leichte Kopfschmerzen und wollte sich nur noch hinlegen.

»Tanja! TANJA!« Eine Hand rüttelte sie derb an der Schulter. Mühsam schlug sie die Augen auf. Das Gesicht von Marianna schwebte dicht vor ihren Augen. Noch war sie nicht ganz bei sich. Doch die Mimik und der Ausdruck im Gesicht ihrer Haushälterin ließen sie schlagartig wach werden.

»Na endlich! Los, Sie müssen rüber in den Stall! Da stimmt was nicht mit Ihrer Stute!«

Mariannas Satz hatte noch nicht geendet, da war Tanja bereits aufgesprungen.

»Welche Stute? Beauty?!« Entsetzen malte sich in ihrem Gesicht.

»Nein, die andere. Die Zuchtstute. Die Neue...«

Doch Tanja war bereits aus der Tür gestürmt. Marianna hörte noch das Scheppern der Tür, dann räumte sie seufzend die Terrasse auf. Die Hunde hatten bei dem überstürzten Aufbruch eine Tasse vom Tisch gefegt, die jedoch glücklicherweise leer gewesen war und den Sturz unbeschadet überstanden hatte. Hoffentlich ging das drüben im Stall auch so gut aus!

Tanja raste an der Koppel vorbei, die schon lange leer war, ebenso an dem Paddock, auf dem die anderen beiden Zuchtstuten in der Sonne dösten, hinein in den Privattrakt, nach ganz hinten. Stanis stand vor der Box, mit einem zweifelnden Blick im Gesicht. Er drehte sich zu Tanja um, als er ihre Schritte hörte.

»Ich weiß nicht. Irgendwie macht das hier alles gerade keinen Sinn…« Mit diesen Worten deutete er in die aufgewühlte Box hinein, die Tanja nun erreicht hatte. »Sie war mir zu unruhig draußen, deswegen habe ich sie reingebracht. Aber mit jeder Minute wird sie heftiger.«

Sie warf einen Blick auf Paloma, die die Augen weit aufgerissen hatte und in sich hineinzuhorchen schien. Im Moment stand sie ganz still. Nur in ihrem Bauch zuckte es dann und wann. Bei einem besonders heftigen Strampler begann die Fuchsstute wieder, den Boden abwechselnd mit ihren Vorderbeinen zu bearbeiten. Ihre Nüstern verbreiterten sich immer mehr, die Adern schwollen ihr am Kopf.

Mit einem Satz war Tanja in der Box, deren Tür zum Paddock bereits von Stanis geschlossen worden war. »Halt sie am Halfter!«

Glücklicherweise hatte Stanis dieses noch an der Stute belassen. Er nickte, tat die wenigen Schritte in die Box hinein und stellte sich so, dass Paloma ihn mit ihren Vorderbeinen nicht erwischen konnte. Beruhigend redete er auf sie ein, tätschelte ihren mittlerweile nassen Hals. Doch seine Worte schienen sie nicht zu erreichen.

Tanja lief vorsichtig an der Seite der Stute nach hinten, beugte sich in Richtung Euter. Erstaunt riss sie die Augen auf. Dann trat sie einen Schritt zurück, betrachtete sich die Hinterhand und deutete darauf.

»Stanis! - Denkst du auch, was ich denke?!?«

Der Reitlehrer wandte sich kurz zu Tanja um. Seine Aufmerksamkeit blieb allerdings zum großen Teil nach vorne gerichtet. »Hm?«

»Hier! Schau doch mal! Ich könnte schwören, dass die Bänder um die Hinterhand nachgegeben haben! Der gesamte Bereich um Hüfte und Kruppe ist eingesunken! Und - da kommt schon Milch!«

Jetzt hatte sie die volle Aufmerksamkeit von Stanis. »Nicht ernsthaft! Sie hat doch noch vier Wochen! Oder - nicht?!«

Schnell wandte er sich wieder nach vorne, murmelte leise auf die Stute ein, die sich gerade etwas beruhigte. Ganz im Gegensatz zu den beiden Zweibeinern. Eine zu frühe Geburt birgt bei Pferden - anders als beim Menschen - durchaus erhebliche Risiken. Fohlen reifen erst in den letzten Tagen vor der Geburt so weit aus, dass sie als Nestflüchter zur Welt kommen, das heißt, dass sie bereits wenige Minuten nach der Geburt laufen können. Die Lunge beispielsweise nimmt erst in den letzten zwei von insgesamt durchschnittlich 336 Tagen die volle Funktion an. Doch auch Knochen, Nervensystem und Organe wie Leber, Nieren und Darm entwickeln sich erst in der Endzeit vollends. Kommt ein Fohlen zu früh zur Welt, ist es meistens schwach und aus den genannten Gründen oft nicht überlebensfähig.

Tanja hob vorsichtig den Schweif von Paloma an. »Doch! Ich fürchte schon! Hier sieht auch alles nach Geburtsvorbereitung aus! Die Vulva ist langgezogen und geschwollen, etwas Schleim tritt aus.«

Sie machte einen Schritt zurück, Unglauben im Blick.

Das Fohlen!

Es würde in den nächsten Minuten kommen!

Und das tagsüber! Höchst ungewöhnlich…

Schnell zückte sie ihr Handy, um Dr. Trapponi anzurufen. Der wirkte weitaus weniger überrascht, als Tanja und Stanis es waren, und versprach, sofort zu kommen. Er hatte sich schon beim letzten Besuch Gedanken dieser Art gemacht, wie er nun zugab. Leider war er gerade auf der anderen Seite der Stadt, in der Nähe des Flughafens und damit weit entfernt. Er würde etwa eine Stunde brauchen. Allerdings nur unter Brechen sämtlicher Verkehrsvorschriften.

Tief seufzte Tanja auf. Mit großen Augen wandte sie sich zu Stanis. Der schüttelte erneut ungläubig den Kopf, gab Paloma frei und trat mit Tanja aus der Box heraus. Sie musterte die Einstreu.

»Schnell! Wir müssen dringend noch einiges an Stroh hier hineinbringen!«

Stanis nickte, und gemeinsam polsterten sie in Windeseile die Box aus. Vor allem an den Wänden ließen sie das Stroh hoch nach oben ansteigen. Nun wirkte die Box wie ein riesiges Nest. Unruhig hatte Paloma das Schaffen der beiden Menschen beobachtet.

Kaum waren diese wieder draußen, stöhnte sie leicht auf. Ein letztes Wandern in der Box, dann knickte sie die Vorderbeine ein und ließ sich ächzend nieder.

Ein Schatten erschien an der Seite von Tanja.

»Schön, nicht?«, hauchte Elinor mit rauchiger Stimme in ihr Ohr. Mit faszinierten Augen verfolgte sie den Beginn der Geburt.

Tanja hatte gar keine Zeit, sich über das Auftauchen der Tierkommunikatorin zu wundern. Warum auch?

Stattdessen war ihre gesamte Aufmerksamkeit auf die Vorgänge in der Box gerichtet. Schon war die Fruchtblase unter dem Schweif zu sehen, die beiden Füßchen. Langsam, ganz langsam schob sich der Kopf des Fohlens schemenhaft hervor. Paloma presste mit aller Macht. Und dann ging alles ganz schnell. Der Körper folgte den zunächst erst noch widerstrebenden Schultern mit einem schmatzenden Laut, während Paloma mit weit aufgerissenen Augen leise wiehernd aufsprang, und die Hinterbeine des Neugeborenen, noch eingepackt in der Fruchthülle, sich aus ihr herausergossen. Schon riss die Nabelschnur, und Paloma begann, eifrig an ihrem Fohlen zu lecken. Die Fruchthülle brach gänzlich, Tanja glitt in die Box, kniete nieder, um sie an den Nüstern zu entfernen. Ein wichtiger Punkt, der ihr einmal fast das Leben eines Fohlens gekostet hätte. Jene Stute, die damals das erste Mal Nachwuchs zur Welt gebracht hatte, hatte dies in all ihrer Aufregung nämlich nicht getan. Glücklicherweise war damals Stanis etwas später dazugestoßen und hatte schnell die Nüstern des Neugeborenen ausgewischt, damit es Luft bekam.

Ein erster Kontakt zu dem neuen Erdenbewohner - Tanjas Herz glühte vor Freude! Liebe quoll in unendlicher Menge aus ihrem Herzen, sodass Tränen in ihre Augen schossen und von dort über ihre Wangen strömten.

»Ein Stütchen! Und was für ein prachtvolles Mädchen!«, staunte Stanis.

Auch für ihn war es immer wieder aufs Neue ein Wunder. Das Wunder des Lebens. »Sieh nur, sie hat eine Perle auf ihrer Stirn!«

Das Fohlen begann sich bereits zu regen, hob den Kopf, blinzelte unter dichten Wimpern hervor. Die langen Beinchen strampelten.

»Ooh!«, machte Elinor verliebt mit gutturaler Stimme.

Paloma hatte den größten Teil der Fruchthülle abgeschleckt und zur Seite geschoben. Nun machte sie sich daran, ihr Fohlen mit der Zunge zu trocknen. Tanja nutzte die Zeit, um den Nabelstumpf des Fohlens ausgiebig mit Octenisept zu desinfizieren. Dann wandte sie sich Paloma zu, und streichelte sie andächtig. Anschließend band sie die Nachgeburt umsichtig nach oben an den Schweif, damit sie nicht abreißen und Reste davon in der Gebärmutter verbleiben konnten.

Die Kleine begann zu zittern. Noch intensiver schleckte Paloma, während Tanja mit einem von Stanis hereingereichten Handtuch half. Gleichzeitig stupste die Stute ihr Fohlen auffordernd an. Inzwischen waren etwa zwanzig Minuten vergangen. Das Fohlen versuchte, die schier unendlich langen Gliedmaßen unter Kontrolle zu bringen, um aufzustehen. Mehrmals nahm es Anlauf, bis es schließlich fast stand. Und wieder zu Boden kippte.

»Klappt noch nicht ganz!«, kiekste Elinor mit verräterischem Glanz in den Augen.

Unruhig lief Paloma um ihr Fohlen herum.

»Na, na, meine Süße, so ungeduldig kenne ich dich ja gar nicht!«, redete Tanja beruhigend auf Paloma ein. Sie hatte sich an den Ausgang der Box zurückgezogen, um nicht zu stören.

Doch noch fehlte es der neuen Erdenbürgerin an Geschicklichkeit zum Aufstehen. Wieder und wieder plumpste das Fohlen in die dicke Einstreu. Tanja wurde unruhig.

»Ich glaube, allmählich helfe ich ihr auf. Sie muss recht bald die Biestmilch bekommen!«

Sie sprach von der ersten Milch mit einer Unmenge an Antikörpern, die ein Fohlen dringend benötigt, da es diese über die Plazenta - im Gegensatz zum Menschen - nicht aufnehmen kann. Es kommt also hinsichtlich des Immunsystems komplett ungeschützt zur Welt. Deshalb ist auch in den ersten Stunden nach der Geburt eine Aufnahme der großen Moleküle im Darm des Neugeborenen noch möglich, dessen Darmbarriere jedoch schnell schließt. Außerdem kann man zu diesem Zeitpunkt die Kolostralmilch durchaus als Nährstoffbombe bezeichnen, die dem Fohlen einen perfekten Start ins Leben ermöglicht.

Stanis nickte. »Ist wohl besser so. Allmählich wird die Kleine auch schwächer! Immerhin ist sie ja ein Winzling, vier Wochen zu früh!«

Beim nächsten Versuch aufzustehen, als das Fohlen bereits breitbeinig auf den Vorderbeinen stand, hob und schob Tanja gleichzeitig von hinten. Kurz blieb die Kleine schwankend stehen, dann kippte sie vornüber. Paloma, die zunächst dem Treiben äußerst skeptisch gegenüberstand, hatte begriffen und brummelte aufmunternd. Sie stupste ihr Fohlen an, nochmals, wandte sich zu Tanja hin und dann - stupste sie diese! Die Frau starrte ihre Stute verblüfft an. Und trat dann wieder in Aktion.

»Komm, kleines Perlchen, komm! Du musst jetzt aufstehen!«, säuselte sie auf den Winzling ein.

Das atmete schwer, schloss die Augen. Und nahm erneut Schwung!

Ein, zwei weitere Versuche, dann klappte es, und Tanja hielt den nach rechts und links schwankenden Körper fest, das Hinterteil des Fohlens auf ihre Oberschenkel gestützt. Gleichzeitig stabilisierte sie mit weit nach vorne gelehnten Oberkörper und fest an den Rumpf des Fohlens gepressten Armen das Neugeborene. Als das Fohlen sein Gleichgewicht gefunden hatte, machte es einen zögernden Schritt nach vorne. Fast, ja fast wäre es wieder gestürzt! Doch sowohl Tanja als auch Paloma reagierten sofort, wie in einem Atemzug, um das Fohlen zu stützen. Die Pferdemutter mit ihrem Vorderbein, das sie quasi als Säule für ihr Kind benutzte, Tanja mit einigen Handgriffen und noch mehr Unterstützung durch ihre Oberschenkel.

»Puh!!!« Sie atmete schwer mit hochrotem Gesicht. »Ich hoffe, jetzt findest du bald dein Gleichgewicht! Und dann die Milchbar!«

In diesem Moment drängte sich Paloma dicht an ihr Fohlen, sodass es jetzt auf Höhe des Euters stand. Das Köpfchen hob sich, suchte nach der Milch. Erst fand es das Knie, saugte dort, dann die Innenseite des Knies. Auch dort keine Milch. Immer weiter suchte das Fohlen, bis Tanja das Köpfchen, das suchend mittlerweile wieder an der Außenseite des Beines angelangt war, vorsichtig herunterdrückte, auf Höhe des Bauches und das Fohlen gleichzeitig leicht nach vorne schob. Und da! Endlich, endlich dockte das Stütchen an, machte erst saugende, dann schmatzende Geräusche.

Tanja lachte selig, Tränen strömten über ihr Gesicht. Sie wandte sich zu den anderen beiden um. Die wirkten ähnlich berührt, nur die Gesichtsfarbe variierte. Doch im strahlenden Rotton war Tanja ihnen weit voraus.

»Mein Gott! Immer und immer wieder so schön!«, murmelte Elinor.

Tanja wunderte sich über die leise Stimme ihrer Freundin. Verräterische Hickser hatten sich in deren Aussprache geschlichen.

Stanis lächelte still vor sich hin, während er das Fohlen beim Trinken beobachtete. »Die Kleine hat ganz schön Hunger!«, stellte er zufrieden fest, während seine Rechte, die das Handy für Schnappschüsse - natürlich mit deaktiviertem Blitz - hielt, verdächtig zitterte.

Just in diesem Moment stellte das Fohlen sein Trinken ein und drehte den Kopf seinen menschlichen Beobachtern zu. Es seufzte tief auf, während Paloma sich eilig ihrer Tochter zuwandte, um sie erneut abzulecken.

»Das stärkt die Bindung und die Wiedererkennung«, flüsterte Stanis hingerissen.

Durch die schnelle Drehbewegung glitt nun die Nachgeburt aus Paloma heraus. Der Reitlehrer bückte sich, ergriff einen vorhin bereitgestellten Eimer und drückte ihn Tanja in die Hand, während er mit dem Kinn auf die Fruchthülle deutete. Diese verstand und lief um Stute und Fohlen herum, damit sie die glitschigen Reste einsammeln konnte. Sie reichte Stanis den Eimer in die Stallgasse hinaus, der diesen schwungvoll umdrehte und den Inhalt auf den Boden goss. Dann kniete er sich nieder, um die Fruchthülle auszulegen und somit zu kontrollieren, ob wirklich alles aus dem Körper der Stute abgegangen war. Zufrieden nickte er, während er auf den ausgebreiteten Schemen deutete.

»Alles da, Tanja, wir müssen uns keine Sorgen machen wegen einer möglichen Vergiftung durch verbleibende Reste.«

Tanja wusste, dass das Immunsystem des Muttertieres höchst aggressiv auf diese nunmehr körperfremden Reste reagieren würde. Manch eine Stute hatte deswegen schon hochgradige Hufrehe erlitten, eine sehr schmerzhafte Erkrankung, bei der sich das am Hufhorn aufgehängte knöcherne Hufbein - das letzte Fingerglied beim Menschen, auf dessen Spitze Pferde laufen - aus seiner Befestigung löst und damit dramatische Schmerzen mit oftmals tödlichen Konsequenzen verursacht.

Sie seufzte, erleichtert über die Aussage von Stanis, und wandte ihren Blick wieder in die Box. Das Fohlen schien ausgesprochen zufrieden zu sein und ließ sich zu Boden plumpsen, während Paloma weiterhin um ihr Fohlen scharwenzelte, um es fortwährend abzulecken.

»Ein Wunder, dass es ihr nicht zuviel wird!«, grinste Stanis.

Doch genau das tat es jetzt. Das Fohlen schüttelte sein Köpfchen und versuchte energisch, auf seine langen Füße zu kommen. Dieses Mal brauchte es nur vier Anläufe, und schließlich stand es schwankend. Fast wäre es wieder zu Boden gegangen, weil es nun eine besonders heftige Schleckattacke der Mutter zu ertragen hatte. Lachend griff Tanja an das Halfter von Paloma und dirigierte das Fohlen gleichzeitig in Richtung Euter. Ein letztes Mal half sie dem Stütchen, dieses zu finden. Sie wusste, ab sofort wäre das nicht mehr nötig.

Mittlerweile war das Fell des Fohlens trocken und stand

plüschig in die Höhe. Es wirkte dunkel, etwas gräulich an den Enden.

»Na, was gibt das? Einen Rappen? Oder doch einen Dunkelfuchs, wie Paloma?«, überlegte Tanja.

»Vielleicht ja einen Schimmel! Die werden doch auch dunkel geboren, nicht wahr?«, ertönte Elinors Stimme.

»Ja. Aber zum einen müsste dann ein Schimmel im Pedigree stehen, und das ist viel zu weit weg. Und zum anderen wären die Augen leicht weiß umrandet.« Schnell schob Tanja, nachdem sie den zweifelnden Blick von Stanis aufgefangen hatte, hinterher: »Zumindest in den meisten Fällen. Manchmal kommt das auch viel später.«

»Was denkst du denn, Stanis?«, wandte sich Elinor mit nach wie vor sanfter Stimme - eine für sie zugegeben ungewöhnliche Tonlage - an den Reitlehrer.

Der zuckte die Schultern. »Werden sehen. Ich persönlich tippe auf schwarzbraun, allein wegen dem Vater.«

»Hm. Denke ich auch fast. Die Farbe von Paloma wäre ja schon der Oberhammer. Aber was soll's! Hauptsache gesund!«

»Und hübsch! Denn das ist deine kleine Perle auf jeden Fall!«, schwärmte Elinor mit verklärtem Blick.

Das Stütchen begann nun, seine Box zu erkunden. Immer noch sehr staksig, mit unsicheren Bewegungen, die durch das Stroh zusätzlich behindert wurden. Paloma bewegte sich synchron dazu.

»Damit hast du eigentlich schon deinen Namen gefunden, oder?«, wandte sich Stanis fragend an Tanja.

Der Name eines Trakehners fängt - der Tradition entsprechend - mit dem Buchstaben der Mutter an. Die Angesprochene zog ihre Augenbrauen hoch, überdachte den Vorschlag und nickte. Zögernd. Sehr zögernd.

Eigentlich hatte sie ja eher an etwas Edleres gedacht, in der Art von ›Primadonna‹ oder ›Princess of Italy‹. Na gut, letzteres war vielleicht wirklich etwas hochgestochen. Als sie ihre lang durchdachten Namen laut vor den anderen aussprach, spürte sie selbst, wie unpassend diese nun wirkten.

Elinor fing an zu grinsen und krümmte sich schließlich vor Lachen. Auch Stanis konnte seine sonstige Contenance nicht wahren. Er schloss sich Elinors Ausbrüchen an, bis endlich auch Tanja, die zunächst ziemlich verstimmt, fast schon verletzt war, in das hemmungslose Gelächter einfiel.

»Princess… - hahaha - … of…. - glucks - … Italy…«, brachte Elinor mit pinkfarbenem Gesicht mühsam hervor und deutete dabei auf das winzige Fohlen.

Dieses betrachtete zunächst mit schräg gehaltenem Kopf fragend die Gesellschaft vor der offenen Boxentür, und ließ sich dann von der Stimmung draußen anstecken, indem es den Kopf zwischen seine Spindelbeinchen senkte, um zwei, drei übermütige Bocksprünge zu probieren. Beim letzten verlor es sein Gleichgewicht und fand sich unversehens auf dem dick gepolsterten Boden wieder. Es blinzelte verdutzt mit seinen langen Wimpern, überlegte und rappelte sich erneut auf. Sehr zur Belustigung der Menschen machte es einen weiteren Bocksprung, sinnierte darüber, und drehte sich zu seiner Mutter um.

Eindeutig - nach diesem gelungenen Satz hatte es sich eine Belohnung verdient! Schon wieder hörten sie die Kleine schmatzen, als sie an der Milchbar, die sie nun eindeutig zu orten wusste, andockte.

Und erneut intensivierte sich das Lachen draußen.

»Sie schmatzt! Ich meine - sie schmatzt richtig! Nicht ganz wirklich Prinzessin, oder?« Elinor, deren Augen vor lauter Lachen mit Tränen überliefen, wandte sich bei diesen Worten an Tanja.

Die schüttelte nur noch den Kopf, während sie mühsam um Atem rang. Ihrer aller Erheiterung kannte keine Grenzen mehr.

»Tag!«, erklang plötzlich die Stimme des Tierarztes Dr. Trapponi dicht bei ihnen. »Scheint ja alles gutgegangen zu sein, wenn ich das hier so sehe!« Angelegentlich betrachtete er die drei Leute vor ihm, die sich allmählich wieder beruhigten. Doch auch er schmunzelte.

›Heiterkeit ist einfach ansteckend!‹, dachte Tanja, als sie ihre Lachtränen wegblinzelte und die Wangen mit der Hand abwischte.

Dies löste eine erneute Lachsalve bei Elinor aus. »Jetzt bist du auch noch völlig verschmiert! Na komm mal her, Mutti macht dich wieder sauber!« Sprachs, zog ein Taschentuch aus ihrer Jacke, machte es am nahen Wasserhahn nass und reinigte Tanjas Wange.

Die hielt zwar still, zitterte aber innerlich immer noch vor Lachen. ›Das muss zum großen Teil auch die Erleichterung sein‹, dachte sie. Immerhin war sie ja doch ausgesprochen angespannt gewesen die letzten Tage. Und vor allem, seit Marianna sie geweckt hatte.

Der Tierarzt war mittlerweile in die Box getreten, um Stute und Fohlen zu untersuchen. Stanis stand bei Paloma und hatte sie am Halfter genommen. Schnell trat Tanja hinzu, um das Neugeborene mit einem Griff um Brust und Hinterteil zu fixieren. Die Kleine strampelte und versuchte energisch, sich zu befreien. Leise murmelte Tanja auf sie ein, während der Tierarzt routiniert das Fohlen untersuchte und ihr eine Spritze mit zusätzlichen Vitaminen und Immunbooster gab, so wie es immer bei einer Geburt auf dieser Anlage vorsorglich getan wurde.

»Hat sie schon geäppelt?«, fragte er und ließ seinen Blick suchend durch die Box gleiten.

»Ja. Dort hinten«, deutete Stanis in die andere Ecke hinüber.

Der Tierarzt folgte dem Zeichen, beugte sich nach unten und inspizierte die erste Hinterlassenschaft, schwarze harte Köddel. Just in diesem Moment hob das Fohlen erneut seinen Schweif und Tanja ließ automatisch los. Rechtzeitig genug, denn schon plumpsten die nächsten Fohlenäpfel in die Einstreu. Eilig nutzte es diese Chance, suchte das Weite und versteckte sich hinter seiner Mutter.

»Na, die Verdauung scheint ja bestens zu funktionieren! Schöner heller Milchkot, noch etwas gummiartig! Ist bereits frei vom Darmpech. Gut so!«

Mit Darmpech meinte der Tierarzt das Mekonium, jenen Kot, der sich im Enddarm des Fohlens während dessen Zeit in der Fruchthülle ansammelt und insbesondere den Hengstfohlen Schwierigkeiten beim ersten Absatz bereiten kann.

»Dann können wir sie gleich rauslassen?« Tanja war es enorm wichtig, die Pferdekinder so schnell als möglich an die frische Luft zu bringen.

»Oh sicher! Das Wetter spielt ja ganz gut mit heute.«

»Prima! Wir haben jetzt das Gröbste überstanden, oder?«

Der Tierarzt nickte. Allerdings vorsichtig, das konnte selbst Tanja nicht leugnen. Ihre Euphorie bekam leichte Risse.

»Ich bin kein Mann, der in die Zukunft blicken kann. Alles ist möglich, das wissen Sie selbst am besten.«

Beim Blick in Tanjas erschrockenes Gesicht beeilte er sich hinzuzufügen: »Aber ja, im Moment sieht alles ganz gut aus.«

Sein Blick glitt über Paloma, und für den Bruchteil einer Sekunde dachte Tanja, Sorge darauf zu erkennen. Doch schon war dieser Moment vorbei, und der Tierarzt nickte grüßend, während er sich zum Gehen umwandte.

»Glückwunsch noch! Hübsches Mädchen! Einen schönen Tag!« Schon war er auf und davon.

Mit gerunzelter Stirn wandte Tanja sich an Elinor. Doch diese hatte sich bereits dafür gewappnet und trug einen undurchsichtigen Gesichtsausdruck. Stattdessen beugte sie sich nieder, denn das Fohlen kam unsicher in Richtung Boxentür getappt, kaum dass der komisch riechende Mann weg war. Ein Strahlen glitt über ihr Gesicht, als das Stütchen vorsichtig die Nase in ihre ausgestreckten Hände stupste.

Tanja lehnte sich mit einem tiefen Aufatmen zurück. In diesem Moment fiel ihr ein, dass sie Max Bescheid geben musste. Und Diana! Die lag vermutlich gerade in den letzten Zügen ihres Malkurses.

»Stanis, kannst du mir bitte ein paar schöne Fotos schicken für Max?«

Der nickte, scrollte in seinem Handy und beschloss, einfach alle zu senden, die er von Beginn der Geburt bis jetzt gemacht hatte. Mit einem leisen Lächeln studierte Tanja andächtig die Bilder. Das letzte zeigte eine selig strahlende Elinor mit dem Fohlen bei sich. Tanja leitete alle Fotos an Max weiter, ebenso an Diana. Allerdings sandte sie ihrer Freundin zuvor die Warnung, nichts an die Kursteilnehmerinnen preiszugeben. Die würden nachher nämlich ein komplett anderes Nachmittagsprogramm erleben als bisher von ihr geplant. Auf deren Gesichter freute sie sich schon jetzt. Mittlerweile waren knapp zwei Stunden einfach so dahingeglitten.

Gerade hatte sie ihr Handy weggepackt, da plingte es bereits. Doch sie hatte jetzt keine Zeit dafür, zumal sie ohnehin schon ahnte, dass eine ganze Armada an Herzchen von Diana eingetroffen war. Stattdessen sah sie Stanis fragend an.

»Wollen wir?« Sie nickte in die Box hinein.

»Klar. Auf das hintere Paddock?«

Er sprach von dem eher selten genutzten Areal, das hinter dem Privatstall lag und wenig Verbindung zu den anderen Paddocks hatte. Dafür lag es nahe der Frühlingskoppel, die für das minuten- und stundenweise Anweiden genutzt wurde. Der klare Vorteil war die dort herrschende Ruhe. Und dass man dieses Geviert durch die hintere Stalltür auf schnellstem Wege erreichen konnte, also der absolut kürzeste Weg aus den letzten Boxen. Tanja nutzte es sehr gerne für die Zuchtstuten mit ihren frisch geborenen Fohlen, damit diese sich aneinander binden konnten, ohne von anderen Pferden gestört zu werden.

Sie nickte, während sie sich bereits auf den Weg machte, um das Tor zu öffnen. Erfreut stellte sie dabei fest, dass sich die Sonne hinter den Wolken hervorgeschoben hatte. Schnell eilte sie zum Paddock, öffnete auch dieses weit und trabte zurück in den Stall. Stanis hatte Paloma bereits am Strick, den er Tanja nun in die Hand drücken wollte. Die schüttelte aber den Kopf.

»Nein! Heute möchte ich den Part mit dem Fohlen übernehmen!« Sie gluckste vor Aufregung.

»Du weißt, wie anstrengend das ist?«, erkundigte sich der Reitlehrer fürsorglich.

»Ja. Ja, aber…« Ihr Blick blieb verliebt an dem Fohlen hängen, das gerade die Box erkundete und dann und wann einen kleinen Bocksprung probte.

«Na denn…«

Er führte Paloma hinaus in die Stallgasse. Zunächst blickte das Fohlen nur verwirrt, dann wieherte es lauthals und begann zu bocken, vor Wut darüber, allein gelassen worden zu sein. Wieder wieherte es schrill, die Mutter antwortete deutlich leiser, beruhigend, lockend. Sie äugte über die Boxenwand ins Innere und ließ die Kleine nicht eine Sekunde aus den Augen.Tanja trat nun neben das Fohlen, das sich beruhigt hatte und irritiert in Richtung offene Boxentür blickte. Dort, wo gerade noch drei Menschen gestanden hatten, gähnte nun ein riesiges, dunkel wirkendes Loch. Furchteinflößend! Nochmals lockte Paloma mit tiefer Stimme. Tanja nickte verstehend, packte das Stütchen mit dem Fohlengriff und schob und drängte es mit aller Kraft, die sie hatte, in Richtung Tür. Sie wusste, dass Neugeborene die ersten Tage ziemlich schlecht sehen können beziehungsweise dass sie alles, was sie an visuellen Eindrücken aufnehmen, erst durch entsprechende Erfahrungen verknüpfen müssen. Dementsprechend stellte diese Situation für das Fohlen gerade den absolute Supergau dar! Die schützende Höhle verlassen, ohne die Mutter zu sehen, war definitiv die erste große Hürde im Leben des Stütchens! Und dementsprechend fiel nun auch ihr Widerstand aus. Doch alles Wehren half nichts - Tanja schob, drückte und hob die Kleine mehr oder weniger aus der Box.

Draußen blickte sich das Fohlen erstmal verdutzt um, bevor es an die Seite seiner brummelnden Mutter eilte, direkt an die Sicherheit und Wärme verheißende Milchbar. Nach wenigen Schmatzern war sie wieder bereit, Neues zu erleben.

Stanis führte Paloma langsam an, und Tanja dirigierte die schwankende Perla hintendrein. Der mit Gummi gefließte Boden machte es ihr erheblich leichter zu laufen. Doch damit einhergehend entwickelte sich eine dem Stütchen noch unbekannte Geschwindigkeit, die Tanja das ein oder andere Mal zwang, das Fohlen mehr zu stützen. Nach wenigen Metern hatte es sich jedoch bereits auch daran gewöhnt.

Nun kam die nächste Klippe. Der Übergang aus dem Stall ins Freie. Auch hier zögerte die Kleine zunächst, ließ sich aber erheblich schneller davon überzeugen, der leise brummelnden Mutter, die sich unablässig nach ihr umblickte, zu folgen. Und schließlich waren sie auf dem Paddock angelangt! Erleichtert ließ Tanja das Fohlen los, sobald sie weit genug weg von dem umgrenzenden Zaun waren. Stanis und sie traten einige Schritte zurück, während das Stütchen die Nüstern stellte und prüfend den Wind einsog, der sanft um das Gebäude strich. Zunächst war wieder die Milchbar angesagt, bevor sich Perla müde zu Boden plumpsen ließ. Die ganze Zeit über hatte Paloma eifrig und mit hingerissenem Blick ihr Fohlen abgeleckt. Sie war ganz offensichtlich über und über in ihren Nachwuchs verliebt.

Elinor hatte in der Zwischenzeit sowohl Stalltür als auch Paddock geschlossen und trat mit seligem Lächeln zu den anderen beiden.

»Na, ist das nicht das Wunderbarste im Leben? So ein schönes Bild...«

Tanja nickte, erneut mit Tränen der Freude in den Augen. Sie konnte sich gar nicht sattsehen an dieser Szene. Tief seufzte sie auf.

»Ja. Oh ja... Man möchte das immer und immer wieder sehen, vor dem inneren Auge abspielen... so hingegeben an den Augenblick, versunken im Moment! Das schaffe ich in keiner Meditation!«, räumte sie verschämt ein.

Die Tierkommunikatorin warf ihr einen kurzen Blick zu, bevor sie sich wieder dem Paar in der Paddockmitte widmete und den Gedanken Tanjas aufgriff. »Das wäre übrigens eine hervorragende Therapie. Vor allem, wenn man ohnehin in Richtung Schwermut tendiert! - Die Ankunft neuen Lebens! Unbeschwert. Gedankenfrei. Vorurteilslos. Alles neu!...«, überlegte Elinor mit gefurchter Stirn. Mit diesen Worten drehte sie sich zu Tanja hin. »Heute Nachmittag...?«

»Ja! Klar! Ist ja auch nicht mehr lange hin«, strahlte diese auf. »Natürlich werden wir Perla«, sie schluckte trocken, denn ihr ging auf, dass sie tatsächlich diesen Namen in italienischer Sprache als den einzig richtigen akzeptiert hatte, »in unseren Lehrgang integrieren. In Maßen natürlich!«

»Ja! Das ist eine gute, eine hervorragende Idee! Könnte glatt von mir stammen!« Die Tierkommunikatorin zwinkerte ihr schelmisch zu und gluckste zufrieden. »Da werden sich Dinge lostreten, von denen wir noch nicht ansatzweise geahnt haben!«

Tanja schluckte. »Mhm«, machte sie vorsichtig.

Mehr wollte sie dazu nicht sagen. Und schon gar nicht über die Konsequenzen nachdenken. Stattdessen widmete sie sich wieder der Beobachtung von Paloma und Perla, die sich ganz lang ausgestreckt hatte und sichtlich die Sonne und die Freiheit für ihre Gliedmaßen genoss, die dann und wann in einem Eigenleben wie von selbst zappelten.

Tanja hatte Stanis in seine denkbar kurze Mittagspause entlassen, mit der Bitte, den Frauen mitzuteilen, dass sie sich erst um 16 Uhr im Seminarraum treffen würden. Sie hatte es sich mit Elinor in der Sonne gemütlich gemacht, immer das Paddock im Blick. Gerade schien sie zur Übermutter zu mutieren, niemals zuvor hatte sie einen derartigen Wirbel um ein Fohlen gemacht! Aber Perla - die hatte sie einfach verzaubert!

Schweigend saßen die Frauen nebeneinander. Die Sonne wärmte angenehm. Stanis hatte den beiden durch Erik, der ebenfalls auf den ersten Blick schockverliebt war, Getränke und belegte Brötchen bringen lassen, die sich die beiden schmecken ließen.

Nun blinzelte Tanja träge in den blauen Himmel. In etwa einer halben Stunde musste sie hinüber in den Schulstall, um ihre Teilnehmerinnen einzusammeln und ihnen Verhaltenshinweise zu geben. Ein Geräusch störte sie in ihren Gedanken. Sie wandte den Kopf in Richtung Stall und sah, wie Erik und Peter einige Stühle heranschleppten. Langsam stand sie auf, blickte nochmals zu den beiden Ps, wie Elinor Stute und Fohlen genannt hatte, und winkte den Lehrlingen zu, wo sie die Stühle aufstellen sollten. Jede Frau sollte ausreichend Platz und Raum sowie - was am wichtigsten war - den unverstellten Blick auf das Paddock haben.

Perla war den Vorbereitungen mit aufmerksamen Augen gefolgt. Sie blinzelte mehrfach mit ihren auffällig langen Wimpern. Neugierig näherte sie sich nun dem Holzzaun, bis sie ihr Köpfchen durchstecken konnte. Ein Weiterkommen verwehrte ihr der untere und mittlere Querbalken, was sie wieder und wieder testete. Schließlich drehte sie sich um und bockte in Richtung des Zaunes, um sofort wieder zu wenden und erneut die Querbalken zu testen. Erstaunlicherweise zeigten die sich in keinster Weise beeindruckt von den Künsten des Neugeborenen, und Perla musste einsehen, dass sie hier nicht weiterkam. Zumindest jetzt nicht.

Sie ließ davon ab und marschierte zurück zu Paloma, die sich hingebungsvoll dem Heu widmete, das ihr Stanis vor seinem Weggang noch gebracht hatte. Es duftete himmlisch, und Perla empfand dies als absolut angemessene Einladung. Seufzend ließ sie sich mitten in den Hügel hineinplumpsen, von einem nachsichtigen Blick ihrer Mutter bedacht. Die rupfte nun rund um ihr Kind das Heu weg. Gelegentlich streifte ein zufriedener Blick die Frauen und Azubis, die ihrerseits entspannt und glücklich zusahen.

Letztere verließen jetzt widerwillig den Platz, um ihren Aufgaben im Stall nachzukommen. Zu niedlich war das Gehabe des winzigen Fohlens, das sie alle tief im Herzen berührte. Tanja bat sie jedoch eindringlich, den Teilnehmerinnen gegenüber nicht die kleinste Andeutung wegen des Neugeborenen zu machen. Die beiden nickten und verschwanden in den Tiefen des Privatstalls.

Nach einer Weile der Stille rührte Tanja sich wieder. »Sooo…«, sagte sie mit einem Blick auf ihre Uhr. »Es ist soweit. Ich hole dann mal die Mädels!«

»Was ist eigentlich mit Diana? Wollte die nicht unbedingt das Fohlen sehen?« Elinor rieb sich die Augen. Ein klein wenig sah sie verschlafen aus. Oder zumindest verträumt.

»Doch! Aber sie hat gerade einen Zahnarzttermin, direkt im Anschluss an ihre Kunststunde mit den Teilnehmerinnen. Sobald sie da raus ist, wird sie hier auf der Matte stehen, davon kannst du ausgehen!«

»Wäre schön, wenn sie gleichzeitig mit den anderen käme«, überlegte Elinor.

»Ja! Mal sehen, vielleicht klappt das ja… Ich geh dann mal

rüber, die anderen einnorden.« Sie winkte der Tierkommunikatorin zu, die sich wieder zurücklehnte und die Augen schloss, um Sonne und Ruhe zu genießen.

Kraft tanken, das war jetzt die Devise! Die hier gleich umherwirbelnden Energien würden es in sich haben, das wusste sie genau. Und darauf freute sie sich auch schon. Ein zufriedener Seufzer entfuhr ihr, während sie ihr Gesicht in die Sonne hielt.

»Gut, damit dürften alle Fragen geklärt sein! Oder habt ihr noch was auf dem Herzen?« Tanja blickte sich um. Mit keinem Wort hatte sie das Fohlen erwähnt.

Die Teilnehmerinnen, die sich im Seminarraum um sie geschart hatten, schüttelten verneinend die Köpfe oder blieben ausdruckslos in ihrer Mimik. Tanja hatte ihnen zuvor erklärt, es ginge bei der folgenden Übung vor allem um die Wahrnehmung - und gegebenenfalls Änderung - der eigenen Denkweise. In diesem Moment hörten sie draußen einen Motor aufheulen, Kies knirschte vernehmlich, eine Tür schlug und hektische Schritte näherten sich. Kurz darauf platzte Diana einer Farbbombe gleich mitten in die Versammlung

»Oh wie schön, ihr seid noch da! Dann bin ich ja gerade rechtzeitig eingetroffen!« Sie strahlte wie eine Neonleuchte, während sie von den Frauen mit freudigem Hallo begrüßt wurde.

Der offizielle Teil war vorerst vorüber, die Teilnehmerinnen bildeten schwatzende Cluster. Keine von ihnen ahnte, was genau auf sie nun wartete.

»Nanu? So eine gute Laune kenne ich von dir gar nicht, wenn du vom Zahnarzt kommst! Hat er dir etwa einen Goldzahn geschenkt?«, grinste Tanja von einem Ohr zum anderen, während sie sich an die Freundin wandte.

Sie erinnerte sich lebhaft daran, mit welcher Leidensmiene

ihre Freundin sonst immer angeschlichen kam. Das setzte sich in der Regel zwei, drei Tage fort, bis sie wieder in ihrer Normalform angekommen war.

»Ach, alles nur ein Klacks! Alle Beißerchen perfekt!«, winkte Diana strahlend ab. »Und bei diesen Neuigkeiten…« Sie warf einen gespannten Blick auf die Teilnehmerinnen, die in Grüppchen zusammenstanden und teils aufgeregt, teils scheinbar ungerührt miteinander sprachen. Leise wisperte sie in Tanjas Ohr: »Willst du ernsthaft den Nachmittag mit dem Fohlen verbringen?«

»Oh ja! Perla ist viel zu süß, um sie zu verstecken! Außerdem - wenn wir diese Möglichkeit haben, sollten wir sie auch nutzen! Gerade bei einem Bewusstseinskurs! Ein Fohlen, ganz wenige Stunden jung, das ist doch der Knaller! Und keine Angst, die Mädels wissen bereits, dass sie sich während der folgenden Übung sehr ruhig verhalten müssen. Haben sie mir schon zugesagt! Kein Streicheln, überhaupt gar keine Annäherung, sondern Distanz und Respekt! Das haben sie mir versprochen, damit ich mit ihnen dieses - noch unbekannte - Erlebnis teile!«

»Na gut. Dann wollen wir mal?« Dianas Ungeduld, das Neugeborene endlich sehen zu dürfen, war deutlich spürbar.

Tanja nickte und klatschte in ihre Hände. »Es ist soweit! Denkt daran, eure Blöcke und Kulis mitzunehmen! Wer will, hier in der Kiste«, sie öffnete mit diesen Worten den Schrank und deutete hinein, »sind auch bunte Stifte und Zeichenpapier.«

Einige Frauen nahmen das Angebot an. Die Bloggerinnen blieben zurückhaltend, fiel Tanja auf. Auch in den Gesprächen hatten sie gerade eher unbeteiligt gewirkt, wie neutrale Beobachter. Aber vielleicht war das alles nur Fassade, wie ihr bisheriges Gehabe. Immerhin waren im täglichen Umgang bereits kräftige Risse darin zu erkennen.

Die ersten Teilnehmerinnen verließen den Raum, Tanja und Diana folgten ihnen in den Hof. Dort warteten sie in der warmen Sonne auf den Rest der Gruppe, bevor sie ihren Weg zum Paddock fortsetzten. Dieses Mal jedoch außen entlang am Privatstall mit seinen Paddocks vor den Boxen. Tanja wollte diesen Bereich definitiv tabu für ihre Reitgäste halten. Die Frauen wirkten teils sehr erstaunt über diesen ungewohnten Weg. Wohin wollte Tanja sie nur führen?

Als sie um das letzte Paddock und die schützende Ecke traten, blieben die Frauen wie angewurzelt stehen. Jegliches Getuschel verstummte, und Staunen, Ehrfurcht legte sich auf die Gesichter. Alle blickten auf das winzige Fohlen, das in seinem Spielen und Tollen schlagartig verharrte, um seinerseits erstaunt auf die Gruppe zu starren. Dann gab es ein winziges Wiehern von sich, lief hinter seine Mutter und versteckte sich dort. Doch seine Neugier war zu groß, und so erschien recht bald wieder das dunkle Köpfchen von Perla hinter dem Schweif der Heu knabbernden Mutter. Sie musterte die Frauen, die teilweise verliebt kicherten oder ungläubig den Kopf schüttelten. Was für eine unglaubliche Überraschung!

Tanja deutete leise lächelnd auf die Stühle, auf die sich die Frauen nun verteilten. Manch eine konnte kaum den Blick von dem Fohlen wenden, und so ergab sich eine zufällige Anordnung der Frauen, die sonst nie so entstanden wäre. Neben Elinor hatte Melanie Platz genommen; es folgten Lisa, der Platz daneben war noch frei für Tanja, und anschließend Marie. Kathrin saß neben Mareike, danach kamen Sandra und Samantha. Den Abschluss bildeten Diana und Leah.

›Ferngesteuert‹, dachte Tanja erstaunt. Schnell machte sie sich Notizen zu der Sitzreihenfolge, kaum, dass sie sich gesetzt hatte. Darüber musste sie später nachdenken.

Jetzt lenkte sie ihre Aufmerksamkeit wieder zurück auf die

Gruppe und wechselte einen Blick mit Elinor, die genauestens die Reaktionen jeder Einzelnen seit deren Auftauchen beobachtet hatte.

Mit einem Zwinkern nickte die Tierkommunikatorin. Nach einer guten Weile begann sie in gutturaler Stimmlage die Erdung einzuleiten. »So, meine Lieben, es ist jetzt Zeit, aus dem Rausch des Wunderns herabzusteigen, damit wir uns ernsthaft erden können. So ein kleiner Höhenflug ist spannend und wunderbar, nicht wahr?« Sie lächelte wölfisch. »Doch bei alldem wollen wir nicht die Bodenhaftung verlieren.«

Ihr Blick glitt nachdenklich von einem Gesicht zum anderen. Manch eine tat sich sichtlich schwer, sich auf die Worte von Elinor zu konzentrieren. Immer wieder schweiften die Blicke ab zu dem Fohlen, das sich allmählich, ganz allmählich in fast schon komisch zu nennender Manier aus der Deckung seiner Mutter hervortraute. Mundwinkel zuckten, Tränen tauchten die Augen in verräterischen Glanz.

Als hätte Perla verstanden, dass sie jetzt nicht im Mittelpunkt stehen sollte, zog sie sich wieder hinter Paloma zurück, um sich dann auf den Heuhafen plumpsen zu lassen und langgestreckt in den Schlaf zu fallen.

Ein verschmitztes Lächeln strich über Elinors Gesicht, bevor sie sich sammelte. »Wir schließen die Augen und atmen nun dreimal tief ein und tief aus. Beim Ausatmen lassen wir alles, was den heutigen Tag über geschehen ist, los, und kommen so jedes Mal tiefer in uns an.«

Sie selbst atmete so laut ein und aus, dass sich die anderen auch trauten, lautstarke Geräusche von sich zu geben. Die einen mehr. Die anderen weniger. Eine jede nach ihrer eigenen Art.

Elinors Augen blieben im Gegensatz zu denen der anderen halb geöffnet. Zum einen, weil sie geübt war in dem, was sie gerade durchführte. Zum anderen, weil sie als Leiterin der

Meditation ihre Frauen im Blick haben musste. Und so fiel ihr natürlich auch auf, dass die Augen von Leah Blase, Marie Fischleiche und Samantha Superedel zuckten und sich immer wieder öffneten, um erst nach dem Fohlen, dann zu Elinor hinüber zu linsen. Schuldbewusst kniffen sie nach dem Blickwechsel schnell die Augen zu, um sie wenig später ganz vorsichtig wieder zu öffnen und ins Paddock zu spähen. Innerlich seufzte die Tierkommunikatorin. Doch was sollte es - eigentlich war das nur klar. Und ein klein bisschen verständlich. Bei dieser ungeheuren Verführung in Form eines niedlichen, winzigen Fohlens. Vor allem bei diesen drei Kandidatinnen.

Nun zählte sie langsam von dreißig an rückwärts, um ihre Gruppe noch tiefer ins Unterbewusstsein zu führen. Erfreut stellte sie fest, dass selbst ihre drei Ausreißerinnen sich nun mitnehmen ließen. Kein Blinzeln mehr, kein schamhaftes Erröten. Sie meinten es also doch ernst damit, sich auf sich selbst einzulassen!

Als sie bei Null angekommen war, sprach sie mit rauer Stimme: »Mit jedem Mal gehe ich tiefer und verbinde mich intensiver mit der anderen Welt und mit meinem inneren Ich! Mit jedem Mal geht es mir in jeglicher Hinsicht immer besser und besser und besser!«

Mit der anderen Welt meinte Elinor die spirituelle Welt, auch Anderswelt genannt. Anschließend verstummte ihre Stimme.

Nach etwa zehn Minuten Meditation in aller Stille spürte Elinor, dass es Zeit war abzubrechen. Dieses Mal zählte sie vorwärts. Bei der Zahl fünf fügte sie hinzu: »Bei sieben bin ich hellwach, und es geht mir bestens!«

Sie zählte fertig, und prompt blickte sie beim Erreichen der Zahl Sieben in zweiundzwanzig hellwache, strahlende Augen. Die sich blitzschnell zum Paddock hin abwandten. Aber außer einem tief entspannt schlafenden Fohlen und einer ungerührt Heu knabbernden Paloma gab es dort nichts zu sehen. Tanja seufzte erleichtert auf. Bis hierher war alles gut gelaufen. Sogar besser als von ihr befürchtet, alleine Perlas wegen. Alle Frauen hatten mitgezogen, sich auf die Meditation eingelassen. Jetzt kam der entscheidende Teil.

Elinor räusperte sich und gewann sofort die Aufmerksamkeit aller. »Nuuun«, machte sie langgezogen mit besonders dunkler Stimme und blickte jeder Einzelnen tief in die Augen. »Jetzt wollen wir mal so richtig ran ans Eingemachte!«

Sie lachte auf. Schalk tanzte in ihren Augen und nahm ihren Worten das Drohende. Die ein oder andere der alten Hasen ächzte. Sie ahnten, es ging um Schattenarbeit.

»Ich hätte größte Lust, ein Spiel mit euch zu machen! Seid ihr dazu bereit?«

Die Frauen wechselten irritierte Blicke miteinander. Ein Spiel?! Wieso ein Spiel? Auch Tanja runzelte die Augenbrauen, während Diana zu ihr hinüberblickte, fragend den Kopf neigte und die Hände leicht anhob. Doch erstere wusste auch nicht, wie sie mit dieser Ankündigung umzugehen hatte und zuckte die Schultern.

»Also?«

Tanjas Brust entrang sich ein Seufzer. Allerdings nur ein klitzekleiner, sie hatte im allerletzten Moment noch daran gedacht, dass sie als Veranstalterin ihre Angestellte voll und ganz unterstützen musste. Ohne irgendwelche Zweifel zu zeigen! Das war hier nun wirklich nicht angebracht! Zumal sie ja Elinors schier unglaubliche Fähigkeiten gut genug kannte.

Deren Augen huschten flink von einer zur anderen, während sie sich gemütlich zurücklehnte. Auch ihr war die merkwürdige Sitzordnung von Anfang an aufgefallen, kein Zweifel. Während die Frauen an ihren keck lächelnden Lippen klebten, vernahm Tanja Elinors Worte.

»Gestern hatten wir nach unserer Meditationsrunde ja gemalt, wo wir jetzt stehen und wo wir uns in Zukunft sehen möchten. Nun machen wir folgendes: wir schreiben oder malen, wo wir unsere Nachbarin jetzt sehen. Und in der Zukunft. Dafür könnt ihr gerne euer Wissen von gestern einfließen lassen. Folgt aber ganz eurer Intuition! Lasst euch voll darauf ein! Insbesondere möchte ich euch ausdrücklich um zwei wichtige Dinge bitten: zum einen berücksichtigt die Stärken eurer Nachbarin, die euch bislang aufgefallen sind. Damit kann sie sich nämlich deutlich entwickeln! Und manchmal - nein, meistens sind das die wahren Stärken! Jene, die einem selbst kaum aufgefallen wären, die man selbst gar nicht als Stärken erkennt. Weil sie einem als selbstverständlich und natürlich erscheinen. Ein Quell, dessen man sich täglich bedient.«

Sie ließ ihren Blick wieder über die nun aus purer Fassungslosigkeit schweigenden Teilnehmerinnen gleiten, die mit teils entsetztem Gesichtsausdruck ihre Nachbarinnen rechts und links von sich musterten.

Einige begannen unruhig auf ihren Sitzen umherzurutschen. Auch Tanja ertappte sich dabei, wie sie ihre Augenbrauen furchte. Sie selbst saß zwischen Lisa und Marie. Hoppla! Ihr Blick kreuzte den von Diana, die wirkte, als wolle sie aufspringen und fluchtartig die Versammlung verlassen. Vielleicht zur spontanen Nachuntersuchung beim Zahnarzt... Kein Wunder aber auch! Deren Stuhl stand zwischen Samantha und Leah. Noch hatte sie allerdings nicht die volle Botschaft von Elinor zu hören bekommen.

»Da bekommt ihr wohl Angst, was?«

Die Tierkommunikatorin lachte heiser auf. Sie wusste sehr wohl darum, wie schwer es Menschen fiel, bei ›Fremden‹ so tief zu schürfen. Die eigene Meinung zu hinterfragen, die Wahrnehmung von der Oberfläche in die Tiefe zu lenken. Den ein oder anderen Charakterzug zu erkennen, den man gerne selber hätte, wo aber stattdessen eine große Leere herrschte. Und schließlich deswegen die vorgefasste Meinung über die betreffende Person ändern zu müssen. Die Pflege von gewohnten Denkmustern, von liebgewonnenen Feindbildern hingegen war deutlich bequemer.

Elinor beugte sich vor, die Frauen fest im Blick, nahezu hypnotisch.

Samantha stemmte sich gegen diese Macht, indem sie die Arme überkreuzte, sich zurücklehnte und nur noch auf die beiden Ps starrte. Als hätte Paloma verstanden, stoppte diese mitten im Kauen und starrte zurück. Eine stille Unterhaltung lief zwischen den beiden, bis sich endlich Samantha schüttelte und ihre Arme durch Kreisen der Schultern etwas lockerte. Ihre schützende Umhüllung gab sie jedoch noch nicht frei. In dieser Zeit schwieg Elinor, was allerdings keiner auffiel, da eine jede reichlich mit ihren eigenen Gedanken beschäftigt war.

Lisa, rechts neben Tanja, fixierte ihre Schuhspitzen, mit denen sie Kreise in den Sand malte. Ausgesprochen perfekte, wie Tanja auffiel. Sandra drehte unruhig an den Enden ihres Reißverschlusses. Ihr lag diese Art von Selbstreflektion ohnehin nicht so ganz - wenn sie auch schon höchst interessante Erfahrungen damit gemacht hatte. Das war immerhin der Grund, warum sie überhaupt zu diesem Wiederholungsseminar gekommen war. Mareike war blass geworden, völlig überdreht rutschte sie auf ihrem Stuhl hin und her. Nun musste sie doch glatt wieder ihre eigene Meinung darstellen und vertreten! Und das in der Angst, eine falsche Wahrnehmung zu haben. Mangelndes Selbst-Vertrauen.

›Oh-oh!,‹, dachte Tanja, ›da kommt glatt die graue Maus wieder zum Vorschein! Ist doch noch nicht ganz ausgeheilt!‹ Sie war nun schon gespannt auf den zweiten Teil, den Elinor noch in petto hatte.

Doch ganz unerwartet winkte diese ab. »Ach, ich denke, das

ist für heute schon Aufgabe genug!« Mit einem schmatzenden Lächeln lehnte sie sich zurück. »Wir sehen nach dem Besprechen der Ergebnisse, ob ich euch noch etwas anderes zumute! Und wenn nicht heute - dann eben morgen!«

Fragend blickte Kathrin auf. »Welche Nachbarin? Die rechte oder die linke?«

»Ah! Ja! Wir gehen im Uhrzeigersinn vor, wir wollen uns ja aufbauen! Also die jeweils linke Nachbarin! Und du, Leah, hast als Nachbarin, auch wenn wir räumlich durch den Zaun getrennt sind, mich!«

Sie strahlte die Bloggerin an, die mühsam schluckte. Es war ihr anzusehen, dass sie am liebsten alles hingeworfen hätte und gegangen wäre. Doch dann glomm eine Wut in ihren Augen auf, sie presste die Lippen zusammen und nickte.

»Geht klar!«, drang es zwischen ihren Zähnen hindurch. Es klang wie eine verhaltene Fanfare im Angriffsmodus.

Zufrieden lächelte Elinor und klatschte in die Hände. »Los geht's, Mädels! Viel Spaß euch! Ihr habt etwa eine halbe Stunde Zeit! Oder auch länger. Das sehen wir dann. Und lasst euren Eingebungen freien Lauf!«

Das schien das Stichwort für Perla gewesen zu sein. Hatte sie bisher friedlich geschlafen, schreckte sie plötzlich hoch und sprang auf ihre Beine. Oder besser - wollte sie springen. Denn noch beherrschte sie ihre langen Gliedmaßen nicht so recht. So purzelte sie in einer Art Rolle rückwärts wieder ins Heu, direkt vor die Nase ihrer verblüfften Mutter. Paloma grummelte beruhigend, während sich das Fohlen perplex umblickte. Sie schüttelte ihr Köpfchen, schien nachzudenken und nahm erneut Anlauf. Dieses Mal klappte es, und sogleich machte sie sich auf den Weg an die Milchbar. Nach einigen zufriedenen Schmatzern, die bei vielen Frauen ein Kichern auslösten, beäugte Perla die Menschen, die rund um das Paddock saßen. Langsam kam sie näher an den Zaun, um immer wieder spielerisch zu erschrecken und bockend in die Mitte zu ihrer Mutter zurückzukehren. Die ließ sich nicht weiter stören und sprach dem duftenden Heu zu, das immer noch reichlich vorhanden war. Stanis war in dieser Hinsicht mit Tanja einer Meinung: dass Stuten mit Fohlen tatsächlich 24/7 Stunden Heu brauchen, ganz im Gegensatz zu anderen Pferden, für die das ernsthafte gesundheitliche Schäden mit sich bringt, falls nicht ein sportliches Gegenkonzept - sprich: jede Menge forcierte Bewegung - Tag für Tag eingehalten wird.

Die Frauen außen herum waren verzaubert. Soviel Anmut, soviel niedliche Tollpatschigkeit, soviel Zucker! Jede öffnete sich, ließ sich tief im Herzen berühren. Der ein oder andere Seufzer war zu hören. Keine, aber auch wirklich keine hatte gerade den Sinn für die gestellte Aufgabe. Zu drollig, zu niedlich war der Anblick des frisch geborenen Fohlens!

Tanja warf einen kurzen Blick hinüber zu Elinor, die ebenfalls in dem Geschehen innerhalb des Paddocks schwelgte. Ganz offensichtlich fand diese es völlig in Ordnung, dass gerade niemand mit der Erledigung der Aufgabe befasst war. Vielleicht war das alles sogar Kalkül! Planung? Tanja wollte das zunächst bezweifeln. Doch dann beobachtete sie eher zufällig, während sie gerade die Augen abwenden wollte, einen Blickwechsel zwischen Elinor und Paloma. Und plötzlich wurde die Ahnung Gewissheit! Die beiden arbeiteten sehr wohl zusammen! Sie schüttelte staunend den Kopf, ihr Mund stand leicht offen. Genau zu diesem Zeitpunkt traf sie ein spöttischer Blick von Elinor. Sie wurde etwas rot, raschelte in den Blättern, die auf ihrem Schoß lagen und musterte ihre Nachbarin zur Linken. Marie. Ausgerechnet... Sie seufzte.

Dann blickte sie wieder hinein ins Paddock, wo Perla gerade zu einer Übungsreihe von Bocksprüngen ansetzte. Der ein oder andere gelang bereits ganz ordentlich, und schon preschte sie in vollem Tempo die lange Seite entlang. Nun wurde ihre Mutter unruhig, ließ das Heu stehen und liegen, um aufgeregt wiehernd schnell ihrer Tochter zu folgen. Die interessierte das aufgebrachte Verhalten der Mutter gar nicht, denn Perla machte eine neue Entdeckung: Der Bremsweg lag definitiv nicht bei Null! Und so schlitterte und rutschte sie bis fast an den Zaun, bevor sie sich eines Besseren besann und instinktiv mit einem Satz Richtung Paddockinneren sprang. Puh! Gerade nochmal gutgegangen!

Ein kollektives Seufzen der Erleichterung war draußen zu hören, und Paloma drehte sich mindestens ebenso verblüfft zu den Frauen um wie ihre Tochter. Perla schüttelte sich, musste über das Erlebte nachdenken. Und schon stob sie wieder los, setzte zu einer neuen Raserunde an, die Mutter dieses Mal dicht an ihrer Seite. Nun übte sie das Stoppen aus vollem Lauf, weit genug weg vom Zaun, wendete, sprintete los, stoppte, neuer Spurt, neues Bremsen. Paloma folgte mühsam und deutlich weniger elegant.

›Sie ist aber auch ganz schön ausgezehrt von der Geburt‹, dachte Tanja und betrachtete die eingefallenen Flanken ihrer Stute. Sie brauchte nachher dringend noch ein kräftigendes Mash, ein Brei aus Weizenkleie und aufgekochten Leinsamen, dem Tanja gerne frisch gequetschten Hafer zufügte, und in das sie bei speziellen Fällen wie einer Geburt außerdem ein, zwei rohe Eier und Honig unterrührte. Den Tipp hatte sie von einem Galopptrainer bekommen, und tatsächlich schien das sowohl den Milchfluss als auch die schnelle Regeneration der Mutter zu fördern. Allerdings hatte sie dies auf einmalige Gaben beschränkt, allein schon aus Angst vor einer Salmonellenvergiftung. Andererseits hatte sie schon von Pferden gehört, die mit Hühnern oder Enten auf einer Koppel lebten, und die gelegentlich das ein oder andere Ei mit dem Huf knackten und auslutschten. Unglaublich eigentlich… aber die Natur weiß ohnehin viel besser Bescheid, als Menschen es zu tun glauben.

Perla wurde vom vielen Toben müde. Sie begann zu stolpern, stellte ihre Spielaktionen ein und verschwand am Euter von Paloma. Lange Zeit hörte man sie schmatzen, immer wieder innehalten, um die Frauen zu mustern, und schließlich wankte sie an der Seite ihrer Mutter Richtung Paddockmitte, um sich dort umstandslos mitten ins Heu fallen zu lassen.

Langsam, ganz langsam wandten sich die Frauen ihren Zetteln zu. Gelegentlich streifte ein fragender Blick die Nachbarin zur Linken. Ruhe kehrte ein, Stille im Kopf, Freude im Herzen. Die beste Vorbereitung für die herausfordernde Aufgabe...

Elinor hatte ihnen so lange Zeit gelassen, wie sie brauchten. Und tatsächlich war mehr als eine Stunde vergangen, bis die letzte Frau zufrieden genickt und ihren Stift weggelegt hatte. Tanja war perplex, was nun während der Besprechung an Informationen auftauchte. Fleißig schrieb sie die wichtigsten Stichpunkte mit, kam es ihr überdies noch als Teamleiterin zugute, und protokollierte ebenfalls den anschließenden Austausch unter allen Frauen. Da ging es teils hoch, wenn auch Perla zuliebe möglichst leise, her. Elinor glättete immer wieder die meist positiven Wogen mit beschwichtigenden Handbewegungen. Zuviel Emotionalität konnte der rationalen Darstellung und damit der Aufnahme in die Denkprozesse schaden.

Mareike beispielsweise wehrte sich mit Händen und Füßen gegen die Wiedergabe ihrer Meinung von Sandras Stärken, bis diese ihr mehrfach und glaubwürdig versichert hatte, dass sie dies niemals nicht persönlich nehmen würde! Im Gegenteil würde sie sich - und das war ihr letzter Trumpf, der die Finanzbeamtin letztlich überzeugt hatte - geehrt fühlen, ihre von Mareike als sehr genaue Beobachterin wahrgenommene Befähigung zu hören. Diese war Mareike nämlich zuvor von Kathrin als ihre eigene überragende Stärke attestiert worden. Wobei sie auch da schon hatte aufspringen und verschwinden wollen, bevor Kathrin überhaupt nur den Mund aufmachen konnte. Doch die war flink genug gewesen, um Mareike an der Schulter zu fassen, niederzudrücken und sie anzulächeln, mit den nur für Mareike vernehmbaren Worten: »Na, hast du Angst, du könntest uns alle überflügeln, und - schlimmer noch - alle hören das? Hm?«

Mit großen Augen hatte Mareike ihre kluge Nachbarin gemustert und sich gefügt. Um nach dem Verstehen von Kathrins anschließenden Worten hochrot zu werden und sich ausschließlich und exklusiv der Betrachtung ihrer Fußspitzen zu widmen. Der anschließende Meinungsaustausch der anderen Frauen, die etwas dazu beizutragen hatten, schien vollkommen an ihr vorüberzugleiten.

Tanja ihrerseits hatte mit Staunen von Lisa vernommen, dass ihre eigentliche Stärke in der nonverbalen Kommunikation lag. Ihre Augenbrauen waren hochgeschossen. Was redete die blonde Bloggerin mit den raspelkurzen Haaren da? Doch Lisa hatte nur gleichmütig mit den Schultern gezuckt. Sie hatte ihr Statement abgegeben, das war's denn auch für sie. Andere hatten genickt, Elinor teuflisch gegrinst, und Diana schien kurz vor einem Lachkrampf zu stehen. Von deren Seite würde sie wohl noch etliches zu diesem Thema zu hören bekommen, und zwar bei der nächsten sich bietenden Gelegenheit!

Doch Tanja hatte keine Zeit gehabt, darüber nachzudenken, schließlich musste sie jetzt für Marie, der Fischleiche, zu ihrer Linken die passenden Worte finden. Sie hatte erwartet, dass es ihr schwerfallen würde, überhaupt etwas an Kompetenzen bei dieser zwar immer interessierten, dabei aber auch stets distanzierten Frau zu finden. Zu glatt war sie, zu sehr verbarg sie ihre Unsicherheit hinter dieser kühlen Fassade. Doch plötzlich war es ihr wie Schuppen von den Augen gefallen: Marie konnte mit diesen Eigenschaften hervorragend neutral beobachten und vor allem vermitteln! Sie müsste nur etwas sicherer werden... Doch jetzt ging es nicht um Verbesserungen. Es ging ausschließlich um die Stärken. Und Marie war war bei Tanjas Worten vor Freude erst rot geworden, hatte sich dann überrascht geschüttelt und schließlich gestrahlt.

Als sich die Runde aufgelöst hatte, schien es zunächst Zufall zu sein, dass Mareike und Marie sich beim Verlassen des Platzes nebeneinander einfanden und sich austauschten. ›Sie sind sich doch ähnlicher, als man es auf den ersten Blick vermuten möchte‹, dachte Tanja interessiert.

Während sich alle anderen Frauen inklusive Diana und Elinor in Richtung Künstlerdorf und damit in Richtung belebenden Kaffee aufmachten, verschwand sie im Stall, um das Mash für Paloma zuzubereiten.

Die freute sich über das leckere Futter und musterte nach dem Vertilgen nachdenklich Tanja aus dunklen Augen. Die war noch im Überschwang von der nach dem unerwarteten Auftrag von Elinor so gefürchteten und dann ebenso hocherfolgreichen Runde und nahm daher nicht die Tiefgründigkeit wahr, die dort geschrieben stand. Stattdessen lachte sie über Perlas Versuche, mit dem flexiblen Gummitrog etwas anzufangen, der nun leer auf dem Boden lag. Bevor sie sich verletzen konnte, nahm Tanja ihn schnell auf und ließ das Fohlen daran schnuppern. Probeweise leckte und biss die Kleine spielerisch in den Behälter. Das Inspizieren schien kein Ende nehmen zu wollen.

Schließlich erschien Stanis in der Tür. »Willst du sie noch länger draußen lassen?«

Tanja schüttelte den Kopf und kehrte in die andere Gegenwart zurück, die sich jenseits des Fohlens erstreckte. »Nein, die Sonne ist bald weg, und es wird schon kühler. Ich denke, die beiden hatten für den ersten Tag genug. Lass uns die zwei Grazien hineinbringen!«

Der Reitlehrer nickte, öffnete die Tore weit, und machte sich daran, Paloma in den Stall zu führen. So, wie die Kleine beim Herausführen aus der Box gefremdelt hatte, wollte sie nun den vertrauten Paddock nicht verlassen. Immerhin war das in den letzten Stunden ihr sicheres Daheim gewesen, wenn auch mit lästigen Begrenzungen. Doch ihre Mutter brummelte und wartete geduldig mit Stanis, während Tanja sanft schob und drückte, bis das Fohlen schließlich loslief. Der nächste Stopp erfolgte beim Stalleingang mit den dunklen Schatten, und der letzte vor der Boxentür. Als die beiden schließlich in der großzügigen Box angelangt waren, verschloss Tanja mit hochrotem Kopf und einem Seufzer der Erleichterung den Eingang.

»Puh! Einerseits bin ich froh, dass unsere Prinzessin«, bei diesem Wort gluckste Stanis kurz vor Lachen auf und Tanja wurde rot, »also, dass Perla recht bald selbständiger wird und dass dann alles normal für sie ist. Andererseits ist jede einzelne Stunde so kostbar! Niemals mehr wird sie so sein wie jetzt, so sehr Baby...«

»Ja. Manchmal verrinnt die Zeit schon viel zu schnell...« Stanis drehte nachdenklich einen Strohhalm in seinen Fingern. Er musterte die Stute und furchte die Stirn, sagte aber nichts weiter.

Tanja löste sich mühsam vom Anblick des nun wieder munter Milch schmatzenden Fohlens. »So. Mal sehen, ob Max schon was geschrieben hat zu unserer höchst gelungenen Überraschung!«

Mit diesen Worten zog sie ihr Handy aus der Tasche, um es anzuschalten. Und tatsächlich - ihr Mann hatte einiges zu schreiben! Schnell machte sie noch ein paar Aufnahmen und erwischte den ein oder anderen gelungenen Schnappschuss.

Wieder war einiges an Zeit vergangen.

Fröhlich lief sie nun die Stallgasse hinunter, ganz ins Lesen der Nachrichten vertieft. Stanis war schon länger in der Futterkammer verschwunden, als sie sich vorne auf der Bank niederließ und auf Max' Nachrichten antwortete. Mit vielen neuen Fotos. Die Zeit verstrich im Nu.

Schon trappelte es hinter ihr, die Pferde wurden von den Angestellten in die Boxen gebracht, mit Heu und eine halbe Stunde später mit Kraftfutter versorgt, und sie spielte immer noch mit Fotos und Nachrichten, bis sich schließlich eine Hand auf ihre Schulter legte.

»Du solltest mal was essen gehen, Tanja!«

Sie schreckte aus ihrer virtuellen Welt auf. »Häh?«

Stanis wiederholte seine Aufforderung.

»Ah. Ja. Mach ich! Ist es schon so spät?«

»Mh. Ich schau nachher nochmal nach unseren beiden - Prinzessinnen.« Eine Augenbraue rutschte ihm unversehens nach oben. »Du machst ja ohnehin heute Abend deine Runde, nicht wahr?«

»Ja. Klar! Dann bis morgen! Schönen Abend dir!«

»Danke! Dir auch!«

Als sie auf den mittlerweile dunkel werdenden Hof trat, sprangen aus dem Nichts ihre Hunde heran und umwuselten sie. Sie lachte fröhlich auf. »Na, wo kommt ihr denn jetzt her? Was habt ihr eigentlich den ganzen Nachmittag über getrieben?«

Sie streichelte die Greyhounds, und stellte dabei fest, dass sie feuchte Beine und Seiten hatten.

»Aha! Wart ihr wieder über die Koppeln streifen, um ein paar Karnickel zu fangen, ja?«

Die beiden strahlten sie förmlich an, und Mortimer schleckte sich einige Male nachdrücklich übers Maul.

»Ich hoffe nur, ihr wart nicht erfolgreich…«, murmelte sie in sich hinein. »Na, denn kommt mal, es ist Zeit fürs Abendessen! Marianna wartet vermutlich schon…«

Mit diesen Worten stapfte sie in Begleitung ihrer auffällig ruhigen Hunde in Richtung Herrenhaus. Kein Zweifel, die beiden hatten sich heute kräftig verausgabt! Morgens der schnelle, weite Ritt, und heute Nachmittag - was auch immer… Zumindest waren sie alle drei über die Maßen glücklich, wie Tanja mit einem dankbaren Seufzen feststellte.

MITTWOCH

Heute konnte es Tanja kaum erwarten, aus dem Bett zu springen, obwohl es draußen noch ziemlich dunkel war. Auf ihrer nächtlichen Runde durch die Ställe vor dem Schlafengehen hatte sie nochmals viel Zeit bei den beiden Ps verbracht, genau genommen mit Perla. Zu zuckersüß war das Stütchen, das ihr bereits mit seinem winzigen Mäulchen zutraulich durchs Gesicht fuhr. Tanja hatte diese Intimitäten genossen, die sie intensiv mit dem Fohlen verbanden. Als die Hunde vor der Box selbst für sie deutlich vernehmbar gestöhnt hatten, konnte sie sich nur zögernd von dem Kinderzimmer trennen. Sie war Paloma nochmals zärtlich über den Hals gefahren, hatte sich aber bereits wieder der Kleinen zugewandt, die energisch dazwischen geschritten war, um auch noch einmal bespaßt zu werden. Lachend hatte Tanja die Box verlassen, die Hunde waren aufgesprungen und hatten sie umtanzt.

»Na, habt ihr keine Lust mehr, noch länger auf mich zu warten?« Tanja hatte geseufzt. »Ich sehe schon, ihr seid einfach zu sehr verwöhnt. Ihr wollt jetzt in eure weichen Hundebetten! Na gut, ich gebe zu, ich auch. In mein Federbett, meine ich natürlich. Dann lasst uns mal…«

Ihre Nacht war gut gewesen, zu ihrer eigenen Überraschung. Sie hatte damit gerechnet, ständig über Perla nachzudenken, wie sie Gefahren für die Kleine abwenden, wie sie sie fördern konnte. Doch nichts davon war geschehen. Sie hatte sich hingelegt, die Augen geschlossen - und weg war sie gewesen. Nun fühlte sie sich ausgeschlafen und voller Tatendrang.

Auch die Hunde schienen ähnlicher Meinung zu sein. Als sie die Treppen hinunterging, warteten die beiden bereits mit fröhlicher Miene auf sie. Mortimer schien regelrecht zu lachen und zappelte vor sich hin, während Charles sich artig setzte und Tanja anhimmelte. Die setzte sich auch, nämlich auf die unterste Treppenstufe, um die beiden Hunde ganz in Ruhe zu herzen und in die Arme zu nehmen. Sie stellte dabei fest, wie gut es ihr heute ging! Kein hektisches An-den-Hunden-vorbei-Hetzen-und-im-Vorübergehen-Streicheln. Nein, tiefenentspannt sich Zeit nehmen für ihre treuen Begleiter. Mit einem kurzen Stich des schlechten Gewissens kam sie zu dem Schluss, dass sie sich wieder mehr Freiraum für ihre beiden Fellnasen schaffen wollte. Schließlich erhob sie sich, tief geerdet und zufrieden, um sich in der Küche einen Apfel zu holen. Kaffee fiel heute aus, sie wollte weiter in sich ruhen. Dieses Gefühl war zu kostbar!

Statt schnell zur Vitrine, auf der die Obstschüssel stand, zu eilen, ging sie betont langsam, fühlte das Holzparkett unter ihren Socken, ließ ihre Hand über den gelb getünchten Putz gleiten, spürte die Kristalle darunter. Sie öffnete ihre Nase, nahm bewusst die Gerüche wahr, die in der Luft hingen. Und plötzlich ging ihr auf, dass da vielleicht der Sinn des Lebens lag - im Präsent-Sein. Das Hier und Jetzt wahrnehmen.

Vorurteilslos, ohne die Verspiegelungen und Voreingenommenheiten der eigenen Gedanken.

Sie sog tief die Luft ein, schritt hinüber zum Fenster, um dieses zu öffnen, und dann einen weiteren bewussten Atemzug der kühlen Luft zu nehmen. Leises Vogelgezwitscher tönte aus den Büschen vor ihr, ein Lächeln streifte ihr Gesicht. Von unten drängte die feuchte Nase von Charles in ihre Hand. Sie ließ jeden Gedanken los, der störend in sie drang. Frei! Jetzt, in diesen Momenten ohne jegliche Gedanken, war sie wirklich frei! Selten konnte sie das fühlen, am wenigsten in der Meditation. Es waren meist die Gelegenheiten, wenn sie konzentriert mit ihren Tieren arbeitete oder einen stürmischen Galopp genoss. Mit dieser Erkenntnis, die blitzartig über sie gekommen war, ließen sich nun auch die Gedanken nicht mehr zurückhalten, und sie seufzte. Zumal nun auch Mortimer an sie herandrängte. Schließlich wartete nach dem morgendlichen Spaziergang das Futter im Stall, selbst wenn es da noch etwas hin war.

»Na gut, ihr beiden Süßen, dann machen wir uns mal auf den Weg! Elinor wird wohl noch schlafen, was?« Sie warf einen Blick auf die Uhr. »Noch nicht mal sechs. Gut, dann ab in den Stall, und ich arbeite mit Beauty. Davor und danach ein kleiner Spaziergang, erst zum Aufwärmen, dann zum Abkühlen, damit ihr genügend Bewegung habt. Einverstanden?«

Mortimer sprang jaulend an ihr hoch, ohne sie zu berühren - das war verboten, und das wusste er ganz genau-, drehte sich dabei um die eigene Achse und kam mit Ach und Krach halbwegs elegant wieder zu Boden. Tanja lachte, als er sich anschließend auf die Jagd nach seiner eigenen Rute begab und im Kreis hinter ihr hersauste. Das Parkett machte es ihm nicht unbedingt leichter. Charles hatte sich mit einem resignierten Blick auf seinen Artgenossen hingesetzt und leise aufgeseufzt. Doch schon stand Mortimer still, schüttelte sich und rannte auf den Flur hinaus. Kläffen durfte er nicht, doch Tanja konnte spüren, wie sehr es den Greyhound reizte, so voller Lebensfreude, wie er gerade war. Sie folgte in gleicher Laune, Charles an ihrer Seite, eine Dose mit bereits vorbereiteten Apfelschnitzen in der einen und ihrem eigenen Apfel in der anderen Hand.

Plötzlich machte sie kehrt, als ihr bewusst wurde, dass sie die Apfelstücke besser in ihre Taschen verteilen sollte, da die Pferde sonst zu aufdringlich würden. Die Dose spülte sie aus und stellte sie zum Trocknen auf die Spüle. Marianna würde sie nachher aufräumen. Zufrieden summte sie vor sich hin, während aus dem Flur ein Wimmern hörbar wurde, das stetig an Lautstärke gewann. Na gut. Los jetzt! Sie machte das Licht aus, lief den Flur entlang zu dem kleinen Raum, in dem die Stallklamotten hingen, und zog sich die warme Jacke über. Als sie die Tür, die von hier aus in den Garten führte, öffnete, schossen die Hunde an ihr vorbei und verschwanden in der Dunkelheit. Nochmals sog sie tief die erfrischende Luft ein. Im Osten war bereits ein heller Streifen zu erkennen, der sich schnell vergrößerte. Zeit für die Pferde!

Frohgemut traf sie gleichzeitig mit den Hunden, die sich schnell in der Dunkelheit verloren hatten, im Stall ein. Sie verteilten sich fröhlich über die Stallgasse und tobten miteinander auf dem Gummiboden, während Tanja sich zunächst ausgiebig mit Beauty beschäftigte. Anschließend folgten die anderen Pferde, bis sie hinten an der Box der beiden Ps stand. Leise brummelte ihr Paloma entgegen, während Perla tief schlafend im Stroh lag. Ihre Beinchen zuckten, sie schien zu träumen. Tiefe Liebe erfüllte ihr Herz, und sie drehte sich zu der Stute hin, um sie zu streicheln und mit Zärteleien, Apfelschnitzen und Kraulen zu verwöhnen. Nach einer Weile wandte sie sich ab, schließlich wollte sie spätestens um Viertel vor Sieben in der Reithalle sein. Oder auf dem Dressurviereck zwischen den beiden Hallen, je nach Wetter. Da war sie auf dem Weg hierher noch zu keinem echten Schluss gekommen. Es würde sich gleich beim Rausgehen ergeben.

Leise summend trat sie mit dem Halfter zu Beauty in die Box, die sie zunächst einer ausgiebigen Leibesvisitation unterzog, während Tanja sie lachend streichelte. Und tatsächlich - sie hatte die letzten verbliebenen Apfelschnitze in Tanjas Tasche entdeckt und ließ ihre lange Zunge blitzschnell hineingleiten, um sich ein, zwei davon herauszuangeln. Tanja schüttelte den Kopf.

»Das kann doch wohl nicht wahr sein! Wie in aller Welt schaffst du das nur immer?! Du machst Mortimer ernsthafte Konkurrenz!«

Grummelnd streifte sie ihrer Lieblingsstute das Halfter über und hielt sie damit von sich. Die verbliebenen Apfelstücke würde sie hübsch in ihrer Putzkiste verwahren, damit Beauty sich nicht noch einmal selbst bedienen konnte. Kaum hatte sie die Hufe ausgekratzt und die Stute aus der Box an den Putzplatz geführt, kam sie ihrem Plan nach. Bedeutend fröhlicher machte sie sich nun daran, das Fell mit dem Metallstriegel aufzurauen, dann flog die Kardätsche über den nachtschwarz glänzenden Leib. Sie beschäftigte sich intensiv damit, das Fell zu polieren, bis sie unerwartet Schmatzgeräusche vernahm. Gleichzeitig hob Beauty ihr linkes Vorderbein in bettelnder Weise, während sich ihr Hals nach unten wölbte. Tanjas Blick folgte den Tönen.

»Oh nein! Mortimer! Schäm dich! Du bist kein Vegetarier! Mach dich davon, du Halunke!«

Der zog die Rute ein und schaffte es tatsächlich, ein wenig schuldbewusst zu wirken, bevor er sich - mit dem letzten Apfelstück, das er sich in Windeseile aus dem Putzkasten geholt hatte - wieder in die Tiefen der Stallgasse verzog. Laut schmatzend. Natürlich…

Tanja schüttelte in gespielter Verzweiflung ihren Kopf. »Oh Mann! Gleich am frühen Morgen werde ich für meine Nachlässigkeiten gestraft… Aber keine Angst, meine Hübsche, ich habe noch genügend Nachschub für dich in der Futterkammer! Obwohl - du bist ja selbst so eine Gaunerin!«

Als sie ihre Stute am Seil vor den Stall führte, ließ sie den Blick nach oben in den Himmel schweifen. Einige Wolken, ja. Etwas Wind war aufgekommen. Aber trocken! Also fiel ihr die Entscheidung leicht. Von der Halle hatte sie diesen Winter genug gesehen. Schnell zog sie Beauty durch den Bogengang, der die beiden Hallen verband, zum Dressurplatz und weiter bis hinter zum Springgelände, wo sie eine Schrittrunde auf der Galoppbahn einlegte. Die Hunde rannten aufgeregt herum, verirrten sich dann und wann tatsächlich an ihre Seite und waren sichtlich enttäuscht, als Tanja wieder in Richtung Dressurviereck abbog. Brav legten sie sich an den Rand nieder, um irgendwann, während ihr Frauchen konzentriert mit Beauty am Boden arbeitete, still und leise eigene Wege zu gehen. Doch da mittlerweile auch Stanis mit einem jungen Pferd erschienen war und ihr gelegentliche Korrekturen gab, fiel es Tanja nicht weiter auf. Wie immer halt…

Der Vormittagsunterricht verlief ereignislos, die Mittagszeit verbrachte Tanja im Haus. Das Wetter hatte sich nun doch zu Regen mit böigem Wind entschieden, und deshalb waren die beiden Ps nun wieder in ihrer Box, genau wie die zwei hochtragenden Zuchtstuten Saphira und Magenta, die ebenfalls langsam in die kritische Phase des Abfohlens rückten. Tanja war jetzt noch vorsichtiger und wachsamer als sonst, die Videoüberwachung hatte sie von den Boxen auf das Paddock ausgedehnt, und zusätzlich mussten die beiden auch noch eilends bestellte Halfter mit eingenähten Sensoren tragen. Diese maßen an Nacken und Nasenrücken verschiedene Parameter, unter anderem Lage, Herzfrequenz und die Körpertemperatur, die vier Stunden vor der Geburt um etwa 0,7 Grad abfällt.

Weder mit Diana noch mit Elinor hatte sich in der Zwischenzeit ein privates Gespräch ergeben, mit Max ohnehin nicht. Der schien gerade in Arbeit und Terminen zu ersticken, also war Tanja sparsam im Verschicken von neuen Fotos. Dazu allerdings musste sie sich regelrecht zwingen. Immer neue, drollige Aufnahmen gelangen ihr von dem Zauberfohlen, wie sie es selbst nannte.

Nun saß sie auf der Terrasse, blickte auf das Display und

wollte gerade auf die Videokamera im Stall schalten, als sie Schritte vom Wohnzimmer her hörte. Marianna!

Sie drehte sich ihrer Haushälterin entgegen, die jedoch keinen Blick für ihr freundlich-einladendes Lächeln verschwendete, sondern einzig und allein auf das Handy starrte. Allerdings ohne Kommentar. Stattdessen stellte sie ihr wortlos ein Glas und eine Karaffe mit trübe wirkendem Inhalt hin.

»Zitronenwasser! Leberreinigung!«, presste sie zwischen fest zusammengebissenen Zähnen hervor.

Marianna wandte sich schon ab, als ihr noch »Austrinken! Ganz!« zwischen den Lippen entfleuchte. Mit sichtbarerer Missbilligung verschwand die Haushälterin wieder im Wohnzimmer.

Verblüfft starrte Tanja ihr hinterher. Was war das denn wieder gewesen?

Vorsichtig schnüffelte sie an dem Wasser, goss sich ein und verzog beim Trinken das Gesicht. Ihr Blick fiel auf die Topfpflanzen um sich herum. Konnte sie vielleicht auf diese Weise die Leberköstlichkeit verschwinden lassen? Ihr Lieblingshibiskus schien im selben Moment die Blätter einzurollen. Tanja kicherte. Wohl keine so gute Idee. Na gut. Dann runter damit. Doch warum war Marianna gerade so stinkig? Vielleicht hatte sie selbst gerade mit ihrer Leber zu tun... Sollte sie ihr auch ein Glas von dem sauren Getränk anbieten?

Sie schmunzelte, wollte wieder mit dem Handy spielen. Da durchzuckte sie die Erkenntnis. Spielen! Mit dem Handy! Ah!!!

Unwillig schüttelte sie den Kopf. Das war es! Naja, vielleicht hatte Marianna da tatsächlich recht. Nun öffnete Tanja die Bildschirmzeit-Übersicht. Und erschrak. Tatsächlich hatte sie in den letzten zwei Tagen deutlich mehr Zeit mit ihrem Handy verdaddelt als sonst! Rasch legte sie es weg, mit dem festen Vorsatz, es nur wieder zu benutzen, wenn es wirklich nötig war. Manchmal musste sie sich da echt am Riemen reißen! Jetzt zum Beispiel… Sie seufzte tief auf, trank einen Schluck des sauren Wassers, vorzog Nase und Lippen, und trank weiter. Nun schmeckte es schon nicht mehr ganz so schlimm.

Ihre Gedanken wanderten zum bevorstehenden Nachmittag. Hoffentlich klarte der Himmel auf, sonst könnten sie heute nicht mit dem Fohlen weiterarbeiten. Schon griff ihre Hand wieder zum Tisch, auf dem das Mobilgerät lag, doch dann klatschte sie sich in Gedanken auf ihre Finger und stand stattdessen auf, um den Himmel zu betrachten. Nein, das Wetter würde sich heute nicht mehr ändern. Also musste sie sich Plan B ausdenken. Führspiele mit den Pferden. Sie dachte darüber nach, heute mit den Frauen in die Longierhalle zu gehen, um jede einzeln mit ihrem Pferd arbeiten zu lassen. Ja, eine gute Idee! Wer mit welchem Pferd? Erneut zuckte ihre Hand zum Tisch, diesmal allerdings zu Papier und Stift, um eine neue Liste zu erstellen.

Diana, Elinor und Tanja saßen spätabends auf der Terrasse, die noch immer mit Glastüren vor dem Wetter geschützt war. Zumindest hatte der Regen aufgehört, nur der Wind strich weiterhin unbarmherzig über das Land. ›Er wird all das gute Nass wieder mitnehmen‹, schoss es Tanja durch den Kopf. Wenn schon Regen, dann sollte das Land wenigstens etwas davon haben! Der Sommer würde lang und trocken genug werden…

»Samantha und Marbella sind echt ein Prachtpaar! Pures Testosteron! Unglaublich eigentlich!« Diana schüttelte kichernd ihren Kopf, dass die Locken flogen und goss sich etwas von dem leckeren Nero d'Avola nach.

Tanja zog bei diesem Gedanken ihre Nase kraus. Die Begebenheit, auf die ihre Freundin gerade anspielte, gehörte sicherlich nicht zu ihren Lieblingserinnerungen an den Nachmittag. Sie ächzte leise. Von der anderen Seite tätschelte ihr Elinor derb den Arm, während ihr Blick alles andere als Mitgefühl ausdrückte. Bloß an etwas anderes denken! Perla zum Beispiel... Eine rosarote Wolke mit vielen goldenen Sprenkeln durchflutete ihren Kopf.

»Aber du hast das ja ganz gut gelöst, nicht wahr?« Elinors Stimme riss sie zurück in die Gegenwart.

Sie seufzte erneut. Die anderen Gedanken waren - ganz bestimmt - erheblich liebreizender...

»Ja. Tja. Also - worauf wollten wir nochmal anstoßen?« Sie warf einen strafenden Blick zu Diana, deren Glas auf dem Weg zu ihrem Mund nun schuldbewusst in der Luft verharrte.

»Auf einen erfolgreichen Tag! Morgen!«, trompetete Elinor, schon wieder mit einem merkwürdigen Glitzern in den Augen.

Die Frau machte ihr manchmal echt Angst.

»Na gut! Auf einen erfolgreichen morgigen Tag!«, stimmte Tanja vorbehaltlos zu.

Dieser Wunsch pulste wirklich mächtig in ihr.

»Wie willst du denn weiterhin mit Samantha umgehen?«, brachte Diana das Thema dorthin zurück, wo eigentlich am besten der Pfeffer wächst. Tanjas Meinung nach zumindest.

Sie nahm einen tiefen Atemzug, hielt die Luft an und beobachtete den roten Wein, den sie in ihrem Glas kreisen ließ. Dunkel funkelnde Lichtreflexe brachen sich darin. Schon wieder wollte sie die Gelegenheit wahrnehmen, in andere Gefilde abzutauchen. Doch sie spürte die lastenden Blicke der Freundinnen auf sich ruhen und zwang sich zu einer Antwort. Hinschauen ist erheblich besser als wegsehen, das hatte sie in ihrem Leben bereits oft genug gelernt.

»Ich denke, ich lasse die beiden das alleine ausdiskutieren. Oder?« Schnell sah sie hinüber zu Elinor, die kurz die Augenbrauen hob, aber ansonsten keinerlei Gemütsbewegung auf ihrem Gesicht erkennen ließ.

»Echt jetzt? Das kannst du doch nicht einfach so machen!« Wütend schob Diana sich eine vorwitzige Haarsträhne zurück. Selten genug, dass ihre Freundin derartige Emotionen zeigte.

Tanja blieb nichts anderes übrig, als sich das Geschehen vom Nachmittag wieder vor Augen zu halten.

Die Führübungen hatten teils besser, teils schlechter geklappt, doch alle Teilnehmerinnen waren im Großen und Ganzen zufrieden und glücklich gewesen.

Bis als letzte Samantha den Ring betreten hatte. Marbella, die von Erik hereingebracht worden war, hatte genau wie Elinor sofort festgestellt, dass die Frau heute alles andere als geerdet und zentriert war, obwohl sich die Schamanin für sie besonders viel Zeit genommen hatte und mit ihr weitmöglichst in die Tiefe gegangen war. Oder es zumindest versucht hatte. Das Ritual der Erdung vor der Arbeit mit den Pferden war fester - und ausgesprochen hilfreicher - Bestandteil des Bewusstseinskurses geworden, von dem ausnahmslos alle Frauen profitierten. Und damit deren Zusammenspiel mit den Vierbeinern.

Nun also kam Marbella, ihres Zeichens Leitstute und in tiefsten Rottönen schimmernder Fuchs mit entsprechendem Temperament, in die Longierhalle. Oben, auf der umlaufenden Bank der Empore, saßen die anderen Frauen. Auch Elinor hatte sich mittlerweile dorthin zurückgezogen. Die Stute taxierte vom ersten Moment an Samantha. Schon am Eingang begann auch das Pferd, kurzatmig zu werden. Ihre Augen ploppten hervor, ihre Nüstern erweiterten sich zu Trichtern. Und sie blieb starr wie eine Statue an der Stelle stehen, an der Erik sie vom Strick losgemacht hatte, bevor er sich eilends nach draußen verzog. Er roch die Laune der

Stute förmlich und wollte so schnell als möglich diesem Dunstkreis entfliehen.

Nach einer kurzen Pause, in der sich Samantha wohl ihre Taktik überlegt hatte, ging sie mit kurzen, abgehackten Schritten auf die Stute zu. Die verhielt sich wie ein Spiegelbild. Auch sie stakste los.

Und dann begann der Albtraum.

Marbella, deren Ohren zunächst noch unruhig nach allen Seiten gedreht hatten, legte diese nun flach an und zeigte drohend ihre Zähne. Zu dicht war die Frau in ihren persönlichen Bereich gelangt, hatte die ›Höflichkeitsdistanz‹ unterschritten, ohne auf die Zeichen ihres Gegenübers zu achten. Wie ein Roboter bewegte sich die Frau weiter, zentimeterweise, während Tanja aufgesprungen war.

»STOPP!«, schrie sie verzweifelt, weil sie ahnte, was kommen würde, was kommen musste.

Doch Samantha war wie ferngesteuert. Sie wollte, nein, sie musste nun dominieren!

Keine gute Idee bei einem Pferd, das bereits seine Grenzen deutlich gezeigt hat!

Unausweichlich steuerte Samantha auf die Katastrophe zu. Marbella sprang der Frau mit gebleckten Zähnen entgegen, halb steigend, in die Luft beißend. Zwar - für Tanja deutlich genug sichtbar - an der Frau vorbei, doch für diese ganz klar ein Frontalangriff! Sie brüllte voller Aggression - und sicherlich auch aus Angst - los, woraufhin sich Marbella herumwarf und mit beiden Hinterbeinen ausschlug. Auch dieses Mal gezielt neben Samantha, doch auch dieses Mal für die Frau so nicht wahrnehmbar. Zu sehr war diese in ihrer Vorstellung des unmittelbar gegen sie gerichteten Angriffs gefangen.

Nun war Tanja in den Longierring gesprungen, sie hatte sich nicht die Zeit für die Treppe genommen. Schnell ging sie mit beruhigenden Worten auf Samantha zu, die mit hochrotem Kopf in der Mitte stand, voll gespannt in ihrer Verteidigung, und zog sie mühsam zurück, Marbella die ganze Zeit über im Blick. Sie musste mit aller Kraft anpacken, denn eigentlich hatte ihre Kundin durchaus anderes im Sinn, als den Rückzug anzutreten. Und sie war in keinster Weise ansprechbar. Sie wollte dem Pferd zeigen, dass sie die Chefin war.

Doch die Stute hatte darauf schlicht keine Lust. Sie war und blieb eine eigene Meinung auf vier Beinen. Gut sechshundert Kilo schwer.

Als Tanja ihre Klientin in den sicheren Händen von Elinor wusste, die mittlerweile auch im Zirkel aufgetaucht war, wandte sie sich der Stute zu, die vor Wut zitterte. Mit beruhigenden Worten näherte sich Tanja in Schlangenlinien und die Augen angelegentlich zu Boden gerichtet mit einigen Zwischenhalten der Stute, die sie in einem derartigen inneren Aufruhr bisher ausschließlich im Zusammenhang mit Samantha erlebt hatte. Was in aller Welt löste diese Frau in der sonst zuverlässigen, wenn auch temperamentvollen, dominanten Stute aus?! Mit jedem langsamen Schritt versuchte Tanja, die Energie, die in dem Roundpen herrschte, einzuatmen, und mit jedem Ausatmen in den Boden abzuleiten. Dabei dachte sie an nichts, konzentrierte sich allein auf diese Aufgabe. Es schien zu funktionieren. Sie kam in Schwingung mit Marbella, die laut ausatmete und sich schüttelte. Als Tanja aufblickte und unter ihren Wimpern hindurch zu der Stute schielte, sah diese sie mit ruhigen, dunklen Augen an. Nun konnte auch Tanja wieder normal durchatmen. Sie gelangte an der Seite des Fuchses an und streichelte sie besänftigend. Doch Marbella war bereits im Normalbereich angekommen. Elinor schirmte mit ihrer puren Masse und Energie jene von Samantha ab. Tanja fasste Marbella am Halfter und ging mit ihr in Richtung Ausgang. Dort nahm sie den Strick auf, klickte ihn ein und öffnete die

Tür. Erik, der draußen gewartet hatte, nahm ihr die Stute ab und brachte sie zurück in ihre Box.

Kurz blieb Tanja in der Tür stehen, sortierte ihre Gedanken, bevor sie sich zurückwandte. Was in aller Welt sollte sie nun tun?

Gemessenen Schrittes ging sie zu Elinor und Samantha, die sich noch immer nicht beruhigt hatte. Tanja konnte die mühsam in Zaum gehaltene Wut förmlich sehen, die um die gepflegte Frau waberte. Innerlich schüttelte sie den Kopf und versuchte, sich ein Seufzen zu verkneifen. Sicherlich dachte Samantha gerade darüber nach, welche Schmach die Stute ihr soeben vor den Augen aller bereitet hatte. Ausgerechnet ihr! Der ältesten und der besten Reiterin unter allen! Samanthas Wangen zeigten weiße Flecken, Mund und Augen waren verkniffen. Tanja wechselte rasch einen Blick mit Elinor. Die nickte andeutungsweise.

»Samantha, wir beide gehen jetzt mal ganz in Ruhe spazieren«, ertönte deren raue Stimme.

Der Kopf der angesprochenen Frau ruckte hoch, ihr Kinn schob sich vor. »Das kannst du dir sparen!«, stieß sie in beißender Tonlage hervor.

Sie ließ Elinor und Tanja einfach stehen und stürmte an den beiden Frauen vorbei nach draußen. Niemand wagte es, ihr nachzueilen.

»Puh…!«, machte Tanja, während ihr Blick über die anwesenden Teilnehmerinnen, die es schon lange nicht mehr auf den Sitzen gehalten hatte, glitt.

»Mädels, ich denke, jetzt hilft nur noch ein heißes Schokolädchen! Mit ganz viel Sahne! Beruhigt die Nerven. Und vielleicht für die ein oder andere noch einen Amaretto! Kommt, wir gehen ins Künstlerdorf, dort können wir ein wenig über das Vorgefallene quatschen!« Elinor klatschte in ihre Hände und hob die Versammlung damit auf.

An Tanja gewandt, sagte sie mit ganz leiser Stimme: »Ich

kümmere mich um die Damen. Mach du mal klar Schiff bei dir. Am besten mit Paloma und Perla, die vertragen das schon. Beauty dagegen ganz sicher nicht!« Mit diesen Worten drehte Elinor die widerstrebende Tanja um und schob sie in Richtung Ausgang.

Und Tanja hatte die Empfehlung angenommen. Lange war sie bei den beiden Stuten geblieben, hatte sich sogar neben das schlafende Fohlen gelegt, und sich anfangs gefragt, ob es überhaupt richtig war, in einem derartigen Aufruhr, wie sie ihn gerade in sich fühlte, in einer Kinderstube aufzuschlagen. Doch die aufwühlenden Gefühle, insbesondere die des eigenen Versagens, hatten sich hier rasch gelegt, und sie spürte einmal mehr, wie weise Elinor doch war.

Nach diesem inneren Rückblick seufzte Tanja auf. Sie war Diana immer noch eine Antwort schuldig.

Doch Elinor hatte beschlossen, nun für Aufklärung zu sorgen. »Samantha ist übrigens doch nochmal bei mir vorbeigeschneit. Nach dem Abendessen, sozusagen kurz bevor ich hierhergekommen bin. Sie hatte sich eines der E-Bikes genommen und ist ins Dorf gefahren, um dort aus ihrem Rausch herauszukommen. Etwas Zeit in der Kirche hat sie wohl ein wenig geerdet.«

Überrascht fiel Diana ein: »Ist sie denn eine Kirchgängerin? So hätte ich sie gar nicht eingeschätzt!«

»Nein. Nein, sie ist sogar konfessionslos. Aber die tiefe Ruhe, die dieses Gebäude ausstrahlt, hat sie magnetisch angezogen. Heiliger Boden - gleich welchen Glaubens - erdet halt einfach…«

»Ah…« Diana nickte, wirkte in sich gekehrt.

Elinor fuhr nach einer Weile des Schweigens fort. »Sie hat mir eine Email des Anwalts ihres werten Ex- oder besser Noch-nicht-Ex-Mannes von heutigen Tag gezeigt. Der hat damals, als sie sich vor einem Jahr getrennt haben, noch ganz schnell ganz viel Kohle aus dem Privatvermögen der beiden in die Firma gepumpt, um in dubiose Geschäfte zu investieren. Dort hat er als Gesellschafter nicht die volle Verantwortung, sondern kann spekulieren, wie er möchte. Die Geschäfte sind geplatzt - sagt er -, der Wert des Unternehmens geht angeblich gegen Null, und jetzt hätte er gerne Unterhaltszahlungen von Samantha...«

Die Worte verschwebten in fassungsloser Stille.

»Boah! Ey! Mann! Das ist ja wohl ein dickes Ding!«, ertönte als erstes die seltsam brüchig klingende Stimme von Diana.

Tanja schüttelte den Kopf. Das war ihr zuviel. Ein Zitat schwebte in ihrem Kopf, das sie leise aussprach. »Alle Grausamkeit auf dieser Erde ist ausschließlich menschlich...«

Die Frauen versanken wieder in Schweigen. Lange.

Endlich regte sich Diana. »Oh Mann! Irgendwie kann ich Samanthas Verzweiflung schon verstehen! Jetzt ist sie auch noch der dominante Typ, der das gänzlich anders auslebt als ich das machen würde! Ich würde vor Verzweiflung in den Wald rennen und nur noch heulen! Dann würde ich meine Sachen packen und - na, ich glaube, ich würde mich einfach auf den Jakobsweg begeben. Damit ich wieder zu mir finde...«

»Ja. Mögliche Idee. Keine Ahnung, was ich machen würde... Zu heftig! Jetzt soll sie für ihren millionenschweren Gatten aufkommen?! Der hat mit Sicherheit etliche fette Schäfchen ins Trockene gebracht!« Tanja schüttelte erneut ihren Kopf.

»Unfassbar... Und Samantha musste sich in dieser Gefühlsmelange ausgerechnet Marbella stellen! Das konnte ja nicht gutgehen! Das tut mir so leid!«

Verzweifelt blickte sie zu Elinor hinüber, welche mit den Fransen einer Decke auf dem Sofa spielte.

Die schürzte nun die Lippen. »Ach Kindchen, vielleicht ist sie ja gerade deswegen ausgerechnet jetzt hier? Sie hängt ohnehin noch viel zu viel an seiner finanziellen Unterstützung. Die Uhr. Ganz am Anfang. Bei der ersten Meditation. Du erinnerst dich?«

Tanja zog ihre Stirn in Falten. Was sagte die Schamanin da? Sie ließ ächzend Luft aus ihren Lungen strömen. Verblüfft stellte sie nebenbei fest, dass sie die ganze Zeit über den Atem angehalten hatte.

»Und was machen wir jetzt mit ihr?«

»Alles findet sich, Hase! Man muss nur ein wenig Vertrauen ins Universum haben! Das Beste für uns geschieht! Immer! Und jederzeit! Auch wenn wir es im ersten Augenblick nicht erkennen können…«

Diese Worte hatten in Tanja noch nachgehallt, nachdem sie die Zusammenkunft gegen halb elf Uhr aufgelöst hatten und sie sich allein hinüber in die Stallungen für ihren abendlichen Kontrollgang aufmachte. Die Hunde tobten wie üblich voraus, die Pferde blinzelten sie verschlafen an - falls sie nicht schon lagen -, alles war wie immer.

Bis sie hinten bei den beiden Ps ankam. Wie üblich warf sie erst einen Blick auf die zwei Pferde. Paloma schlief scheinbar im Stehen, ihr Kopf hing herunter, die Lider waren zugeklappt. Perla hob nur kurz ihr Köpfchen, um es sofort wieder ins weiche Stroh fallen zu lassen. Tanjas zweites Augenmerk galt dem Futtertrog. Ein Reflex, immer kontrollierte sie, ob alles an Kraftfutter aufgefressen worden war oder ob sich vielleicht eine Hinterlassenschaft des Bewohners dorthin verirrt hatte. Dieses Mal zuckte sie zurück.

Gut die Hälfte des Futters war nicht angerührt!

Wieder betrachtete sie die Stute, strich sich automatisch über den Bauch, runzelte die Stirn. Vorsichtig öffnete sie die Boxentür, glitt hinein und näherte sich leise flüsternd Paloma. Auch als sie bei ihr angelangt war, blieb deren Haltung gleich. Schlief sie so tief? Vorsichtig glitt Tanjas Hand über den Leib der Stute. Keinerlei Auffälligkeiten. Sie legte ihr

Ohr an das samtige Fell, um nach den Darmgeräuschen zu hören. Da schien alles bestens zu klappen.

Sie schüttelte den Kopf. Mittlerweile hatte sich Paloma aus ihrer Trance gearbeitet und blies ihr sanft ins Gesicht.

»Na, meine Schöne, ist alles gut bei dir? Warum hast du nicht aufgefressen?«

Wie um Tanja das Gegenteil zu beweisen, machte sich die Stute nun an der Futterkrippe zu schaffen. Sie tunkte ihr Maul hinein und begann zu fressen. Die Sorgenfalte auf Tanjas Stirn verschwand.

»Weißt du was? Vielleicht sollte ich dir - nur vorsichtshalber - heute Nacht das Halfter mit den Sensoren umlegen. Ich habe im Internet gelesen, dass Kliniken das auch häufig einsetzen bei kolikgefährdeten Patienten. Ja, das machen wir so!«

Summend eilte sie aus der Box hinaus, lief zur Sattelkammer und stellte die Sensoren ein. Mit dem Halfter bewaffnet betrat sie wieder die Kinderstube. Paloma hielt im Kauen inne und ließ sich das Überwachungsstück überstreifen. Mit geübten Fingern stellte Tanja die passende Größe ein.

»So, Schönheiten, dann wünsche ich euch beiden eine gute Nacht!«

Sie streichelte nochmals zart über den Hals der Stute, bevor sie sich zum Gehen wandte. Die Hunde, die brav auf der Stallgasse gewartet hatten, schlossen sich ihr an. Bettgehzeit!

DONNERSTAG

Am nächsten Morgen schien das Wetter wieder besser zu werden. Zumindest hatten sich Regen und Wind verzogen, Wolken huschten über den noch dunklen Himmel und Tanja lief im Schein des langsam sinkenden Mondes hinüber zum Stall. Sie ging von Box zu Box, und konnte es kaum erwarten, bis sie ganz hinten stand. Paloma schien zu dösen. Perla dagegen war bereits mit der Untersuchung der Boxenwände beschäftigt, stets überwacht von der Nachbarstute Magenta, und näherte sich neugierig, als Tanja in die Box hineinglitt. Ihr Blick in den Futtertrog ergab, dass die Stute gestern alles vertilgt hatte. Sie seufzte erleichtert auf. Das Heu allerdings war nicht aufgefressen. Nun, das konnte an der schieren Menge liegen, denn Tanja bestand auf 24/7 Stunden Heu für laktierende Stuten. Kein wirkliches Problem, eher ein gutes Zeichen für die Größe der Portion.

Sie liebkoste Perla, während sie deren Mutter nicht aus den Augen ließ. Die blinzelte sie kurz an und schlief dann weiter mit abgewinkeltem Hinterbein. Zufrieden strich Tanja ein letztes Mal über Perla, abschließend über Paloma, und ging summend die Stallgasse hinunter zur Sattelkammer. Jetzt war erst einmal Zeit für Kaffee! Mit viel Milch. In der Zeit, in der die mächtige Espressomaschine auf Hochtouren kam, brachte sie das Putzzeug und die Ausrüstung für Beauty in den Putzstand. Sie freute sich bereits auf den morgendlichen Ritt. Nach dem gestrigen Bodentraining würde ihre Lieblingsstute heute locker und zufrieden sein, das war die Regel.

Und tatsächlich hatte ihr Beauty sehr viel Freude bereitet. Erst beim Putzen, wo sie sich ungewohnt schmusig und anhänglich gezeigt hatte, dann beim Reiten auf dem schönen Dressurplatz zwischen den beiden Hallen. Ein längerer Ausritt zum Abkühlen war gefolgt, denn die beiden hatten ordentlich miteinander gearbeitet, immer weiter befeuert von Stanis. Der hatte wie üblich ein strenges Auge auf das Paar geworfen, obwohl er selbst gerade alle Hände voll zu tun gehabt hatte mit dem jungen Wallach eines Kunden. Dieses Pferd war gerade ins Sandkasten-Rocker-Alter gekommen und lebte seine Pubertät mit kreativen Bocksprüngen und staunenswertem Steigen voll aus. Doch Stanis war so etwas gewohnt und hatte nur ein Lächeln übrig für den Youngster. Dafür bewunderte Tanja ihn insgeheim. Ihr wurde da schon beim Zusehen ganz flau im Magen...

Darüber dachte sie noch nach, als schließlich die Frauen für die Vorbereitung zur Reitstunde eintrudelten. Auch hier verlief alles bestens. Die beiden Gruppen wurden immer harmonischer. In der ersten ritten die Fortgeschritteneren: Kathrin, Sandra, Samantha und Melanie. Die zweite umfasste die Bloggerinnen, Mareike und auch Elinor. Sowohl Tanja als auch Stanis zogen sich etwas zurück, damit die beiden Lehrlinge mehr Verantwortung übernehmen konnten.

In dieser Zeit grübelte sie immer und immer wieder über das Problem von Samantha nach. Es ging ihr doch recht nahe. Und natürlich die Frage, wie es nun weitergehen sollte mit ihr und Marbella. Vorsichtshalber hatteTanja veranlasst, dass Kathrin und Samantha heute die Pferde tauschten, und nach dem Ritt auf dem zuverlässigen, weit ausgebildeten Chocolate Chips hatte auch die elegante Reiterin wieder etwas gelächelt.

Als die erste Stunde vorüber war, kam nach geraumer Weile Samantha zu Tanja auf die Tribüne.

»Hör mal, ich habe ein kleines Problem. Hast du vielleicht schon gemerkt...« Samantha warf einen prüfenden Blick zu der Leiterin neben sich.

Die nahm ihre Augen vom Bahninneren weg und ließ ihren

Blick weich ins Leere schweifen, während sie wortlos nickte und eine einladende Handbewegung machte. Tanja wollte ihrer Kundin keinesfalls vorgreifen; sie sollte das erzählen, was ihr wichtig war und auf dem Herzen brannte.

»Also. Ich würde gerne - allzu gerne -«, dabei schossen ihre Augenbrauen bedeutungsvoll nach oben, während sie ihren Blick zu Tanja intensivierte, »nochmals mit Marbella arbeiten. Ich habe so das Gefühl, dass sie mir helfen könnte. Aber alleine. Ohne den ganzen Tross...« Sie machte eine Handbewegung, die alle Anwesenden umfasste. »Sozusagen eine Privatstunde, weit weg von den anderen. Wäre das denkbar?«

Tanja spürte, wie Samantha sie fixierte.

»Ich zahle dafür natürlich extra!«, schob letztere eilig nach.

Leise lächelnd schüttelte Tanja den Kopf, während sie nun ihrer Kundin in die Augen blickte. »Das ist sicherlich nicht der Punkt! Für mich ist viel wichtiger, dass dir - und auch Marbella - nichts dabei passieren darf! Gestern - das war schon ganz schön haarig...« Nachdenklich schob sie eine Haarsträhne zurück, die es geschafft hatte, sich aus dem Pferdeschwanz zu schummeln.

Nach einer Weile hob sie ihren Kopf, den sie überlegend hatte sinken lassen. Trotzdem war ihr die Nervosität ihrer Nachbarin nicht entgangen, die mit dem Ringfinger lauter kleine Kreise auf ihre edle mauvefarbene Reithose zeichnete. Eine passende, eng anliegende Weste saß über dem cremefarbenen Kaschmirpulli, was ihre sportliche Figur hervorhob. Diese Frau war es ganz offensichtlich gewohnt, ihre hochgesteckten Ziele zu erreichen.

»Nun. Gut. Wir könnten das in der Mittagspause machen. Nach dem Mittagessen, während die anderen den Kunstkurs besuchen. Das wird dann natürlich auffallen. Oder lieber abends?«

Samantha schüttelte ihre langen dunklen Haare, deren Band

sie in ihrer Nervosität aufgenestelt hatte und nun in den Händen drehte.

»Nein! Das dauert mir zu lange! Abends, meine ich. Je früher ich zu einem Schluss komme, desto besser ist das!«

Tanja unterdrückte ein Aufseufzen. »Es könnte sein, dass sich das alles nicht sofort auflöst«, wagte sie einen Einwand.

»Mag sein! Aber ein Anfang ist dann gemacht! Oder?« Sie reckte das Kinn nach oben und warf einen leise triumphierenden Blick auf die Chefin.

Die nickte, leicht resigniert. Hoffentlich setzte sich Samantha da keine zu hohen Ziele!

»Gut. Dann nach dem Mittagessen! Ich möchte Elinor dazuholen. Das ist doch in Ordnung für dich?« Die Anwesenheit der Schamanin war Tanja wichtig, würde sie doch eine unglaubliche Ruhe mitbringen. Und wesentlich mehr Übersicht, als sie es sich selbst zutraute.

Samantha biss sich auf die Lippen, senkte den Blick und nickte schließlich. »Ja. Könnte besser sein... - Dann bis später. Danke!« Schon schlüpfte sie in eleganter Manier von der Holzbank und verließ die Tribüne, ohne einen weiteren Blick auf die anderen zu werfen.

Jetzt allerdings gestattete sich Tanja den Seufzer, während sie sich wieder dem Geschehen in der Reitbahn zuwandte.

Ausgerechnet Elinor lachte genau in diesem Moment lauf auf, während ihr Liebling Lafayette, ein schwerer, brauner Wallach mit dem sanften Gemüt eines Elefanten in der Mitte stand und ausgiebig gähnte.

»Da löst sich wohl gerade was!«, rief sie grinsend zu Tanja hinüber, die nicht wusste, was sie davon halten sollte.

Zufall? Oder fiel ihr da gerade etwas zu?

Ein wenig nervös war Tanja schon, das musste sie sich und auch Elinor gegenüber zugeben, als sie nach dem Mittagessen und einer mehr oder minder behaglich getrunkenen

Tasse Schokolade - nur keinen Kaffee, der wühlte noch zusätzlich auf! - mit ihrer Freundin in Richtung Reitanlage spazierte. Samantha hatte sich bereits zuvor in ihr Häuschen zurückgezogen, angeblich mit Kopfschmerzen. Damit war sie auch hinreichend von der Kunstzeit entschuldigt, der sechs der anderen Kursteilnehmerinnen in wenigen Minuten nachgehen würden.

»Naaa, Hase, aufgeregt?«

Mit einem milden Lächeln beugte sich Elinor statt zu Tanja hinunter zu Charles, der an ihrer Seite lief und sie immer wieder aus treuen Augen musterte. Von Mortimer konnte man bestenfalls gelegentlich die Rutenspitze ausmachen, während er durch das niedrige Gestrüpp sauste.

Tanja warf ihr einen mißtrauischen Blick zu. »Jaaa?«

»Hast auch allen Grund dazu…«

Bevor sie nachfragen konnte, begann die Tierkommunikatorin eine durchaus gar nicht stille Unterhaltung mit dem Greyhound, während sie stehenblieb, um ihn ausgiebig zu streicheln. Tanja schloss ihren Mund wieder und atmete tief durch. Vorsichtig versuchte sie, ihre Nervosität in den Griff zu bekommen. Sie nahm Zuflucht zu einer Atemtechnik, die ihr schon so manches Mal in schwierigen Situationen geholfen hatte: tief bis in den Bauchraum einatmen, dabei bis vier zählen, Luft anhalten bis vier, ausatmen bis vier, nicht atmen bis vier. Nach drei, vier Wiederholungen fühlte sie sich bereits geborgener, geerdeter. Mehr bei sich. Kurz schloss sie die Augen. Als sie sie wieder öffnete, hatte sie das Gefühl, ganz neu zu sehen, neu wahrzunehmen.

Direkt vor ihr tanzten nun die grünen Augen von Elinor, die ganz tief in ihre Seele zu blicken schienen. Die Freundin nickte zufrieden.

»Hast ganz schön viel gelernt, meine Süße. Wird schon werden!«

Summend setzte sie ihren Weg fort. Charles dachte gar nicht

daran, ihr von der Seite zu weichen. Tanja folgte den beiden, innerlich immer ruhiger werdend. Ihre Hand strich über die neu getriebenen Blätter der Büsche am Wegesrand, sie inhalierte das Salz des nahen Meeres, spürte den frischen Luftzug des Windes, fühlte den sandigen Boden unter ihren Füßen. Das war ihr in der Tat noch nie passiert: während des Gehens sich so geerdet zu fühlen! Noch dazu vor einer Situation, die - nun, zumindest als tricky in höchstem Maße zu bezeichnen war. Sie begann, sich diesem Gefühl hinzugeben. Ein schönes, ein warmes, geborgenes Gefühl. Ihr Denken war verstummt, ihre Seele öffnete sich und genoss diese herrlichen Augenblicke. Die Zeit begann, sich auszudehnen, endlos zu werden. Eine gänzlich neue Erfahrung…

In dieser Stimmung gelangten die zwei Frauen vor der Box von Marbella an, die sich willig das Halfter überziehen und zum Roundpen bringen ließ. Dort konnte sie ein wenig frei herumlaufen, was sie zunächst für ein ausgiebiges Sandbad nutzte, um danach zu versuchen, ein paar frische Grashalme hinter der Umzäunung zu erwischen.

Plötzlich jedoch wurde die Stute starr. Ruckartig ging ihr Kopf nach oben, ihre Atmung veränderte sich gänzlich, wurde flach und angestrengt. Tanja reagierte instinktiv in gleicher Weise.

Noch war nicht zu sehen, was diese Veränderung ausgelöst hatte. Doch kurz darauf erschien Samantha hinter der Ecke des Stalles. Aus ihrem forschen, zielstrebigem Schritt heraus blieb sie unwillkürlich stehen.

Elinor maß die Situation mit ihren Sinnen. Langsam ging sie auf Samantha zu, betont gemächlich setzte sie Fuß vor Fuß. In diesen Momenten, als ihr die Blicke der beiden Frauen und des Pferdes folgten, schien die Zeit sich wieder zu dehnen. Heraus aus dem puren Stress, der gerade eben entstanden war, heraus aus der Anspannung.

Diese Stimmungsänderung erfasste die drei anderen, und

Tanja konnte spüren, wie sie selbst wieder normal atmete. Marbella schüttelte sich von Kopf bis Fuß, ließ jedoch Samantha keinen Moment aus dem Blick. Die schloss nun die Augen, stellte ihre Füße auf Schulterbreite und ließ bewusst die Schultern, die sie bisher weit nach oben gezogen hatte, hängen. Auch ihr Kinn zog sich aus der vorgereckten Angriffsstellung zurück.

Ein Lächeln erschien auf Elinors Gesicht. »Gut so! Mit jedem Atemzug sinken deine Schultern tiefer. Mit jedem Atemzug werden deine Sorgen leichter. Mit jedem Atemzug lässt du mehr los und tauchst ein in die unendlichen Möglichkeiten des Universums…«

Marbella stieß einen tiefen Seufzer aus und schüttelte sich erneut. Sie begann, ihre Lippen zu lecken und zu gähnen. Zaghaft anfangs, dann immer mehr. Sie kaute, leckte, gähnte. Tanja war zutiefst erstaunt. Samantha war doch mindestens zehn Meter entfernt! Sie warf einen Blick zu ihrer Kundin. Doch auch die schien zunehmend zu entspannen.

Warum war das heute möglich? In dieser Form, in diesem Ausmaß?

»Komm! Es ist Zeit, dass du dich mit Marbella auseinandersetzt!« Elinors Stimme war leise, rauchig. Dunkel. Lockend.

Langsam schlug Samantha ihre Augen wieder auf. Ihr Blick war weich geworden. Aus einem Tanja nicht ersichtlichen Grund streifte sie sich Schuhe und Socken ab. Als sie sich barfuß in Bewegung setzte, waren ihre Schritte geschmeidig. Ganz bewusst setzte sie Fuß vor Fuß, bei jedem Atemzug einen, ähnlich wie eben Elinor. Sie hatte offensichtlich etwas begriffen, wovon Tanja noch nichts wusste. Verblüfft beobachtete sie ihre Kundin.

»Gut. Jetzt stoppen! - Wie fühlst du dich?« Die Stimme Elinors riss Tanja aus ihrem Staunen.

Samantha nickte mit einem verhaltenen Lächeln. »Für meine vorherigen Verhältnisse - fast schon phänomenal.«

»Sehr schön. Du bist weit genug geerdet, um dich nun Marbella direkt zu stellen.« Elinor öffnete das Gatter und hielt es mit einladender Geste in Richtung Samantha hin offen.

Die nickte nochmals langsam, schloss die Augen, nahm einen tiefen Atemzug und trat in den Roundpen. Marbella hatte sich bisher nicht bewegt, nur die Ohren zuckten gelegentlich. Statt zu der Stute, die sich im linken Bereich des Areals aufhielt, zu gehen, wanderte Samantha gemächlich in die Mitte. Sie drehte sich langsam einmal um sich selbst, hob dabei ihre Hände mit zur Seite gestreckten Armen auf Schulterhöhe an und hatte ihre Augen halb geschlossen.

Marbella schnaufte und nickte mehrfach mit dem Kopf. Dann prustete sie leise und senkte den Hals. Sichtlich erstaunt beobachtete die Leitstute das Verhalten der Frau. Die ließ sich nun in einer anmutigen Bewegung zu Boden gleiten und nahm dort den Schneidersitz ein. Ihre Hände ruhten im Schoß, die Augen waren ganz geschlossen. Wenn sie sich nicht irrte, meinte Tanja, ein Summen zu vernehmen.

Der Effekt auf Marbella war bemerkenswert: Die Stute kippte die Ohren zur Seite, gähnte erneut, klappte die Vorderbeine ein und legte sich hin. Sie begann, sich zu wälzen, von links nach rechts, und wieder zurück. Danach sprang sie auf, um sich den Sand aus dem Fell zu schütteln und erneut zu schnaufen. Interessiert musterte sie Samantha, die sich ganz sachte vor und zurück wiegte. Schließlich näherte sie sich auf Umwegen und ganz, ganz langsam der Frau. Samantha hatte weiterhin die Augen geschlossen, doch das Summen war nicht mehr zu vernehmen. Nur das leise Raunen des Windes war hörbar.

Schließlich stand Marbella dicht hinter Samantha, schnoberte kurz in deren Haaren, und winkelte entspannt das Hinterbein ab, um in den Schlafmodus zu verfallen. Lange Zeit stand sie so, die Frau ebenso reglos wie die Stute.

Tanja blinzelte. Waren das Tränenspuren auf dem Gesicht

der Kundin? Sie warf einen Blick hinüber zu Elinor, die selig wie ein Glückskekschen vor sich hinstrahlte. Kurz zwinkerte die Schamanin ihr zu, um sich dann wieder voll dem Geschehen - oder besser gesagt dem Nicht-Geschehen - zu widmen.

In Tanjas Kopf begannen sich Fragen in den Vordergrund zu drängen. Wie konnte es sein, dass es zu einem derartig krassen Umschwung des Verhaltens sowohl von Marbella als auch insbesondere von Samantha gekommen war? Gestern volle Attacke und Gift samt Galle, heute einvernehmliches miteinander Schwelgen?! Sie schüttelte den Kopf, ließ die letzten Minuten Revue passieren. Warum hatte Samantha so urplötzlich ihr Verhalten geändert? Und es musste ja tiefgreifend, von Innen her geschehen sein. Marbella ließ sich nicht von vorgetäuschten Verhaltensmustern an der Nase herumführen, im Gegenteil. Wenn es einen Lügendetektor auf vier Beinen gab, dann war es ganz sicher diese Stute! Das brachte Tanja erneut zum Staunen. Tiefster Frieden vor ihr auf dem Paddock... und höchster innerer Aufruhr in ihr selbst! Sie brauchte dringend Antworten auf ihre vielen Fragen! Doch sie atmete bewusst durch, um die Stille nicht durch ihre eigene derzeit stark dynamische Energie zu stören. Mit dem Atemritual bekam sie ihren Stress zumindest phasenweise in den Griff.

Endlich seufzte Samantha tief auf. Zeitgleich gähnte Marbella nochmals herzhaft und schüttelte sich abschließend. Mit einem langen Blick auf die weiterhin am Boden sitzende Frau wandte sich die Stute ab, begab sich an den Rand des Roundpens und versuchte wie anfangs, die verführerischen Grasspitzen zu erreichen. Samantha dagegen erhob sich elegant wie eine Katze, um sich nach allen Seiten zu strecken und zu dehnen.Schließlich drehte sie sich zu Marbella hin, die mitten im Kauen innehielt und sich in den Blick der Frau versenkte. Diese wollte sich erst der Stute nähern, verharrte aber mitten in der Bewegung, zuckte die Schultern und wandte sich dem Ausgang zu. Ein seliges Lächeln umspielte ihre Lippen.

»Wow! Wie leicht sich doch alles lösen lässt… Danke! Danke Tanja, danke Elinor, danke dafür, dass ihr diesen magischen Raum schafft! Ich glaube, mit Geld kann man das alles gar nicht bezahlen! Bis später! Ich muss…« Mit diesen Worten drehte sich Samantha um, nahm unterwegs Schuhe samt Socken auf und spazierte summend davon.

Verblüfft blickte Tanja ihrer Kundin hinterher, um sich dann postwendend zu Elinor umzudrehen.

»Was war denn das, bitteschön?!«

»Die Lösung, Hase. Wie Samantha schon sagte…« Nun begann auch die Schamanin zu summen.

Ärgerlich über diese klare Abwiegelung ihrer Frage furchte Tanja die Stirn. Wie in aller Welt sollte sie denn alleine dieses Rätsel klären? Mißmutig verzog sie ihre Lippen. Sie warf einen leicht erzürnten Blick in Richtung ihrer Mentorin, die mittlerweile am Roundpen stand und mit sanften Worten auf Marbella einredete. Beide beachteten sie in keinster Weise. Wäre sie ein Kind, sie hätte mit dem Fuß aufgestampft vor Bitterkeit über diese Ausgrenzung.

Aber sie war kein Kind. Sie war erwachsen.

Und schlimmer noch, die Leiterin dieser Kurse, die, so begriff sie einmal mehr, ein völliges Eigenleben entwickelten, mit Geschehnissen, die sie weder planen geschweige denn kontrollieren konnte.

Plötzlich durchzuckte Tanja die Erkenntnis.

Kontrolle!

Das war das Schlagwort!

Kontrolle! Zielstrebigkeit!

Statt Loslassen.

Lösung…

Aaah!!!

Unwillkürlich griff sie sich an den Kopf. Und begann im nächsten Moment zu lachen, bis ihr die Tränen über die Wangen liefen. Das konnte doch gar nicht angehen! Wie einfach das eigentlich alles war…

Elinor hatte sich mittlerweile höchst amüsiert zu Tanja umgedreht. »Na, der Groschen scheint ja endlich gefallen zu sein! Hat ganz schön geklimpert! Guuut! Ist schon blöd, dass uns dieselben Erkenntnisse immer und immer wieder und so lange vor die Füße fallen, bis wir sie annehmen, uns zu eigen machen und sie entsprechend leben, nicht wahr?«

Die Angesprochene hielt in ihrem Lachen inne. »So ganz einfach ist das ja auch alles nicht, oder? Ich meine - ja, du sprichst immer von einfach. Aber - warum ist einfach eben doch nicht so einfach? Was ich sagen will, ist… - Jetzt hör doch auf zu grinsen, ich weiß schon gar nicht mehr, was ich eigentlich sagen wollte!«

Sie vernahm ein Hüsteln. »Na, zur Philosophin bist du jedenfalls nicht geboren, das ist schon mal klar!«, soufflierte Elinor wenig hilfreich.

Schon prustete Tanja wieder los. Ihre Freundin fiel mit ein. Das fröhliche, losgelassene Gelächter erfüllte die Stille, verbreitete die heitere Energie weit in den Raum hinaus.

»Komm, lass uns Marbella in die Box bringen! Wenn die auch noch auf dem Boden liegt und mit den Füßen strampelt vor Vergnügen, machst du dir doch bloß wieder Sorgen!«

Tanja liefen die Tränen vor Lachen über die Wangen. Doch sie kam der Aufforderung Elinors nach. Auf dem Weg in den Stall hakte sich die Freundin bei ihr ein, und sie giggelten, bis sie Marbella in ihrer Box abgeliefert hatten.

Nachmittags trafen sich sämtliche Teilnehmerinnen an der Hofecke des Privatstalls, um gemeinsam zum Paddock mit den beiden Ps zu gehen. Elinor hatte darum gebeten, wieder die gleichen Plätze vom Vortag einzunehmen. Alle waren schon aufgeregt, jede Einzelne freute sich auf das Erlebnis mit Perla. Dass hier noch tiefschürfende Grundarbeit anstand, hatten sie allesamt erfolgreich ausgeblendet.

Das zuckersüße Fohlen ging keiner der Frauen aus dem Sinn. Manch eine überlegte schon laut, selbst mit der eigenen Stute zu züchten oder sich zumindest ein Fohlen zu kaufen. Wie so oft, hatte es am Vorabend eine offene Fragerunde gegeben, aus der sich Tanja schließlich nach zwei Stunden kopfschüttelnd verabschiedet hatte. Klar - Frauen und Kindchenschema. Das war fruchtbarer Naturboden! Doch die Klareren unter ihnen hatten vernünftige Gegenargumente geliefert. Allerdings waren das nur Kathrin, Sandra und - mit deutlich weniger Enthusiasmus - auch Samantha gewesen. Die drei Influencerinnen hatten sich ausnahmsweise nicht aristokratisch zurückgehalten, sondern waren im Gegenteil entflammt von der Idee. Nun - sollten sie alle machen, was sie für richtig hielten. Es war ihr Leben, ihr Weg. Und Pros ebenso wie Contras waren hinreichend erörtert worden. Tanja konnte das für sich loslassen. Da war es wieder - loslassen!

Mit genau diesem Gedanken und Gefühl nahm Tanja nun ihren Platz ein, immer mit den Augen bei Perla. Hatte diese bis zur Ankunft ihrer Besucherinnen unter dem Schweif von Paloma gedöst, zeigte sie sich nun freudig erregt beim Anblick all der Zuschauerinnen. Zunächst stellte sie ihren Schweif, der allerdings im Moment eher an einen langgezogenen Puschel erinnerte, kerzengerade in die Höhe, während sie mit großen Augen und geblähten Nüstern den schweigenden, aber energiegeladenen Aufmarsch beobachtete. Noch hing Palomas Schweif über ihr wie eine viel zu große Perücke. Perla schien in sich hineinzuhorchen, bis endlich alle Platz genommen hatten. Kaum war das geschehen, trompetete sie ein-, zweimal mit aller Kraft, die sich in ihren kleinen Lungen fand, durch die Nüstern. Offensichtlich erschien ihr das als höchst eindrucksvoll, denn nach einer kurzen Pause des Überlegens wiederholte Perla diese Übung. Vor lauter Freude über die geglückten Laute - und dem entsprechenden Eindruck auf ihr Publikum - nahm sie nun ihr Köpfchen zwischen die Beine und bockte aus dem Stand los. Die Frauen lachten auf.

Schlagartig verharrte Perla. Dieses Geräusch war ebenfalls neu und ungewohnt. Doch die Stimmung hatte sich nicht verändert, alles war positiv, wie ein goldener Glücksrausch! Also nahm das Fohlen erneut Anlauf, machte ein paar Bocksprünge und stellte sich dann erwartungsvoll auf alle vier Beine, so, als erwarte sie nun Standing Ovations. Dem kamen die Frauen nur allzu gerne nach, allerdings im Sitzen, mit strahlenden Gesichtern - und lautlos. Sie hielten sich an die von der Chefin gestellten Regeln, wie diese stolz bemerkte.

Tanja beugte sich vor. Die Kleine war eine echte Rampensau! Sie genoss ihren Auftritt, zelebrierte ihn regelrecht. Nun kam das Wettrennen. Nur gegen den eigenen Schatten, denn ihre Mutter konnte gerne darauf verzichten. Die trabte nur leise brummelnd hinter der Tochter her, gelegentlich den gestresst-aufmerksamen Ausdruck der Übermutter im Gesicht.

Einmal schien es Tanja, als blicke Paloma sie direkt an, mit einem amüsierten Zwinkern in den klugen Augen. Danach schweifte der Blick der Stute über all die Frauen, immer noch mit einem Lächeln, um schließlich wieder auf Tanja zu verweilen. Vielleicht war es aber auch nur Schatten, Einbildung. Jedenfalls entstand in ihr ein denkwürdiges, warmwohliges Gefühl.

Schließlich war die Kleine erschöpft vom vielen Toben und Selbstdarstellen. Aus einem Sprung nach oben landete sie auf allen Vieren, drehte sich umstandslos ihrer Mutter zu und begann zu trinken. Zu schmatzen. Ziemlich laut. Dafür erntete sie jedenfalls das nächste Gelächter. Dieses Mal konnte Perla es allerdings nicht nachvollziehen. Mit gerunzelten Brauen wandte sie sich wieder der Milchbar zu. Und schmatzte erneut. Laut. Die Heiterkeit der Frauen kannte keine Grenzen mehr. Manch eine wischte sich eine Lachträne aus dem Auge. Auch Tanja war von innerem Grinsen erfüllt. Perla war einfach eine Wucht!

Die Stimmung war losgelassen, und genau darauf hatte Elinor wohl auch spekuliert. Als Perla sich schließlich seufzend mitten in den Heuberg hatte fallen lassen, um zu schlafen, räusperte sich die Tierkommunikatorin und zog die allgemeine Aufmerksamkeit auf sich.

»So, meine Lieben, wir befinden uns nun alle im richtigen mood für unser nächstes Spielchen.«

Ihr Blick glitt von einer Frau zur nächsten, und verweilte, wie Tanja bemerkte, etwas länger auf Samantha. Und auf Marie. Erstere zog die Augenbrauen hoch und nickte kaum wahrnehmbar, zweitere senkte die Lider und begann, hektisch mit den Händen auf ihren Oberschenkeln zu reiben. Mareike, die dritte im Bunde, seufzte tief, ließ die Schultern sinken und gab ihre fluchtbereite Haltung auf. Zumindest für den Augenblick.

»Vorgestern hatten wir also die Stärken. Wo wir unsere Nachbarin jetzt und in der Zukunft sehen. Das war gut. Sehr gut sogar! Heute nehmen wir uns folglich deren Schwächen vor.«

Ein entsetztes Raunen unterbrach sie, Stöhnen folgte krampfhaftem Schlucken, Mareike schien erneut sprungbereit zum Entschwinden.

»Nein, nein, Leute, so nicht!«

Elinor lachte leise, tief, beruhigend. »Wir wollen das genaue Gegenteil von dem, was ihr gerade so denkt! Ihr habt nämlich alle ein Vorurteil im Kopf!«

Sie klopfte mehrfach mit der flachen Hand gegen den eigenen. Wieder ließ Elinor ihren Blick über die Frauen gleiten, dieses Mal jedoch entgegen dem Uhrzeigersinn.

Zufall? Tanja verneinte dies automatisch in ihrem Inneren. Hatte die Schamanin nicht etwas gesagt von Auflösen im Zusammenhang mit ›gegen den Uhrzeigersinn‹? Und Aufbauen mit dem Uhrzeigersinn? Sie runzelte kurz die Stirn, klärte ihre Gedanken und widmete sich wieder voll der Freundin, die nach einiger Zeit, wohl um ihre Worte in die Abwehrhaltung der Frauen einsickern zu lassen, fortfuhr.

»Ihr denkt alle, Schwächen seien schlecht! Das ist schlichtweg falsch! Wenn wir unsere Schwächen ansehen und alles, was damit zu tun hat aufarbeiten - ich denke da insbesondere an Verhaltensmuster -, beginnen wir mit der Heilung! Unsere Schwächen können dann zu unseren größten Kraftquellen werden! Denn zu jedem Positiv gibt es immer und zuverlässig ein Negativ! Das Gegenteil von Mangel ist Ganzheit! Das Gegenteil von Angst ist Mut! Es gibt keine hundert Prozent auf dieser Erde! Und schon gar nicht ohne Gegenteil! Wer von euch würde behaupten, dass die Nacht schlecht sei? Weil sie dunkel ist? Nein, nein«, Elinor schüttelte vehement ihren Kopf, »die Nacht ist sogar sehr gut, weil wir dort Erholung und Schlaf finden. Abschalten können. Wenn wir uns dem Lauf der Natur hingeben, ist die Nacht im ohnehin schon dunklen Winter sogar erholsamer und von Natur aus länger als im Sommer, der der Höhepunkt des Jahres, der Höhepunkt der Aktivitäten ist! Wo es kaum Zeit für Erholung gibt! Denn da lockt ja die neue Bar, abends um zehn, wenn es noch hell ist, mit Freunden, zu einer Zeit, in der man im Winter schon lange im Bett wäre! - Und so spiegelt das Große das Kleine wieder, das Jahr den Tag, und so weiter. Aber wir wollen ja jetzt nicht philosophisch werden...«

Tanja meinte, ein Zwinkern in den Augen ihrer Freundin

wahrzunehmen. Deren dunkle Stimme, die einen einlullenden, beinahe verzaubernden Klang angenommen hatte, schien allmählich auch die aufgeregteren unter den Frauen zu besänftigen.

»Vielleicht habt ihr ja schon mal von Chiron, dem griechischen Heiler gehört? Passt übrigens auch ganz gut in diese Runde, denn er ist halb Pferd, halb Mensch.«

Ein paar Frauen nickten, vor allem die drei Bloggerinnen. Tanja war etwas verblüfft darüber. Offensichtlich waren diese doch tiefer gegründet, als sie erwartet hatte. Oder lernte man das heute in der Schule? Griechische Mythologie? Aber was wusste sie schon von den drei jungen Frauen? Bisher hatte sich Tanja jedenfalls noch nicht besonders mit ihnen beschäftigt... Egal.

Elinor fuhr bereits mit einem äußerst einnehmenden Lächeln, das jeder Einzelnen galt, fort. »Chiron war der Sohn des höchsten Titanen Kronos und seiner Nichte Phylira. Da Kronos seine Liebschaft mit der Tochter des Okeanos geheimhalten wollte, verwandelten sich die beiden in Pferde. Wer hätte das gedacht? Götter, die zu Pferden werden...« Ein angelegentlicher Blick streifte Paloma und Perla, verweilte dort, ließ die Frauen nachdenken.

»Nun, jedenfalls entstand aus dieser Beziehung ein Sohn, unser Chiron nämlich. Unglaublicherweise fand seine Mutter die Gestalt ihres Kindes so entsetzlich, dass sie sich in einen Baum, genauer gesagt in eine Linde verwandeln ließ. Diese ist bekannt für ihre Heilkraft gegen Depressionen und Verstimmungen und gegen Unterkühlungen - das nur am Rande. Aber trotzdem interessant, nicht wahr?« Lachfältchen umtanzten Elinors Mund, ehe sie fortfuhr. »Und das nur, um den Kentauren - halb Mensch, halb Pferd - nicht säugen und aufziehen zu müssen. Die Gute schien mir total überfordert... Wie machen das bloß Frauen, die ein behindertes Kind zur Welt bringen...? Da habe ich echt großen

Respekt vor! - Na, egal, wir bleiben bei unserem Chiron! Der wurde nämlich von Gott Apollo und Göttin Athena aufgezogen und entwickelte sich dank deren Zuwendung zu einem höchst mitfühlenden und weisen Wesen. Er erzog selbst viele namhafte Helden, unter anderem Achilles, Jason, Herakles und Odysseus. Ja, ja, diese großen Heroen!« Elinor nickte nachdrücklich, während sie wieder die Runde der Frauen betrachtete.

Allmählich schien sogar Mareike gebannt zuzuhören, wenn auch ihre Hände nach wie vor krampfhaft, wie zum Abstoßen für einen schnellen Sprint, um die Kanten des Stuhles gelegt waren. Fluchtbereit sozusagen.

»Er selbst war als Zentaur bekanntlich unsterblich. Da er sich sehr für Heilkunde interessierte, konnte er schon früh vielen Menschen helfen. Das war ihm ein wichtiges Anliegen! Man munkelt, er sei der Begründer der Chirurgie, weil er Achilles als Kind in dessen verbrannte Ferse den Knochen eines Giganten eingesetzt hat. Er half einfach gerne allen, die ein Problem hatten. Ein toller Typ! Würde ich doch glatt nehmen...« Sie lachte auf, ein heiseres Lachen. »Nun, als er eines Tages aus Versehen während eines Kampfes durch den fehlgeleiteten Schuss seines Freundes und Zöglings Herakles am Knie verletzt wurde, hatte er ein Problem. Ein echtes Problem! Die Pfeilspitze war nämlich vergiftet, und unser Held war zwar unsterblich, aber leider nicht immun gegen Schmerzen. Und während er allen anderen helfen konnte, versagte diese Kunst bei ihm selbst. Er reiste durch die Welt, erwarb immer mehr Heilwissen, wandte dieses bei vielen, vielen Wesen hilfreich an. Seine eigenen Schmerzen jedoch waren grausam, quälend, widersetzten sich jeglicher Behandlung. Selbst die geschicktesten und weisesten aller Heiler konnten ihm nicht helfen. Wie in aller Welt sollte er damit bis in alle Ewigkeit weiterleben? Ich meine, irgendwie ist das doch schrecklich ungerecht, oder? So ein Typ, der allen helfen kann und helfen will. Und dann so was?«

Die ein oder andere Teilnehmerin nickte betroffen. Die Geschichte begann, Wurzeln in den Köpfen der Frauen zu schlagen. Anteilnahme zu wecken.

»Die Qualen ließen nicht nach, und er musste damit weiterleben. Immer weiter. Endlos, in die Ewigkeit. Ob er wollte oder nicht. Eines Tages, während er wieder jemandem in dessen Leid half, vernahm er die Geschichte des Prometheus. Ihr wisst schon, der Typ, der zur Strafe für seine Vergehen von Zeus im Gebirge angekettet worden war. Sein Vergehen? Der Titan stand uns Menschen nahe, förderte uns und brachte uns - zu Zeus höchster Missbilligung - das Feuer. Zuviel für Prometheus' Neffen Zeus, der inzwischen an der Macht war! Dort im Gebirge frass ihm täglich ein Geier die Leber auf, die nachts aber wieder in Gänze nachwuchs. Nur, wenn ein anderer Unsterblicher für Prometheus sein Leben geben würde, könnte diese Strafe für ihn beendet werden. Unser Held Chiron war entsetzt, als er von diesen Qualen hörte! Er besuchte ihn, überzeugte sich von dem nicht vorstellbaren Leid, das sich selbst seinen überirdischen Heilkünsten widersetzte - und begriff, dass er ihn und damit gleichzeitig sich selbst von seinen Schmerzen erlösen könnte, indem er sein Leben für den Titanen gab. Und so geschah es! Er opferte sich selbst für Prometheus! Als Dank für seine Güte und für sein vorbildliches Leben beschloss Zeus als oberster Gott, ihn für die Unendlichkeit in ein Sternbild zu verwandeln. Zentaur, von dem ihr im Frühjahr von Deutschland aus nur die nördlichsten Sterne tief am Südhimmel sehen könnt. - Vielleicht sind wir hier südlich genug, um das Sternbild zumindest teilweise zu sehen?«

Elinor strich sich nachdenklich über das Kinn und runzelte die Stirn. Eine kurze Stille trat ein. Schließlich schüttelte sich die Schamanin kurz.

»Und was hat das alles nun mit unseren Schwächen zu tun?

201

Nun, es sind die großen Wunden, die uns die Möglichkeit bieten, über uns selbst hinauszuwachsen! Jede von uns hat ihre ganz eigene Art, mit einer seelischen oder einer schweren körperlichen Verletzung - welcher Art auch immer - umzugehen. Ganz sicher aber finden wir uns dann an einem inneren Ort wieder, wo die verschiedensten grässlichen Gefühle auf uns lauern: Wut, Angst, Hass, Verzweiflung, später gar Depression! So viel Schreckliches... Und doch können wir uns genau dort selbst finden! Unser eigentliches Ich. Unsere Seele. Unsere Kraft. Unsere Stärke. Dort erkennen wir, wie wir mit dieser wahnwitzigen Verletzung, die unser Leben so durcheinander gerüttelt hat, umgehen können. Daraus muss keine Heilung im Sinne von spontaner Ausheilung erfolgen. Aber zumindest das Anerkennen der Verletzung. Das Anerkennen der dunklen Gefühle. Das Bergen von Leichen aus dem tiefsten Keller des Unterbewusstseins. Und damit das Bergen von toxischem Müll, der uns innerlich vergiftet! Und eines ist sicher - wer immer den Mut hat, sich diesen Leichen zu stellen, der kann nur gewinnen!« Elinor warf einen triumphierenden Blick in die nachdenklichen Mienen der Frauen.

»Wer diesen Mut besitzt und sich der Verletzung samt ihren Folgen stellt, die wird eine neue Stärke daraus entwickeln! Besser noch: Diejenige wird auch Mitgefühl und damit Heilwissen für ihre Mitmenschen empfinden. Denn - sie selbst hat diesen Kreislauf erlebt. Und erfolgreich durchbrochen! Quasi mit einer Trophäe in der Hand! - Na, wie klingt das für euch?«

Mit strahlendem Siegeslächeln wandte sich Elinor an ihre Zuhörerinnen.

»Puuh...«, machte Tanja instinktiv.

Doch da auch ihre Kundinnen die ein oder andere Lautäußerung von sich gaben, fiel die ihre nicht weiter auf.

»Los geht's, Kinderchen! Lasst uns aus unseren Wunden -

Wunder machen!«

Elinors Stimme verklang. Ein leiser Wind strich über die Frauen. Die Sonne erwärmte den Bereich hinter dem Stall, Hundegebell war in der Ferne zu vernehmen. Tanja warf einen zweifelnden Blick hinüber zu ihrer Nachbarin Marie und sog tief Luft ein. Marie…

Tanja musste viel über diesen Nachmittag nachdenken. Jede Frau, aber wirklich eine jede, hatte mit ihrer Betrachtung über die Schwäche der Nachbarin voll ins Wespennest gestochen! Es gab Tränen, teils bittere, über die zugrunde liegende, manchmal offensichtliche, oft aber auch noch tief verborgene Verletzung. Doch Elinor machte mit jeder angesprochenen Frau zuvor eine ganz persönliche Erdung, die tiefgreifend war und Stabilität verlieh. Anschließend brachte die Schamanin Aspekte ins Spiel, die so wohl noch nie in diesem Zusammenhang betrachtet worden waren und starke, positive Impulse gaben. Trotzdem verließen die Frauen ziemlich erschüttert den Bereich um das Paddock. Da half auch die Fröhlichkeit des Fohlens nicht mehr. Das eben Durchlebte war zutiefst aufwühlend.

Elinor hatte ihnen eine Aufgabe mitgegeben: heute kein Austausch mehr untereinander, stattdessen innere Einkehr und Schweigen bis zum Treffen am nächsten Vormittag. Anstelle des Reitens in der Halle sollte es ein Spaziergang mit den Pferden an der Hand werden. Direkt im Anschluss daran wollten sie sich wieder beim Paddock mit den beiden Ps treffen, um mit der Aufarbeitung zu beginnen.

Waren alle Frauen bereit dazu?

Tanja runzelte die Stirn. War sie selbst denn bereit dazu?

FREITAG

Erstaunlicherweise hatte Tanja eine gute, eine regelrecht erfrischende Nacht verbracht und war pünktlich durch ihren inneren Wecker aufgewacht. Sie dehnte und streckte sich, dachte nochmals über ihre eigene Schwäche nach.

Lisa hatte ihr mit offenen, wenig beschönigenden Worten gesteckt, dass sie Konflikten lieber großräumig aus dem Weg ging und stattdessen in Pseudo-Diplomatie agierte. Sie war tief davon getroffen gewesen, hatte viel darüber sinniert. Bloß keinen Streit in ihrem Ponyhof-Dasein!

Doch nun spürte sie, dass sich tief in ihrem Inneren etwas getan hatte. Noch konnte sie es nicht in Worte kleiden, aber es war etwas Positives geschehen in ihrem Unterbewusstsein. Sie hoffte, dass es den anderen Frauen ähnlich erging.

Mit diesen Gedanken ritt sie auf Beauty aus, heute nur im Schritt am hingegebenen Zügel, fast zwei Stunden lang. Zu laut war noch das Echo der aufwühlenden Zeit gestern, und allmählich verstand sie, warum Elinor heute niemanden von den Teilnehmerinnen auf dem Pferd, sondern nur daneben sehen wollte. Nicht jede war bereits so weit, wie Tanja es war. Doch selbst sie hatte gewisse Ängste, dass Beauty etwas von ihrem Gefühlsaufruhr abbekommen würde. Deshalb hatte sie gleich, als sie zu ihrer Seelenstute trat, davon berichtet, statt - wie es die meisten Menschen machen - zu funktionieren und eine Maske aufzusetzen. Sie wusste, dass Pferde diese doppelten Botschaften »Mir geht es ja sooo gut! Und ich darf jetzt bei den Pferden sein, da MUSS es mir ja gutgehen!« und die gleichzeitig tiefschwarzen Emotionen dahinter nicht verkraften. Manches Pferd flippt da regelrecht aus und hält dem entsetzten Menschen einen unschönen Spiegel vors Gesicht. Da Tanja aber genau dazu stand und mit Beauty darüber sprach, hatte sie keine Maske auf, und ihre sensible Stute konnte mit dem Seelenzustand ihrer Reiterin erheblich besser umgehen.

Tatsächlich war es ein sehr schöner, sinniger, vielleicht sogar als sinnlich zu bezeichnender Ausritt gewesen. Einmal mehr spürte Tanja ganz bewusst die starke Verbindung zu Beauty, zu den Hunden - die sich heute ausnahmsweise ausgesprochen brav und anhänglich zeigten - und zu dem Land, das sie bewohnte. Tief sog sie die kühle Morgenluft ein, spürte die Feuchtigkeit, die aus den Gräsern und dem leichten Nebel aufstieg, schloss halb die Augen, um dem Gefühl der aufgehenden Sonne nachzuempfinden. Völlig geerdet kam sie im Stall wieder an, versorgte in Ruhe ihr Pferd, trank einen Milchkaffee, brachte die beiden Ps nach einer ausgiebigen Putzaktion hinaus aufs Paddock und ging hinüber in den Schulstall, wo sich bereits die anderen Frauen versammelten. Selbst Diana kam pünktlich. Die Frauen nickten sich wortlos zu, manch eine mit einem Lächeln im Gesicht, manch eine eher bleich, abweisend, in sich gekehrt.

Nach einer langen Meditation verließen die Frauen schweigend den Raum, um die Pferde zum Spaziergang zu holen. Tanja hatte sich entschieden, Sunny, eine braune, freundliche Stute zu nehmen. Diana dagegen war mit Rocado, einem älteren Wallach, unterwegs. Die Frauen hielten mindestens je eine Pferdelänge Abstand voneinander, jede war mit ihren eigenen Gedanken beschäftigt. Meist kraulte eine Hand Hals und Mähne, die Führstricke hingen lose durch. Mehr als eine Stunde lang liefen die Frauen über die Ebene. Schließlich erreichten sie mit dem Mittagsläuten aus dem fernen Dorf die Anlage. Als sie die Pferde versorgt und aufs Paddock gebracht hatten, trafen sich alle hinter dem Privatstall, auf ihren alten Plätzen. Nochmals ging es in die Meditation.

Dann erhob Elinor ihre Stimme. Rauchig, tief, beruhigend.

Erdend. »So, meine Lieben! Ich hoffe, euch geht es gut!«

Ihr Blick schweifte über die Frauen. Tanja meinte, deutlich mehr Ruhe zu spüren als vormittags, vor der anfänglichen Meditation. Tatsächlich nickten alle.

»Guuut…« Elinor strahlte. »Ich habe übrigens herausgefunden, dass wir das Sternbild unseres Helden Chiron tatsächlich in der Nacht von Samstag auf Sonntag sehen können! Zumindest, wenn wir uns auf Äquatornähe begeben. Wird also nichts hier… Ich denke, wir sollten trotzdem diese Gelegenheit nutzen und uns wieder - wie letztes Jahr - auf der Koppel treffen! Ja, das ist ein schöner Einfall! Wir werden Chiron und seine Hilfe feiern!« Sie nickte zufrieden.

Stumme Zustimmung schallte ihr entgegen.

»Und? Seid ihr bereit?« Elinor klatschte in die Hände, sodass Perla, die gerade gedöst hatte, aufschreckte, um gleich darauf wieder einzunicken.

»Dann lasst uns jetzt aus unseren Wunden - Wunder machen!«

Ihr Lachen dröhnte über den Platz, das Paddock, ließ scheinbar die Blätter an den Bäumen und die Gräser erzittern, denn genau in diesem Moment hatte eine unerwartete Böe eingesetzt, die jedoch ebenso schnell wieder verschwand, wie sie gekommen war.

»Heute beginne ich mit dem Bericht meiner Aufarbeitung der Erkenntnisse von gestern! Damit ihr seht, welche Schätze euch erwarten! Nur keine falsche Bescheidenheit! Los geht's…!«

Als dritte kam Tanja an die Reihe. Schon gestern war ihr im Kreis der Frauen bewusst geworden, warum sie Konflikte scheute. Ihr Ex-Mann war damals ein Quartalssäufer gewesen, der sie manipuliert und in seinen Saufphasen misshandelt hatte. Eine eigene Meinung durfte sie sich nicht leisten, die wurde ihr mit Fausthieben ausgetrieben. Zu diesem

Zeitpunkt hatte sie ohnehin wenig eigene Argumente, denn bereits im Kindesalter hatte sie diese Torturen mit dem eigenen Vater erlebt. Merkwürdig, dass man sich immer wieder das gleiche Leben aufbaut... Waren Menschen tatsächlich süchtig nach den Emotionen, die sie ein Leben lang kannten? Immerhin sind Emotionen nichts als chemischer Niederschlag eines Erlebnisses, der sich im Gehirn verankert hat. Dummerweise findet man Geborgenheit im Vertrauten, selbst wenn das Vertraute noch so negativ ist. Elinor hatte die Teilnehmerinnen in kurzen Worten darüber aufgeklärt. Und ja - das machte durchaus Sinn!

»Deshalb sind Meditationen so wichtig! Der Zweck einer Meditation besteht darin, die ewig kreisenden Gedanken, die als chemischer - übrigens messbarer! - Niederschlag Emotionen erzeugen, zu stoppen und zu durchbrechen! Raum zu schaffen. Denkt mal darüber nach! Wenn ihr morgens aufwacht und über den Tag, der vor euch liegt, sinniert, dann speist ihr dieses Nachdenken aus eurer Erinnerung! Und damit ist eure Zukunft nichts anderes als eure Vergangenheit beziehungsweise deren Fortsetzung! Eure Gedanken kreisen immer um dieselben Personen, dieselben Ereignisse, dieselben Dinge... Alles alte Erfahrungen, und damit gut in eurem Gehirn vernetzt - und genau damit erzeugt ihr eure neue, alte Zukunft! Kein Raum für etwas wirklich Neues! Etwas Unerwartetes, nicht Bekanntes, nicht bereits Vertrautes. Versteht ihr das?«

Aufmerksam hatte sich Elinor umgeblickt, aber nur zögerliches Nicken geerntet. Sie würde dieses Thema noch mehrmals aufgreifen müssen, um es in den Köpfen der Teilnehmerinnen fest zu verankern, das war ihr bewusst. Ihr war klar, wie schwer das alles zu verstehen, vor allem aber umzusetzen war.

»Alle diese Gedanken, die um Erfahrungen aus der Vergangenheit kreisen und damit eine vertraute Zukunft - ohne

Möglichkeit der Änderung - erzeugen, könnt ihr stoppen, indem ihr eure Gedanken stoppt! Dann, und nur dann, erlangt ihr eure Kraft zurück! Eure kostbare Lebenskraft, die ihr in sinnlos kreisenden Gedanken verliert. Deshalb die Notwendigkeit der Gedankenstille! Dann, und nur dann, entsteht Raum für Neues! Weil dann die Leere ist, die alles, aber auch wirklich alles an Möglichkeiten enthält! Heilung, Reichtum, Fort-Schritt - im wahrsten Sinne des Wortes!«

Elinor hatte sich mit ihrem wölfischen Lächeln weit nach vorne gebeugt. »Und das ist es doch, was wir wollen, nicht wahr? Fort-Schritt! In eine neue, in eine andere Zukunft! Mit all den Dingen, die wir begehren, in unseren kühnsten Träumen.«

Erneut musterte sie ihre Zuhörerinnen, bevor sie fortfuhr. »Ja, meine Lieben, das ist die Trophäe, um die wir jetzt ringen. Ist das ein Preis?!?«

Diese Worte wirbelten Tanja durch den gesenkten Kopf, als sie sich nun räusperte. Einmal mehr musste sie sich vor ihren Kundinnen nackig machen - aber sie wusste, wieviel sie selbst von dieser Gemeinschaft profitierte! Und so setzte sie an, über ihre tiefen Wunden zu berichten, die ihr im Laufe der Nacht klar geworden waren. Offen und ehrlich berichtete sie von ihrem Vater, ihrem Ex-Mann, deren Verhalten. Und ihren heutigen Reaktionen, die stets und zuverlässig aus der mit ihnen erlebten Vergangenheit resultierten. Immer aufs Neue kehrte sie zurück in ihren alten Film, reagierte heute aus alten Mustern der Vergangenheit, in der Erwartung, befürchtete Schläge zu vermeiden. Durch das Aufdecken ihrer Schwäche gestern war Tanja die Aufarbeitung in den letzten achtzehn Stunden möglich geworden. Nun konnte sie anders auf ihre Reaktionen blicken, anders agieren. Bewusst-Sein leben.

Der Veränderungsprozess hatte bereits bei ihr eingesetzt. Die Falle war enttarnt.

Als Samantha an der Reihe war, beugte sich Tanja unwillkürlich etwas vor. Samantha saß ihr mehr oder weniger gegenüber, durch das Paddock von ihr getrennt. Doch die Stimme der Frau war wie üblich scharf und schneidend, kein Wort ging verloren. Bei ihr drehte es sich um Dominanz. Natürlich. Verbunden damit war die Frage, wo sie sich selbst im Wege stand. Wo genau sie eigentlich hinwollte. Erstaunlich fand Tanja ihren Folgeschluss, den sie sich höchstselbst - und unter tatkräftiger Mitarbeit seitens Marbellas - erarbeitet hatte: Sie wollte damit aufhören, schön zu scheinen, und stattdessen im Inneren arbeiten, um schön zu sein. Doch wirklich erschütterte Tanja, als Samantha zugab, dass die Wurzel ihres Übels darin lag, Angst vor Dominanz zu haben. Und dass sie diese genau deshalb selbst lebte! Quasi um Feuer mit Feuer zu bekämpfen! Dadurch war auch das Führtraining so eskaliert! Was für eine krasse Erkenntnis!

Und jetzt verstand Tanja auch, warum Marbella immer wieder so aggressiv auf Samantha reagiert hatte. Als Leittier musste die Stute unmittelbar das Verhalten ihrer Herdenmitglieder reflektieren, am besten handeln, bevor Streitigkeiten eskalieren konnten, Verantwortung übernehmen und den Ton angeben. Dementsprechend las Marbella förmlich die Frau. Mehr noch, sie zeigte Samantha, wie sie gerade innerlich gestrickt war, steigerte es darüberhinaus und zeigte die Grenzen ihres Verhaltens auf. Mehr als nur ein Weckruf...

Tanja atmete tief aus. Sie zog ihre Augenbrauen nach oben und versuchte, diese Erkenntnis in sich zu verankern. Auch wenn sie bereits wusste, dass Pferde oft genug Menschen spiegeln, fiel es ihr doch gelegentlich schwer, sich daran zu erinnern. Doch die Zuspitzung durch die Grenzsetzung eines Leittieres war ihr noch nicht bewusst gewesen. Das sollte sich nun ändern! Sie wollte in Zukunft sehr genau hinsehen, wenn das Verhalten ihrer vierbeinigen Freunde deutlich abwich vom üblichen. Wertvolle Hinweise, Geschenke gar, steckten darin...

Tanja meinte, die Glücksgefühle förmlich zu spüren und zu schmecken, die nicht nur sie selbst, sondern alle Frauen gemeinsam erfasst hatten. Endorphine pulsten und rasten durch die Körper, jede Teilnehmerin schien auf seltsame Weise überirdisch zu leuchten, in ungekannter Schönheit zu strahlen. Kurz - eine jede war eine deutlich bessere Version ihrer selbst!

Sie schüttelte ungläubig ihren Kopf. Tatsächlich hatte die gesamte Therapie - und anders konnte man es schlecht bezeichnen - Wunder gewirkt! Vom entsetzten Er- und Anerkennen ihrer - meist tief in in das Unterbewusstsein geschobenen - Schwäche über die innere Auseinandersetzung, ohne mit irgendjemanden darüber zu reden, es vielleicht gar zu zer-reden, mit dem besten - und erfreulicherweise schweigenden, nur lauschenden - Psychologen an der Hand spazieren zu gehen bis hin zur kompletten Aufdeckung und Lösung ins Licht.

Überglücklich blinzelte Tanja in die Sonne. Sie betrachtete die Teilnehmerinnen, die teils auf den Stühlen sitzenblieben und sich dem Überschwang, der in ihnen herrschte, hingaben, oder aber aufstanden, um ins Künstlerdorf zum verspäteten Essen zu gehen und sich mit ihren Freundinnen auszutauschen.

Sie warf einen Blick ins Paddock. Erstaunlicherweise hatte Perla die gesamte Zeit mit Schlafen und Dösen verbracht. Auch jetzt schien sie friedlich in sich gekehrt, ebenso wie ihre Mutter. Die blickte sie nun direkt an und verschränkte ihren Blick mit dem Tanjas. Letzterer stockte kurz der Atem, dann ließ sie ihn los. Alles war gut in ihrer Welt. Alles!

Sie seufzte zufrieden auf, während sie sich vom Stuhl aufrappelte. Heute Nachmittag war frei, das hatten die Teilnehmerinnen auf Vorschlag von Elinor hin beschlossen. Immerhin hatte der Vormittag erheblich länger gedauert als sonst. Eine doppelte Einheit sozusagen. Einige der Frauen wollten ins nahegelegene, nur einen längeren Spaziergang entfernte Dorf, um das italienische Flair zu genießen. Und die glückliche Wendung in ihrem Leben, diese unerwartete Bereicherung ausgelassen zu feiern.

»Na, Hase, alles gut bei dir?«, wurde Tanja von der rauchigen, tiefen Stimme Elinors aus ihren Betrachtungen gerissen.

»Hm? Oh ja, alles bestens!« Sie drehte sich um und strahlte die Schamanin an. »Endlich habe ich verstanden, dass meine Schwäche nur eine aus dem Lot geratene Stärke ist! Und nichts anderes! Gar nichts anderes! Genau der Grund, warum ich bisher Streit aus dem Weg gegangen bin: weil ich großen Respekt vor anderen Menschen habe. Und weil ich spüre, wenn sich jemand auf die Füße getreten fühlt. Damit das erst gar nicht geschieht, und um niemanden respektlos zu behandeln, habe ich einen notwendigen Konflikt schlicht und ergreifend umgangen. Dass ich aber, gerade weil ich einen sehr hohen Respekt vor anderen Menschen und ein sehr hohes Einfühlungsvermögen besitze, gar nicht über das Ziel hinausschießen kann und damit Menschen verletze, wenn ich bei einem Konflikt Tacheles rede. - Ist das nicht großartig?«

»Schön! Schönschönschön. Hervorragende Erkenntnis! - Dann lass uns mal essen gehen! Gutes Essen hält nämlich Leib und Seele zusammen, das weißt du ja!« Sie streichelte hingebungsvoll über ihren fülligen Bauch und grinste.

Tanja lachte leise. Auf ihrer anderen Seite tauchte Diana auf.

»Da schließ ich mich doch glatt an!«, trompetete sie überzeugt.

»Na denn! Auf geht's...« Tanja warf einen Blick auf das

Paddock, alles in bester Ordnung. »Lasst uns eben die beiden Ps hinüber auf die Weide bringen. Das haben sie sich verdient!«

Gesagt, getan, und schon schritten die Frauen in Richtung Künstlerdorf, gefolgt von den letzten Teilnehmerinnen. Herdentrieb. Ganz offensichtlich! Tanja schmunzelte in sich hinein. Menschen waren Pferden doch erheblich ähnlicher, als sie es sich eingestehen wollten...

Nach dem Essen packte Tanja spontan Diana und Elinor samt Hunden in ihr Auto, um zu einem abgelegenen, den Touristen noch unbekannten kleinen Strand mit einer ebenso winzigen Taverna zu fahren. Dort verbrachten sie den Nachmittag, tranken Kaffee, machten einen langen Spaziergang ins frisch erblühte Hinterland. Zwischendurch kam die Sprache auf Samantha.

»Sag mal, Tanja, du hattest doch was von Samanthas Uhr erzählt? Der schönen goldenen Rolex mit den Diamanten? Von wegen Geschenk ihres Ex-Mannes... Und du, Elinor, meintest, da wäre eine noch zu starke Verbindung. Ist euch eigentlich aufgefallen, dass sie eine ganz neue Uhr trägt? Kein Gold mehr, sieht eher nach Silber oder Edelstahl aus.« Diana blieb stehen, um ihre Freundinnen zu betrachten.

Tanja stutzte und hielt ebenfalls an. Sie warf einen fragenden Blick zu Elinor hinüber. Die lächelte fein, während sie sich zu Charles hinunterbeugte, um ihn zu streicheln.

Tanja meinte, ein leises Brummen zu vernehmen: »Weißgold mit rosa schimmerndem Perlmutt. Passt doch perfekt! Die alte Uhr hat sie übrigens dem örtlichen Kindergarten vermacht.«

»Echt jetzt? Sie hat sich tatsächlich eine neue Uhr gekauft? Und ihre alte - verschenkt?!? War das nicht eine sauteure Rolex Oyster?« Tanja klappte der Unterkiefer herunter.

Diana blickte ähnlich verblüfft drein.

Elinor richtete sich immer noch lächelnd auf. »Zeitenwende?«

Summend spazierte sie davon. Die beiden Freundinnen sahen sich an. Tanja zog ihre Augenbrauen nach oben, Diana schüttelte fassungslos den Kopf. Ein so gewaltiger Schritt - und so wenig Worte! Sie liefen schweigend weiter, um über die Neuigkeiten nachzudenken.

Nach einer ganzen Weile kam Charles angeschossen, hinter ihm Mortimer. Der stoppte ganz knapp vor Tanja, machte den Ansatz, an ihr hochzuspringen und ließ schließlich mit einem Streichen der Zunge über seine Oberlippen davon ab. Allerdings auch nur, weil sein Frauchen eine entsprechende Abwehrbewegung gemacht hatte.

Tanja grinste. »Unglaublich! Willst du mir etwa mitteilen, dass du allmählich Hunger verspürst? Da wirst du noch ein Weilchen warten müssen, mein Schatz!«

Mortimer zog Kopf und Rute ein.

»Dein Hund wirkt gerade geringfügig unglücklich!«, merkte Diana schalkhaft mit den Augen zwinkernd an.

Ein schräger Blick von Tanja traf sie. »Tja. Hat wohl Hunger. Ist vielleicht ein Seelenverwandter von dir?«

»Kann gar nicht sein! Ich und Hunger! Niemals!« Lachend strich sich Diana über die Magengegend.

In diesem Moment sprang Mortimer wie von einem Katapult abgefeuert um sie herum.

»Ich würde sagen - perfekt übersetzt! Deine Kenntnisse in Tierkommunikation haben hier ihren absoluten Höhepunkt erreicht!«

Diana grinste. »War nicht wirklich schwer. Wir verstehen uns halt einfach prächtig!«

Ein Schmunzeln von Tanja traf sie. »Ja, ja. Ihr beiden Hungerhaken! Da seid ihr einfach vom gleichen Schlag! Apropos - da fällt mir ein: unsere drei Bloggerinnen. Die haben sich ja mittlerweile bestens integriert! Keine zickt mehr aus der

Reihe, keine braucht mehr ihren individuellen Raum, der sie weit außerhalb der Gruppe stellt. Ist das nicht großartig? Wie du schon sagtest - unsere Pferde haben sie doch ganz schön geerdet! Fantastisch, nicht wahr?« Mit leuchtenden Augen blickte sie ihre Freundinnen an.

Elinor war stehen geblieben, um den Worten Tanjas zu lauschen. Sie neigte bedächtig ihr Haupt, gespannt auf die Antwort Dianas. Von deren Abneigung gegen die drei Bloggerinnen wusste die Schamanin. Natürlich.

Dementsprechend warf Diana einen kurzen Blick zu Elinor hinüber, bevor sie meinte: »Joah. Schon. Aber noch bin ich etwas mißtrauisch. Gut, alle drei haben sich integriert. Und alle drei zeigen sich mittlerweile von ihrer Schokoladenseite. Doch ich traue dem Frieden noch nicht so ganz… Wer weiß, was sie nach dem Kurs alles so posten!«

Die Blicke ihrer Freundinnen sprachen Bände, und rasch wiegelte Diana mit beiden Händen ab. »Ja, okay. Ihr habt recht! Sie haben sich tatsächlich zu ihrem Vorteil verändert! Meine Einsichten zu Leahs Stärken wie ihr Selbstbewusstsein und ihr Stolz - und auch zu ihren Schwächen wie innere Verängstigung - haben mir im wahrsten Sinne des Wortes die Augen geöffnet.« Sie seufzte. »Na gut. Ihr habt recht. Sie sind Menschen wie ihr und ich. Mit positiven und mit negativen Aspekten. Wie wir alle halt. Und - ich muss sie nicht heiraten! Akzeptieren - ja, akzeptieren kann ich sie mittlerweile.«

Ein schräger Blick Elinors traf Diana. Die zog die Augenbrauen hoch. »Okay. Ich beginne ab sofort, meine Vor-Urteile kritisch zu hinterfragen. Reicht das?«

»Die entscheidende Frage lautet genauer: reicht dir das?« Elinors rauchige Stimme verklang.

Diana spitzte ihre Lippen und wandte sich nachdenklich ab. Sie hatte offensichtlich einiges zu verarbeiten. Doch ganz allmählich wich die Anspannung aus ihrem Gesicht und wurde durch tiefe Ruhe ersetzt. Es hatte sich etwas getan. Verändert. Gelöst.

Die drei Frauen liefen, umtanzt von den Hunden, am Strand zurück und genossen noch ein einfaches, aber üppiges Abendmahl in der Taverne. Der gesamte Nachmittag stellte eine kleine, unerwartete Auszeit dar. Einfach nur erfrischend!

Ob das wohl aus den Meditationen herrührte? Tanja sinnierte eine ganze Weile über die Frage, ehe sie diese laut an Elinor richtete.

Die zog die Augenbrauen hoch. »Ey freilich, Hase! Unerwartet Positives kann nur entstehen, wenn Raum dafür ist! Sowas kann gar nicht stattfinden, wenn du den Tag ohnehin schon vollgepackt hast mit deiner vertrauten Zukunft. Dann bist du nämlich im Tunnel. Mit Tunnelblick. Sozusagen. Heute hattest du - hatten wir - ungeplant frei. Du hast glücklicherweise einen Gedankenblitz aufgeschnappt. Kennst du Kairos? Kairos ist der jüngste Sohn des Zeus und steht für den flüchtigen Augenblick, eine günstige Gelegenheit, die unerwartet auftaucht. Du kannst sie ergreifen, die Gelegenheit beim Schopfe packen, und etwas Besonderes erleben. Du hast Kairos erkannt, seine Mähne ergriffen, dich auf seinen Rücken geschwungen, genau wie bei einem vorbeigaloppierenden Pferd - und schwupps, ändert sich die vertraute Zukunft in etwas Unbekanntes. Ein Edelstein. Ein Schmuckstück. Uuund - das kann ich dir gerne verraten - ich bin dir sehr, sehr dankbar dafür!« Ein Strahlen überzog Elinors Gesicht, als sie über die kleine Terrasse der Taverna deutete. »Echt hübsch hier, muss ich sagen!«

Diana hob bestens gelaunt ihr Weinglas. »Und ich erst! Hier war ich noch nie! Das wird sich in Zukunft ändern, das schwöre ich!«

»Solange das hier kein Touri-Treffpunkt wird…« Tanja zog die Nase kraus.

»Sehe ich etwa aus wie ein Touri?! Nein, nein, von meiner Seite dringt da bestimmt nichts nach außen! Ich habe mein ganz privates Interesse daran, dass es so bleibt, wie es ist.«

»Der Wirt hier übrigens auch. Ich habe mich irgendwann mal lange mit ihm unterhalten, und letzten Endes scheint es mir so, dass er diese Taverna hauptsächlich zu seiner eigenen Befriedigung betreibt. Für sich, für seine Familie, für seine Freunde. Und wenn Fremde vorbeikommen, dann bekommt er auch noch etwas Geld. Aber dafür tut er es nicht. Er hat sein Vermögen wohl mal im Aktienmarkt gemacht. Ist aber länger her.«

»Schon seltsam… manch einer würde diese Goldgrube hier ausschlachten…« Dianas Blick schweifte nachdenklich über das mittlerweile dunkle Meer und den Strand.

Der Abend war bereits weit fortgeschritten, nächtliche Kühle begann sich nun auch auf die Terrasse zu legen.

»Manche Dinge sind mit Geld einfach nicht zu bezahlen«, erinnerte Elinor sie sanft.

»Tja. Dafür braucht man aber auch eine grundsolide Einstellung.« Diana erschauerte und zog ihre Jacke enger um sich.

»Vielleicht kommt da der berühmte Satz ›Weniger ist mehr‹ zur Anwendung«, wandte Tanja ein. Auch ihr wurde zunehmend kalt. Glücklicherweise wärmten Charles und Mortimer ihre Beine.

In diesem Moment erschien der Wirt, der seine sechzig Lenze sicherlich schon überschritten hatte, mit einem Tablett auf der Veranda.

»So, meine Damen, hier ist noch ein Gruß aus der Küche!« Mit diesen Worten verteilte er kleine Becher, auf denen hochgetürmte Schlagsahne samt einer Prise Zimt zu sehen war. Ein herrlicher Duft nach Mandeln verbreitete sich.

»Heißer Amaretto! Ooooh! Sie sind ja eine Wucht!« Diana stürzte sich auf das flüssige Mini-Dessert.

»Danke sehr! Das ist ja ein krönender Abschluss!« Tanja betrachtete voller Vorfreude das Tässchen, das auf höchst angenehme Weise ihre Hände wärmte.

»Gerne doch. Hat es euch denn geschmeckt? Hattet ihr eine schöne Zeit hier?«

Elinor strahlte ihn so sehr an, dass Tanja fast schon befürchtete, sie hätte sich in den Wirt verliebt.

»Ein Träumchen! Wirklich!« Sie seufzte glücklich auf, während sie einen Schluck des Amarettos genoss, nachdem sie sich mit dem Teelöffel einen Weg durch die weiße Fülle gebahnt hatte.

Der Wirt lächelte. »So soll es auch bleiben! Ein Träumchen! Nichts anderes wünsche ich mir! Und das ist schon viel…«
Er wandte sich ab, um in sein Haus zurückzukehren.

Die Frauen sprachen nun nicht mehr. Eine jede widmete sich mit Hingabe dem unerwarteten, höchst befriedigenden Abschluss des Essens.

Und Tanja kam nicht umhin, über diese Worte nachzudenken, die sie noch auf der Heimfahrt und bis in den Schlaf begleiteten, den gewaltigen, lebensverändernden Ereignissen des Vormittags als Quintessenz hinzugefügt.

Quasi das Sahnehäubchen obenauf.

SAMSTAG

Der Tag war glücklich verlaufen. Glückliche Frauen, glückliche Pferde, glückliche Mienen allüberall. Der Reitunterricht war ein einziger Flow; wieder hatten Erik und Peter diesen Part selbständig übernommen. Sie machten sich gut, freuten sich über die wichtige Aufgabe, die sie eigenverantwortlich erledigen durften. Tanja und Stanis saßen auf der Tribüne, zurückgezogen, aber mit wachsamen Augen. Alles bestens!

Den Nachmittag verbrachten die Frauen samt Pferden auf dem Spielplatz, einem eingezäunten Areal abseits des Hofes, auf dem etliche Hindernisse aufgebaut waren, die auf unterschiedlichste Weise überwunden werden mussten. Planen waren am Boden befestigt, eine Wippe wartete auf Überquerung, ein Tümpel lud zu Wasserdurchquerungen ein, Pylonen standen aufgestapelt am Rand, auf diverse Einsätze wartend. Auch hier ein reines Glücksgefühl! Die positiven Erfahrungen des Vortages wirkten fort, schienen sich zu intensivieren. Tanja fiel auf, dass die Frauen trotz viel Lachens eher mit sich selbst und ihrem Pferd beschäftigt waren und weniger untereinander schwatzten wie beim letzten Kurs. Ebenfalls eine interessante Beobachtung!

Nun war lange schon die Nacht heraufgezogen, mit einem milden, warmen Lüftchen. Glücklicherweise war die Temperatur deutlich angestiegen.Tanja hatte auf eine entsprechende Bemerkung Elinor gegenüber verzichtet. Sie wusste genau, ihre Freundin hätte nur eine Augenbraue gehoben und angelegentlich gelächelt.

Die Frauen liefen schweigend in einer Reihe hintereinander her, jede bepackt mit ein, zwei dicken Decken. Sie wollten zur Koppel gelangen, auf der die Pferde grasten. Es war die

Winterkoppel, die spät und wenig Grün trug, also keinerlei Gefahrenquelle für Hufrehe oder Kolik darstellte. Interessiert hoben die Pferde ihre Köpfe, kamen langsam zur Gruppe hinübergeschlendert, die sich im Kreis um Elinor herum auf die am Boden ausgebreiteten Decken setzte.

»Meine Lieben!« Die Schamanin machte mit beiden Händen eine weit ausladende Geste, die auch die Pferde einschloss, die sich in nächster Nähe aufhielten und ganz offensichtlich ebenfalls den Worten lauschten.

Tanja spürte die Präsenz von Beauty hinter sich und lächelte glücklich, während sie einen stillen Gruß an ihre Stute schickte, die ihr daraufhin vorsichtig in die Haare blies. Tanjas Lächeln verstärkte sich, sie spürte überquellende Tränen der Liebe in sich aufsteigen.

»Heute wollen wir uns einfach nur dankbar zeigen! Danken wir Chiron für seine Hilfe! Auch wenn wir sein Sternbild nicht sehen, es ist doch da! So wie die Sonne immer scheint, selbst wenn Wolken sie verdecken! Und wenn ihr nicht Chiron als Sinnbild danken wollt, so danken wir einfach dem Universum für unsere Heilung! Danken wir dafür, dass wir durch den schweren Prozess - und ja, es erfordert unglaublichen Mut und Zähigkeit, das zu durchlaufen - begleitet wurden, auch von unseren wundervollen Pferden! Und dass wir nun ganz und heil sein dürfen! Möge diese Heilung sich in uns festigen und fortwirken! Danke! Danke! Danke!«

Stimmen fielen ein. »Danke! Danke! Danke!«

Die Schamanin griff den Chor der Frauen auf und glitt in einen Gesang, mit dem Refrain des Dankes, so dass eine jede daran teilnehmen konnte. Als ihre Stimme verklang, machte Elinor drei ehrfürchtige Verbeugungen. Zur Überraschung aller zauberte sie anschließend eine Flasche unter ihrem Mantel hervor, die die Runde machte. Von Mund zu Mund sozusagen. In ihr befand sich ein kräftig-bitterer Likör, der Lust auf mehr weckte. Demzufolge kreiste die Flasche, bis sie schließlich leer war - und das ging schnell, denn Elinor hatte den Likör selbst hergestellt und in einer Flasche von dreihundert Millilitern abgefüllt. Ein Ende mit Ansage sozusagen. Der fröhlichen Stimmung tat dies keinen Abbruch.

Schließlich klatschte Elinor in die Hände. »Mädels! Lasst uns noch einmal in die Meditation gehen. Wir wollen uns auf eine kleine Überraschung, die ich für euch noch in petto habe, vorbereiten. Alle fertig? Dann legen wir los!«

Als die Schamanin nach einer Weile die Gruppe durch Vorwärtszählen aus der tiefen Versenkung wieder ins Hier und Jetzt geholt hatte, blickte sie jeder Einzelnen mit strahlender Vorfreude ins Gesicht. Trotz der Dunkelheit war dieses Leuchten deutlich zu erkennen.

»Ihr bekommt nun eine Aufgabe! Legt euch flach hin - keine Angst, die Pferdchen passen auf euch auf - und schaut hinauf ins Firmament! Wenn ihr dort eine Sternschnuppe vorbeiziehen seht, achtet genau auf euer Gefühl! Vielleicht seht ihr ja sogar noch etwas Gegenständliches. Merkt euch das gut! Ihr könnt es auch aufschreiben, aber erst, wenn ich in meine Hände klatsche und euch sage, dass die Zeit des Sterneguckens vorbei ist. Viel Spaß euch - und genießt es!«

Mit einem leisen Lachen legte Elinor sich mitten in der Gruppe auf den Boden. Die anderen taten es ihr nach. Manch eine warf zwar einen Blick - durchaus besorgt - auf die nahen Vierbeiner, doch auch die schienen in Dämmerzustand zu versinken oder in den Himmel zu blicken.

Wieviele schöne Sterne da oben doch funkelten! Es war, als würden sie, kaum dass man begann, sie zu beobachten, zum Leben erwachen und sich von ihrer schönsten Seite präsentieren zu wollen! Tanja schluckte leise, mit Tränen der Dankbarkeit in den Augen. Wieder fühlte sie sich verbunden, mit Beauty, mit der Erde, mit den Frauen um sich herum. Sie genoss das Gefühl und blickte fasziniert in die Tiefen des funkelnden Nachthimmels. Tausende, Abermillionen von Diamanten schienen dort oben zu glühen, Farben changierten. Und da - da war ihre ganz eigene Sternschnuppe! Aus irgendeinem Grund wusste Tanja sicher, dass nur sie dieses in der Erdatmosphäre verglühende Teilchen eines Meteoriten sehen konnte. Es leuchtete erst in starkem Gelb, veränderte sich zu rosa und endete in einem bläulichen Pink. Wow!!!

Sie spürte in sich eine Ekstase aufwallen, gespeist aus Liebe, Hingabe, Begeisterung, die ihr abermals durch die Heftigkeit dieser Gefühle die Tränen in die Augen trieb. Hinter sich hörte sie in diesem Augenblick ein Geräusch - Beauty hatte sich ganz dicht hinter ihr abgelegt, sodass Tanja sich an ihren Widerrist anlehnen konnte.

›Eine präzise Punktlandung!‹, schoss es ihr durch den Kopf. Doch der Gedanke verglomm so rasch wie ihre ganz persönliche Sternschnuppe. Was blieb, war das verwunderte Gefühl von Hingabe. Und Dankbarkeit.

Nach geraumer Weile, es mochte sicherlich eine halbe Stunde und mehr vergangen sein, räusperte sich Elinor. »Schöööön… Dann wollen wir mal gucken, was ihr so erlebt habt! Diana, du beginnst!«

Diese hatte sich halb aufgerappelt, ließ ihren Blick nochmals über das funkelnde Firmament schweifen und begann mit samtener Stimme von ihren Erlebnissen zu berichten. Wie sie eingetaucht war in die Tiefen des Alls, wie es sie weggesogen hatte aus ihren Gedanken, hinein in eine Welt puren Empfindens, reiner Zeitlosigkeit. Und als schließlich ihre eigene Sternschnuppe erschienen war, die sie mit Feuer und Flamme erfüllt hatte. Jene Frauen, die sich aufgerichtet hatten, um Diana zu lauschen, konnten Tränen erkennen, die ihr über die Wangen strömten. Als sie fertig mit ihrem Bericht war, übergab sie das Wort an Melanie, die neben ihr lag, und ließ sich zurück auf die Decke gleiten.

Elinor hörte jeder Einzelnen zu, nickte wortlos, strahlte dabei wie ein überirdisches Wesen und ließ die nächste reden. Die eine hatte mehr zu erzählen, die andere weniger. Wie üblich. Erst, als alle von ihrer Beobachtung - und es hatte tatsächlich eine jede Frau eine Sternschnuppe ›gepflückt‹, wie Elinor grinsend konstatierte - erzählt hatte, gab sie des Rätsels Auflösung.

»Mädels, das ist nicht nur der gegenwärtige Stand für euch, sondern enthält auch die Botschaft für eure Zukunft! Haltet euch dran, dann wird euch nur Gutes widerfahren! Selbst in Krisenzeiten - und ja, das heißt nicht, dass wir fortan auf einer Woge der Glückseligkeit dahingleiten! Auch wenn wir das zumindest für die nächste Woche zelebrieren werden! Zur Festigung! Wie gesagt - haltet euch an die Botschaft, dann seid ihr immer auf der sicheren Seite!« Sie warf einen Blick in die Runde. »Und jetzt lasst uns feiern! Lang lebe Chiron! In alle Ewigkeit! Prosit!«

Mit diesen Worten zauberte sie die zweite - und letzte - Flasche Likör aus den Tiefen ihres Mantels hervor, stieß an in Richtung Himmel und dann zu jeder einzelnen Frau, um einen Schluck zu nehmen und die Flasche weiterzugeben. Wieder machte diese die Reise im Uhrzeigersinn.

Hinter sich spürte Tanja die Bewegung von Beauty. Lachend drehte sie sich um und wisperte: »Nein, nein, nicht für dich, Schönheit! Und keine Angst - von diesen beiden Schlückchen werde ich auch nicht betrunken!«

Die Stute schnaubte, blickte ihr in die Augen. Und ließ ihre Lider wieder sinken. Auch Tanja spürte in sich die Loslösung und seufzte zufrieden, während sie beobachtete, wie die Frauen die Flasche kreisen ließen und sich einander zuwandten, um in leise Gespräche miteinander zu fallen. Die erlebten Wunder wollten schließlich in aller Einzelheit geteilt werden!

Lange noch saßen die Frauen in ihre Decken gehüllt auf der

Koppel, die Pferde dicht bei sich, etliche davon hatten sich wie Beauty abgelegt. Die anfängliche Aufregung war kostbarer Dankbarkeit gewichen, die die Frauen umhüllte wie ein schützender Kokon. Diese geborgene Atmosphäre machte es auch den Fluchttieren möglich, sich nahe bei den Menschen, den Raubtieren, niederzulegen. Lange blieben sie dort, diese gar nicht so ungleiche Gemeinschaft aus Menschen und Tieren, kosteten die unbeschreibliche Stimmung aus, wollten sich nicht davon trennen.

Fast meinte Tanja das erste Licht auszumachen, als sie schließlich nach Hause wankten.

Sonntag

Als Tanja am nächsten Morgen erwachte, hallte in ihr der Chor des Dankes nach. Ein schönes Gefühl. Sie rekapitulierte die gestrige Nacht.

Denken - danken.

Danke - Gedanke.

Vermutlich hatte Elinor recht, wenn sie sagte, statt in Gedanken zu kreisen und damit den gegenwärtigen Augenblick - Kairos - zu verpassen, sollte man sich lieber im Danken üben. Über all das, was einem so selbstverständlich erscheint, nach-denken. Und danken.

Glücklich seufzend drehte sie sich auf die andere Seite, dorthin, wo bald wieder ihr geliebter Max liegen würde. Sie lächelte leise. Was für ein wunder-volles Leben sie doch führen durfte! Auch ohne das gestrige Erlebnis mit der Sternschnuppe hatte sie gewusst, dass sie eine Punktlandung gemacht hatte. Sie war genau dort angekommen, wo sie bereits als Kind hatte leben wollen, mit genau der Tätigkeit, die sie tief erfüllte - auch wenn sie ihr gelegentlich Angst machte. Insbesondere die völlig eigenständigen, von ihr nicht beeinflussbaren oder gar kontrollierbaren Bewusstseinskurse mit Pferden. Und doch erfüllten gerade diese ihr Leben mit wesentlich tieferem Sinn. Selbst wenn es noch nicht die große Nachfrage danach gab. Doch die würde kommen, das wusste sie.

Wenn sie selbst bereit dafür war.

Eine Punktlandung. Sozusagen.

Mit einem leisen Lächeln streichelte sie das leere Kissen von Max, schickte ihm in Gedanken einen langen, sehnsuchtsvollen Kuss und stand dann schwungvoll auf.

Als sie mit den Hunden an ihrer Seite - oder wenigstens

irgendwo in Rufnähe - hinüber zur Winterkoppel marschierte, um Beauty einzusammeln, schwebte immer noch ein Lächeln um sie herum. Ihre Stute schien sie schon erwartet zu haben, zumindest stand sie am Tor und brummelte leise. Doch für Schmusereien war sie heute nicht zu haben, das machte sie von Anfang an klar. Der Inhalt von Tanjas Taschen interessierte sie viel mehr. Seufzend nahm Tanja das Halfter vom Haken, schlüpfte durch den Zaun und versuchte, sich dem untersuchenden Griff von Beauty zu entziehen, ohne die Stute zu verscheuchen.

Hurra! Sie hatte es tatsächlich geschafft! Das Halfter war am Pferd, der Strick in ihrer Hand - doch Apfelschnitze und Möhrenstücke wie durch Zauberhand so ziemlich in Gänze aus ihrer Jacke verschwunden. Sie seufzte, als ihr das bewusst wurde, und schüttelte feixend den Kopf.

»Du bist mir doch eine...! Na, denn komm man, bevor der Rest auch noch mit will!«

Rasch öffnete sie das Tor, schlüpfte nach einem prüfenden Blick zur übrigen Herde mit ihrer Stute hinaus und schloss es dann wieder sorgfältig.

Heute war definitiv Springtraining angesagt! Der Boden federte   herrlich, es war angenehm kühl - was Beauty zu dem ein oder anderen außerplanmäßigen Freudensprung animierte - und auch Stanis, mit dem sie sich auf dem Springplatz hinter den Hallen verabredet hatte, war bester Laune. Nach dem Training pfiff sie nach den Hunden, die ihr den Gefallen taten und tatsächlich auftauchten, um anschließend noch eine Runde durch den Wald zu reiten. Immerhin gab es dort neue Losungen, Kaninchen und anderes Wild hatten reichlich Spuren hinterlassen. Tanja war einmal mehr verblüfft, dass ihre beiden Racker immer ganz genau wussten, was auf dem Plan stand. Sie war bereit, Haus und Hof dafür zu verwetten, dass Charles und Mortimer unter spontan auftretender Taubheit gelitten hätten, wäre sie einfach nur zum Stall geritten. Einmal mehr stahl sich ein Grinsen über ihre Lippen, während sie tief die würzige Waldluft einatmete und glücklich den nassen Hals ihrer Stute tätschelte.

Ein Eichhörnchen sauste unentdeckt von den beiden weit vorauseilenden Hunden direkt vor Tanja und Beauty über den Weg. Die Stute zuckte kurz, verharrte in ihrer Bewegung und senkte dann ihren Hals, um das Tierchen näher zu betrachten. Das Eichhörnchen blieb ebenfalls stehen und musterte Ross und Reiterin. Tanja kam es vor, als würde das Tierchen ihr direkt in die Augen sehen. Es gab einen feinen Stich in ihrem Herzen. Warum, das konnte sie nicht feststellen. Dann war der Augenblick vorbei, das Eichhörnchen auf der anderen Seite in den Bäumen verschwunden. Sie beschloss, Elinor von diesem zauberhaften Moment zu berichten.

Und das machte sie später auch. Ihre Freundin kam an dem freien Sonntag aus dem Künstlerdorf herübergeschlendert, kaum dass Tanja alles erledigt hatte. Selbst die beiden Ps hatte sie schon mithilfe von Erik, der heute den Sonntagsdienst versah, hinaus aufs Paddock geschafft.

Die Schamanin wiegte bei der Erzählung nachdenklich den Kopf, während sie die Stallgasse nach hinten gingen. »So, so, ein Eichhörnchen also… Du weißt um die Bedeutung von Krafttieren?«

Tanja zog die Nase kraus. Irgendwie wollte sie im Augenblick nicht von Dingen erfahren, die negativ sein könnten. Alles also, was die jetzige Situation in irgendeiner Weise verändern würde.

Doch darauf nahm Elinor keine Rücksicht. »Ein Götterbote! Schon bei den alten Germanen trug das Eichhörnchen das Wort des alles überblickenden Adlers hinab zum starken Drachen, der an den Wurzeln des Weltenbaumes Yggdrasil wohnt.«

Tanja nickte, innerlich leicht gegen den Strich gebürstet.

»Naaa? Haben wir etwa Angst, dass wir die Komfortzone, wo es doch so schön kuschelig ist, verlassen müssen?« Mit einem schelmischen Auflachen taxierte Elinor die Freundin, die die Augen zusammenkniff und sie kritisch musterte. »Du weißt doch, alles ist im Fluss. Alles fließt. Und wenn Blockaden beseitigt sind, umso mehr!«

Nochmals lachte die Schamanin heiser, dieses Mal jedoch leise, in sich hinein. »Keine Angst! Unser plüschiger Götterbote will dir nur die unsichtbaren Schwingen der Leichtigkeit verleihen! Mehr, viel mehr Vertrauen ins Leben, Süße! Nicht auf das Nichts unter dir achten, sondern auf den Ast, den du erreichen willst in luftiger Höhe! Es gibt keine Sicherheitsnetze da oben, denk daran! Nur die Zielstrebigkeit, das Erreichen von weiteren Zielen, die noch weiter oben liegen, da, wo dir keiner mehr hinfolgen kann! - Und? Bist du bereit?« Elinor musterte Tanja mit einem breiten Lächeln, während sie sich einen Stuhl vor das Paddock, das sie mittlerweile erreicht hatten, schob und sich hineingleiten ließ.

»Hmpf. Weiß nicht. Was genau soll das denn bedeuten?«

Die Schamanin lehnte sich grinsend zurück. »Vielleicht den großen Sprung?«, schlug sie vor.

»Und wie genau soll der aussehen?«

»Wirst du wohl noch sehen! Kann ich dir nicht beantworten. Aber sag mal - wie war eigentlich dein Training heute morgen?«

Verblüfft zuckte Tanja zurück. »Mein Training?«

Ihr dämmerte da etwas. Noch nicht ganz greifbar, aber zumindest ein Zusammenhang.

»Wir - wir sind heute morgen… gesprungen?«

»Aaah. Na denn… Da gab es wohl schon eine Vorbereitung! Gut eingestimmt, würde ich sagen!« Elinor nickte zufrieden und schien sich zusammenzurollen, während sie genüsslich in die Sonne blinzelte und sich in den Stuhl kuschelte.

Tanja wusste - ab jetzt bekam sie keinerlei Auskunft mehr. Erneut zog sie nachdenklich ihre Augenbrauen zusammen. Und beschloss spontan, einfach abzuwarten und die Dinge auf sich zukommen zu lassen. Stattdessen beobachtete sie nun Perla, die mal wieder den Paddock eroberte und von innen heraus vor lauter Lebensfreude leuchten zu schien.

So jung - so unbedarft... Wie schön wäre es, diesen Status ein Leben lang halten zu können... Voller Vertrauen ins Leben...

Wie Elinor oft genug zu sagen pflegte.

Vor allem zu Tanja.

MITTWOCH

Die Tage verflossen wie im Rausch. Egal, ob im Reitunterricht oder beim Spielen mit den Pferden, es war eine einzige, süße Orgie, die alle genossen. Die Bloggerinnen waren längst Teil der Gemeinschaft geworden, hatten ihre vornehme Zurückhaltung aufgegeben und trugen ihren Teil zum Spaß und Wohlbefinden bei. Vor allem Marie hatte eine ausgesprochen sensitive Ader - wenn sie sich denn aus ihrer Deckung herauswagte. Und das tat sie seit Freitag in zunehmendem Maße. Dagegen brachte Leah Selbstbewusstsein und Stolz in die Gruppe, während Lisas Beitrag in stetig steigendem Mut bestand.

»Es ist doch manchmal schon erstaunlich, wie sehr die Stärken Einzelner eine gesamte Gruppe beeinflussen, nicht wahr?«, sinnierte Tanja nach einer Meditationsrunde mit anschließendem Austausch am Paddock der beiden Ps.

Die restlichen Frauen waren bis auf Diana und Elinor in Richtung Künstlerdorf aufgebrochen. Letztere hatten Tanja geholfen, die Stühle an die Stallwand zu rücken. Nun standen sie am Gatter des Paddocks, wo Perla und Paloma sie genauestens untersuchten. Perla aus grundlegender Neugierde, Paloma auf der Suche nach Leckereien. Oder zumindest nach Streicheleinheiten.

»Mmh. Kannste mal sehen...«, nuschelte Elinor, ganz offensichtlich deutlich mehr an der samtigen Nase von Perla interessiert.

Diana dagegen nahm den Ball auf. »Ja. Unglaublich eigentlich! Und wie genial das Zusammenspiel dadurch wird! Es scheint fast, als würde jede Einzelne von den individuellen Stärken der anderen profitieren, quasi daran wachsen! Der Wahnsinn!« Sie schüttelte ihre braunen Locken, deren Haarband sie schon vor geraumer Zeit gelöst hatte. Gemeinsam mit den geröteten Wangen gaben sie ihr gerade das Aussehen einer verwunschenen Prinzessin, die auf unerklärliche Weise aus der Zeit gefallen und ausgerechnet hier gelandet war. Tanja lächelte bei diesem Gedanken. Was für ein Glück sie doch hatte! Solche Freundinnen…

»Stimmt! Eins und eins ist eben doch größer zwei! Wie Elinor immer zu sagen pflegt!« Mit diesen Worten stupste Tanja die Tierkommunikatorin zu ihrer Rechten sachte an.

»Was? Ach, ja, sicher. Bestimmt. Wenn du es so siehst.« Schon streichelte Elinor wieder mit hingegebenem Lächeln das Köpfchen von Perla, die zur Nahuntersuchung von Elinors Jacke überging. »Oh, meine Süße, doch keine Knöpfe! Die sind ganz bestimmt nicht förderlich für deine Verdauung, glaub mir das!«

Vorsichtig wand sie ihre Jacke aus dem Mäulchen des Fohlens, das betrübt der neuen Erfahrung mit dem seltsamen Geschmack nachblickte. Außer Reichweite nun. Denn Elinor zog schnell das ganze Kleidungsstück aus und legte es beiseite. Nach einer kritischen Untersuchung ihrer restlichen Kleidung wagte sie sich wieder dicht an den Zaun heran und lehnte sich in das Paddock hinein, um Perla zu streicheln und zu kraulen.

Tanja grinste. Ihre Freundin war ganz offensichtlich mit wesentlich wichtigeren Dingen beschäftigt, als dass sie an den großartigen Erkenntnissen von Tanja und Diana teilhaben wollte. Aber sie verstand Elinor, ging es ihr doch ganz ähnlich. Und so gab auch sie sich der Leichtigkeit des Seins hin und verschob die philosophische Stunde auf später.

»Jedes Ding hat seine Zeit!«, raunte Elinor angelegentlich in Perlas Plüschfell.

Tanjas Augenbrauen schossen hoch. Wie machte die Schamanin das eigentlich immer? Innerlich schüttelte sie den Kopf, während sie ihre Freundin nachdenklich betrachtete.

Doch die ließ sich weiterhin nicht aus der Ruhe bringen. Tanja seufzte. Leise. Ob sie jemals so weit kommen würde?

»Doch, doch, Schätzchen«, murmelte Elinor in Perlas Ohr. Laut genug, dass Tanja es verstehen konnte. »Kommt Zeit, kommt Rat. Nur immer langsam mit den jungen Pferden…«

In diesem Moment bockte Perla aus dem Stand los. Es wurde ihr ganz offensichtlich zu langweilig bei den Frauen. Denn jetzt war wieder Showtime!

Und so legte das Fohlen Runde um Runde in gestrecktem Galopp zurück, zwischendurch Bocksprünge und Kapriolen einlegend. Die Frauen lachten und lachten, bis Perla endlich verschwitzt und ausgesprochen zufrieden wirkend an den Zaun zurückkehrte.

»Du bist schon eine echte Wuchtbrumme!«, strahlte Elinor. »Seht ihr - so muss man es machen!«, wandte sie sich an ihre Freundinnen. »Genießen, wenn der Zeitpunkt für Muse ist. Und sich austoben, wenn der Zeitpunkt für Tätigkeiten ist. Was kann man nur alles lernen von so einem winzigen Fohlen! Ja, ja, wir sollten uns viel mehr die Natur zum Vorbild nehmen! Was könnten wir uns alle zum Positiven verändern…«

Elinor reckte nach diesem von Tanja gänzlich unerwarteten Monolog ihr Gesicht der Sonne zu und schloss die Augen. Na gut. Sie würde darüber nachdenken. Aber nicht jetzt. Denn Perla knibbelte gerade an ihrer Hand und versuchte, ihre Aufmerksamkeit zu erlangen. Mit einem seligen Ausdruck wandte sie sich dem Fohlen zu. Zeit für Muse…

DONNERSTAG

Ein wunderbar vertrauter Laut durchflutete die im Abendlicht liegende Veranda.

Max!

Wie lange schon hatte sie nichts mehr von ihm gehört! Von ganz wenigen Nachrichten abgesehen… Mit einem Strahlen im Gesicht sprang sie ans Telefon.

»Geliebter! Oh wie schön! Wie geht es dir?«

»Hallo mein Schatz! Nja, soweit halbwegs gut. Und bei dir?«

Tanja sprudelte über vor Glück. Und vor Worten. Nach einer ganzen Weile der Erzählungen, vor allem über Perla, unterbrach er sie lachend.

»Na, da scheint ja alles bestens! Ich freue mich schon darauf, die Kleine kennenzulernen! Aber - das wird wohl noch etwas länger dauern hier…« Er seufzte tief.

»Wie jetzt? Du kommst doch am Sonntag?! Ich dachte, du hättest deine Termine so gut im Griff, und hast, wie immer, einen Reservetag eingeplant?« Tanja war wie vor den Kopf gestoßen. Eine kalte Ahnung ergriff ihr Herz. Ihre glückselige Laune hatte sich verflüchtigt wie es sonst nur ein Schoko-Croissant in ihrer unmittelbaren Reichweite zu tun pflegte. Bis auf die letzten Krümel.

»Tja. Reicht dieses Mal leider nicht. Keine Ahnung…« Max seufzte erneut. Tief und lange.

»Aber… aber… dein Rückflug?«

»Ist schon gecancelt. Mit offenem Termin. Kein Problem, ich habe durch meine Vielfliegerei ja einen Sonderstatus. Glaub mir, ich wäre jetzt auch lieber weiter. Viel weiter. Ich sehne mich nach dir. Nach unseren Hunden. Und den Pferden. Nach Zuhause…«

»Aber - was genau ist denn da schiefgelaufen?«

Tanja wollte das eigentlich gar nicht wissen. Nicht zulassen. Auch wenn sie vernommen hatte, dass der Rückflug bereits gestrichen war. Mit offenem Mund starrte sie hinunter auf das bewegte Meer, das sogar weiße Gischtkronen aufwies. In ihrem Inneren begann ein ähnlicher Aufruhr.

»Nun. Hat wohl nicht sollen sein, meine gute Planung! Das Problem ist, dass hier, bei meiner letzten Station in New Jersey, irgendwie alles chaotisch läuft. Der Geschäftsinhaber hat Anfang des Monats neue Computer gekauft, die funktionieren aber irgendwie nicht so richtig. Weder mit meiner Software noch mit anderen, Null-acht-fünfzehn-Programmen. Allmählich, ganz allmählich kommen wir den Problemen auf die Spur. Aber es dauert halt…«

»Und warum holt er sich dann keinen IT-Fachmann?«

»Hat er ja. Jetzt. Mich.«

»Du versorgst nur seine Buchhaltungssoftware?!«

»Tja. Er denkt wohl, ich kann gleich beides in einem Zug richten.« Max stöhnte leise. »Jetzt habe ich - wenn ich denn überhaupt zu Bett gehe - schlaflose Nächte, weil ich ständig in Logarithmen denke.«

Tanja überlegte, ob Max ihr leid tun sollte. Irgendwie heute nicht. Selbst gemachtes Leid! Wütend schüttelte sie den Kopf.

»Du bist so ruhig?«, fragte Max nach einer Weile der Stille.

Sie kämpfte mit den Tränen. Mühsam schluckte sie. Schließlich brachte sie ein jämmerlich klingendes »Du fehlst mir so!« zustande.

»Mmh. Du mir doch auch, Liebste! Aber was soll ich sagen…«

Tanja beschlich der Gedanke, dass es für Max ziemlich nervig sein dürfte, wider Willen dort drüben festzuhängen und gleichzeitig seiner Frau erklären zu müssen, warum und weshalb und wie lange.

»Hast du denn wenigstens ein schönes Hotelzimmer?«

»Naja. Geht. Macht aber auch nichts, denn ich sehe es ja kaum. Zum Urlaub werden wir ganz sicher nicht hierherkommen, das kann ich dir schon mal versprechen!«

In seinen Worten lag ganz unverkennbar Schalk, und Tanja lächelte nun doch unter ihren Tränen. Sie wusste, dass Max sie aufheitern wollte. So gab sie sich einen Ruck, um ihrem Mann das Dort-Sein nicht noch schwerer zu machen.

»Ach Geliebter, ich freue mich einfach so, dich wieder in den Armen zu halten! Aber wer weiß, ob ich dich dann jemals wieder gehen lasse…«

Max lachte leise auf. »Ich habe einen langen Flug vor mir, und glaube mir, ich werde ihn nutzen und darüber nachdenken, wen genau ich jetzt aufbaue, um meine Langzeit-Termine zu übernehmen!«

»Am besten fünf Leute, damit auch nichts schiefgehen kann!«, schniefte Tanja grinsend.

»So viele Leute habe ich gar nicht in meinem Büro!«, kam es postwendend zurück.

»Zeit aufzustocken?«

»Oder so…«

FREITAG

Der letzte Tag des Kurses war bereits zur Hälfte gelaufen. Ein fantastischer Abschluss des Reitens, ein wunderbares Mittagessen mit Elviras selbst gemachter Pasta und herrlich duftenden Soßen sowie Panna cotta als Nachspeise.

Als Tanja gerade ihren Espresso doppio holen wollte, wurde sie an der riesigen Kaffeemaschine unversehens von Lisa angesprochen.

»Tanja, hast du mal einen Moment Zeit für mich?«

Überrumpelt nickte diese. »Klar. Jetzt?«

Sie warf einen sehnsüchtigen Blick auf ihre Tasse und beschloss, sich ganz bestimmt nicht davon zu trennen. Sonst wäre demnächst ein Schläfchen nötig.

Schon wurde sie von Lisa an den Schultern durch die Türe weg von der weiterhin genießenden und munter quatschenden Gruppe gelotst. Als sie sich vor dem Gemeinschaftshaus befanden, dirigierte sie Lisa noch weiter weg, sodass nicht einmal mehr die Küche als Abhörort in Frage kam. ›Das muss ja was Außergewöhnliches sein‹, schoss es Tanja durch den Kopf, die, sobald sie standen, an ihrem Espresso nippte. Mmh.

Tief. Schwarz. Bitter. Köstlich!

Nun war sie doch ganz schön gespannt, nach dieser Entführungsaktion. Quasi.

Neugierig musterte sie Lisa, die ihr Kinn vorgeschoben hatte. Aha! Angriffsmodus also! Nach diesen vielen Tagen kannte sie die junge Bloggerin gut genug, um sie - zumindest in dieser Hinsicht - lesen zu können.

»Ich möchte dir gerne ein Angebot machen.«

Erstaunt hob Tanja die Augenbrauen. Ihr Lächeln verblich etwas.

»Dir einen Vorschlag unterbreiten!«, korrigierte sich Lisa daraufhin schnell.

Tanjas Brauen sanken langsam wieder nach unten. Ihr Lächeln lebte wieder auf. Da die Bloggerin zögerte, machte Tanja eine einladende Bewegung mit der freien Hand. Schnell nahm sie noch einen Schluck des schwarzen Gebräus, bevor sie etwas verschütten konnte. Vor Überraschung.

Und das war auch ganz gut so.

»Ich möchte dir vorschlagen, dein Team zu bereichern. Mit mir!«

Tanja verschluckte sich fast. Ihre Tasse zitterte bedenklich, etwas von dem kostbaren Espresso schwappte über. Ihre Augenbrauen schossen hoch, weit über die erlaubte Marke, und verschwanden fast im Haaransatz. Während sie noch hustete, versuchte sie krampfhaft, über die Bedeutung dieser Worte nachzudenken.

Ihr Team - bereichern?!

Mit ausgerechnet - Lisa?!

Wie in aller Welt denn das?!

Die Antwort war verblüffend einfach. Nach einem fast schon als ängstlich zu bezeichnenden Blick zu Tanja hinüber fuhr Lisa mit fester Stimme - und noch weiter vorgerecktem Kinn - fort.

»Deine Schwachstelle für diese tollen Seminare der Bewusstseinsarbeit mit Pferden ist das Marketing. Das funktioniert heute anders als früher! Damals mag eine nette Website ausgereicht haben. Heute interessiert das - entschuldige bitte die deutlichen Worte - niemanden mehr. Bis auf Webshops natürlich ! Das ist dir doch klar, oder?«

Tanjas letzter Huster klang eher wie ein Ächzen. Sie zog die Nase kraus, während sie über die Worte Lisas und deren Bedeutung nachdachte. Doch viel Zeit hatte sie dafür nicht, denn die junge Frau fuhr bereits fort.

»Du brauchst ein vernünftiges Social-Media-Profil! Facebook für die Alten«, Tanja zuckte bei diesem Wort unbewusst schmerzhaft zusammen, da sie wohl ganz bestimmt aus Lisas Sicht in diese Kategorie fiel, »Insta, TikTok, X und so weiter für unsere Generation. Da können wir echt was draus machen! Wir kriegen mit einer vernünftigen Kampagne ganz schnell Tausende von Followern! Stell dir das mal vor!«

Lisas Augen glänzten vor Begeisterung, ihre untermalenden Handbewegungen waren schwungvoll und mitreißend.

Tanja hörte ihr mit offenem Mund zu. Kurz schloss sie die Augen, dann schossen ihre Brauen wieder nach oben.

»Aber... aber... so viele Leute könnten wir überhaupt nicht bedienen!«, wandte sie schließlich lahm ein.

»Wirst du auch gar nicht müssen! Aber wir verbreiten die Idee - das ist doch wohl auch dein Anliegen, oder? Und du bekommst volle Kurse! Immer! Rund ums Jahr! Das willst du doch? Oder sollte ich mich in dir getäuscht haben?«

Abermals schloss Tanja ihre Augen.

Der große Sprung...

Da war er also...

Sie öffnete vorsichtig ihr linkes Auge. Dann ihr rechtes. Und spürte gleichzeitig, wie sie nickte. Bedächtig. Aber - sie nickte. Ganz gegen ihren Willen. Was tat sie da bloß?

»Prima! Dann stellst du mich ganz offiziell als deine Social Media Managerin ein. Und ich arbeite von zu Hause aus. Ab sofort?«

Wieder nickte Tanja. Mit offenem Mund. Den sie, sobald sie das bemerkte, ganz schnell zuklappte.

Und dann war es endgültig um die Reste ihres Espressos geschehen. Jubelnd fiel Lisa ihr um den Hals. Die Tasse landete mit einem sanften Plopp auf der Erde des Blumenbeetes nebenan und versorgte die dortigen Pflanzen mit neuartigen Nährstoffen. Tanja beobachtete sich selbst, wie sie die

Umarmung herzlich erwiderte. Und wunderte sich erneut. Ging das alles wirklich so einfach? Offensichtlich ja!

Und plötzlich schoss ihr der Gedanke an Kairos durch den Kopf. Die Chance des gegenwärtigen Augenblicks zu ergreifen und sich auf seinen Rücken zu schwingen wie bei einem vorbeigaloppierenden Pferd. Es war ihr gelungen! Erneut!

Freude stieg in Tanja auf. Plötzlich wusste sie ganz sicher, dass sie sich instinktiv für das einzig Richtige entschieden hatte. Gänzlich andere Perspektiven taten sich nun auf!

»Weißt du was?«, wandte sie sich an ihre neue Angestellte. »Wir holen uns jetzt in der Küche ein Glas Champagner und stoßen auf diesen Wahnsinns-Coup an!«

Strahlend nickte Lisa. »Champagner ist absolut angemessen!«, stellte sie grinsend fest. Und zog Tanja fort in Richtung Gemeinschaftshaus.

Später, während Diana die letzte Mittagssession der Kunstzeit nutzte, um mit den Frauen die Mini-Ausstellung am Abend vorzubereiten, ging Tanja mit Elinor eine kleine Runde spazieren. Die Hunde jagten um sie herum, blieben aber ausnahmsweise ziemlich in der Nähe. ›Das muss an Elinor liegen‹, schoss es Tanja kurz durch den Kopf. Denn immer wieder kam einer der beiden Stromer vorbei, um sich unter die Hand der Tierkommunikatorin zu schummeln. ›Energie tanken, oder so ähnlich‹, dachte Tanja, die das Treiben ihrer Lieblinge genauestens verfolgte.

»Tja, du siehst, wir haben nun ein Mitglied mehr im Team«, schloss Tanja ihre Erzählung, während sie Elinor nachdenklich beobachtete.

»Sozusagen aufgestockt, nicht wahr?« Ein schelmisches Lächeln umspielte die Lippen der Freundin.

Irritiert hielt Tanja in ihrem Schritt inne. Eine Erinnerung wogte in ihr hoch. Hatte sie nicht genau das in ihrem letzten Telefonat zu Max gesagt? Ja, richtig! »Zeit aufzustocken?«

Das waren ihre eigenen Worte gewesen! Allerdings auf seine Firma bezogen, nicht auf die ihre...

Neben sich hörte sie ein gutturales Lachen. Tief, fröhlich.

»Na Hase? Mal wieder das Erlebnis gehabt, das man das meiste, was man so von sich gibt, für sich selbst sagt?«

Schon wandte sich Elinor ab und marschierte nun deutlich schneller und zielstrebig in Richtung Reitanlage. Sie hatte offensichtlich ein Ziel. Ein ganz bestimmtes.

Tanja vernahm ihr Summen und schaute ihr nach, während sie über die Worte der Freundin sinnierte. Musste sie nun wirklich jeden Satz auf die Goldwaage legen? Und über alles nachdenken, was immer sie so erzählte?

Irritiert schüttelte sie den Kopf, während sie sich schleunigst in Bewegung setzte, um den Anschluss an Elinor nicht zu verlieren. Fast musste sie schon traben, um wieder auf gleiche Höhe zu kommen.

Elinor summte unverdrossen weiter. Aha! Keine Fragestunde also... Tanja zog die Nase kraus. Es blieb ihr gar nichts anderes übrig, als das zu akzeptieren. Stattdessen inhalierte sie tief die mittlerweile warme, von Blütenduft erfüllte Luft. Ja! Durchatmen! Das war ein Geschenk! Mit einem befreiten Lächeln lief sie neben der Freundin her, bis sie das Paddock der beiden Ps erreichten.

Paloma döste stehend neben Perla, die sich langgestreckt auf dem Heuhaufen in der Mitte niedergelassen hatte. Immer noch summend bückte sich Elinor, um durch den Zaun zu steigen und auf die Pferde zuzusteuern. Nichts rührte sich bei denen. Lediglich ein Ohr der Stute zuckte, aber eher wegen der Fliege, die gerade um sie herumsauste. Elinor schien für die beiden Ps Teil der Umgebung zu sein, keine Gefahr, kein Grund aufzuschrecken. Schon war sie am Heuhaufen angelangt, wo sie sich - ihrer Masse zum Trotz - elegant hineingleiten ließ, direkt an das Köpfchen von Perla. Die schnaubte, als ein Heuhalm sie kitzelte, verlagerte sich ein wenig - und landete mit ihrem Schädel auf dem Schoß von Elinor.

Zufall?

Tanja schüttelte ungläubig ihren Kopf. Doch sie akzeptierte das Geschehen und setzte sich ihrerseits außerhalb des Zaunes auf einen der bereits für die Nachmittagsrunde vorbereiteten Stühle. Sie bremste ihre Gedanken, die neidvoll auf sie einstürmten, und begann, die friedliche Stimmung zu genießen. Ihr fiel auf, dass die Hunde sie verlassen hatten, bereits vorne im Hof. Auch recht. Ein Vogel tschilpte. Sie schloss die Augen und sog die Sonnenstrahlen auf, ebenso wie den würzigen Duft der Pferde. Mit einem tiefen Atemzug entspannte sie die Schultern und gab sich dem Augenblick hin, der sich immer weiter ausdehnte. Sie war nun so versunken, dass sie beinahe eingeschlafen wäre. Das fehlende Koffein machte sich nun ganz offensichtlich bemerkbar.

Doch da schrillte der Ton ihres Handys durch die fast schon als heilig zu bezeichnende Stille. Gleichzeitig vibrierte es heftig in ihrer Westentasche. Schlagartig war Tanja wieder hellwach und warf einen entschuldigenden Blick ins Innere des Paddocks, von wo aus drei Augenpaare sie anstarrten.

Hastig zog sie ihr Mobiltelefon heraus, und war verblüfft, eine unbekannte Nummer auf dem Display zu sehen. Weniger wegen der fremden Kombination - sondern vielmehr, weil +1, also eine amerikanische Vorwahl darauf stand! Rasch nahm sie an, während ihre Gedanken rasten.

»Schatz! Ich hab's! Ich hab das Problem geknackt! Und gelöst! Hurra!!!«

Verwirrt kniff sie die Augen zusammen, hielt das Telefon von sich gestreckt und starrte darauf. Sie schüttelte den Kopf, während sie dem glücklichen Gelächter ihres Mannes lauschte und nahm das Handy langsam wieder an ihr Ohr.

»Tanja, hast du denn verstanden?! Ich komme heim! Ich fliege sogar heute Abend schon, keine vierundzwanzig

Stunden mehr, und ich bin wieder bei dir!« Seine Stimme jubelte, brach vor Freude.

Und Tanja spürte, wie die Tränen über ihre Wangen liefen. Sie schluchzte.

»Schatz?! Bist du noch da?«

Sie nickte. Und erinnerte sich plötzlich unter dem strahlenden Lächeln von Elinor, das sie wie ein Pfeil mitten ins Herz traf, dass Max das wohl schlecht sehen konnte.

Mit einem tiefen Seufzer antwortete sie. »Ja. JA!!! Oh wie schön! Ich kann das noch gar nicht glauben...«

Sie heulte vor Glück laut los. Als sie sich gefasst hatte, schob sie in das sämtliche Spannungen zerberstende Gelächter von Max nach: »Wie schnell ist das denn jetzt gegangen?«

»Ich weiß nicht... ich war schon vor sechs Uhr im Büro. Irgendwas hat mir heute Nacht keine Ruhe mehr gelassen, aber ich kam nicht drauf. Mein Unterbewusstsein hat dann offensichtlich kräftig gearbeitet, und ich bin sehr früh wach geworden. Es hat mich sozusagen in die Arbeit getrieben! Und irgendwie ging dann alles wie von selbst... Ich habe ein paar Einstellungen im DNS geändert, da war wohl schon eine Malware zugange. Das TCP bei einem Programm war beschädigt... und das bei nur einem einzigen Computer! Der hat das gesamte System lahmgelegt. Ganz schön tricky! Egal, auf jeden Fall läuft nun alles wie geschmiert, und selbst meine Buchhaltungsprogramme funktionieren! Ich muss gleich nur noch die drei Mitarbeiter der Firma auf die Neuerungen einschulen, und das war's! Ist das nicht großartig?!«

Tanja nickte erneut stumm. Mit offenem Mund. Wie schön war das! Ein Wunder...

Oder?

Sie warf einen nachdenklichen Blick auf die Dreiergruppe inmitten des Paddocks, die sie ihrerseits beobachtete. Sie konnte nichts dagegen tun, dass sie strahlte. Mehr und mehr. Endlich gelang es ihr zu antworten. Wenn auch nur schluchzend, denn die Tränen hatten die Herrschaft über ihr Gesicht übernommen.

»Oh! Ja! Oh, Max, wie sehr ich mich freue! Und ich habe dir so viel zu berichten... Wir haben Zuwachs bekommen, weißt du?«

Lachend unterbrach er sie. »Das nächste Fohlen ist schon da? Von wem? Magenta?«

»Nein. Nein! Ich meine, in unserem Team! Ich habe eine neue Mitarbeiterin engagiert!«

Jetzt schwieg Max verblüfft. Aber nur kurz. »Da bin ich ja gespannt! Wen, und wofür? Haben wir nicht bereits das perfekte Team?«

»Für die sozialen Netzwerke! Wir haben jetzt ganz offiziell eine Social Media Managerin! Eine der drei Bloggerinnen, du erinnerst dich?«

»Ah. Ja. Okay...«

Max musste diese Nachricht erst einmal verdauen. Doch er hatte auch noch anderes zu tun, fiel es Tanja siedend heiß ein.

»Oh... Du hast ja gerade genug um die Ohren, mein Schatz! Darüber können wir ganz in Ruhe reden, wenn du deinen Job erledigt hast! Das war vielleicht jetzt der falsche Zeitpunkt... Aber ich quelle im Moment über vor lauter Freude!«

Max lachte. »Das sind doch tolle Nachrichten! Du bist mir wohl mal wieder voraus... - Ich freue mich so sehr, dass wir uns morgen wieder sehen! Ich kann es kaum erwarten, dich in meinen Armen zu halten! Und dann machen wir einen langen, einen ganz langen Spaziergang mit den Hunden, und du erzählst mir alles in Ruhe! Haarklein!«

»Ja, Geliebter! Das machen wir! Aber erst, nachdem du Perla gesehen hast!«

»Sowieso! Und jetzt muss ich Schluss machen, ich habe noch

einiges vorzubereiten! Ich freue mich auf dich!«

»Und ich mich erst! Bis morgen, mein Schatz!«

»Bis morgen!«

Ein Klicken, und die Leitung war still. Der emotionale Aufruhr in Tanja jedoch nicht. Sie fühlte sich wie eine Atombombe im Moment der Zündung. Und wusste gar nicht, wohin vor lauter Glück und Überschwang. Ihr Blick traf den von Elinor, die nur leise lächelnd nickte.

Tanja sprang auf. Sie wollte laufen, jubeln, die Welt umarmen! Und das tat sie dann auch, nachdem sie den Paddockbereich verlassen hatte und im Hof gelandet war. Zumindest das Laufen und Jubeln. Umtobt von ihren beiden Hunden, die sich aus dem Nichts materialisiert hatten.

Wie schön war doch die Welt! Und das Leben! Speziell das ihre…

Als Tanja die Nachmittagsrunde - und damit den offiziellen Teil des Bewusstseinskurses - aufgehoben hatte, waren die meisten Frauen entspannt am Paddock sitzen geblieben. Sie bildeten Grüppchen und quatschten. Diana hatte es sich auf dem Boden zu Füßen von Tanja bequem gemacht und benutzte deren Bein zum Abstützen ihres Armes, auf dem ihr Kopf ruhte. Ihre Augen glänzten, und Elinor betrachtete die beiden Freundinnen versonnen.

»Manchmal braucht man den Winter, und einen besonders fiesen noch dazu, damit man das Glück wieder mit vollen Händen schöpfen kann«, sagte sie plötzlich unbestimmt.

Ihr Blick schweifte hinüber zum Paddock, wo Perla umherwanderte, um sich die Grüppchen der Frauen zu betrachten. Zur größten Freude jener.

Tanja, die in Wolken des Behagens schwamm, fokussierte ihre Augen auf Elinor. »Wie meinen?«

»Du hast mich schon verstanden, Hase. Sieh zu, dass du in die Pötte kommst! Dein Leben wird sich nun grundlegend ändern! Du musst fit werden, um damit Schritt zu halten. Das ist dir doch wohl bewusst, oder?«

Selbst Diana schrak bei der Schärfe, die in den letzten Worten gelegen hatte, auf und musterte die Schamanin mit großen Augen.

»Äh - ja. Oder - nein? Was genau meinst du denn?«

»Du betrittst jetzt die ganz große Bühne! Viele tausend Augen werden auf dich gerichtet sein! Durch die Arbeit deiner neuen Angestellten, der Bloggerin Lisa. Ist dir eigentlich bewusst, was das alles bedeutet?«

Verlegen schüttelte Tanja den Kopf. Bisher war sie eigentlich ganz glücklich gewesen auf ihrem ›Ponyhof‹. Doch Elinor hatte recht - sie würde nun ins Rampenlicht der Öffentlichkeit treten.

»Du machst dich angreifbar. Lisa wird dir das meiste vom Hals halten, ich habe bereits mit ihr darüber gesprochen. Dein Einverständnis vorausgesetzt...« Die grünen Augen musterten Tanja. Diese nickte. Zögerlich allerdings.

»Pionierarbeit! Ganz klassisch. Muss ich dir tatsächlich erklären, dass man da vorne ziemlich alleine und ungeschützt ist? Nein, das weißt du bereits. Und du hast dich entschieden, deine Komfortzone zu verlassen, um deine Idee in die Welt zu tragen. Gut so! Nun solltest du dich allmählich um deine Ausrüstung kümmern. Ich möchte jetzt bewusst nicht von Kampfausstattung sprechen. Aber eine Art von Schutzanzug wäre zumindest ganz hilfreich...«

Elinors Worte verklangen, eine sachte Welle der Ernüchterung überrollte Tanja. Sie nahm zunächst einen tiefen Atemzug und blinzelte an ihrer mächtigen Freundin vorbei auf das Paddock. Dort begegnete sie dem Blick von Perla, die wie magisch davon angezogen langsam näher an den Zaun heranbummelte. Sie legte ihr Köpfchen schief und steckte ihn durch die Planken, um möglichst nahe an Tanja zu gelangen. Ihr Körper drängte gegen den Zaun, der allerdings gar nicht daran dachte, ihrem Fliegengewicht nachzugeben.

Tanja musste auflachen. Sie nahm vorsichtig Dianas Arm von ihrem Oberschenkel, stand auf, um zur Umrandung zu gehen und streichelte sanft das Fohlenköpfchen. Als Dank erhielt sie einen verklärten Blick von Perla.

Und kurz darauf die Einsicht, dass schöne Zeiten ganz jäh und unvermutet eine Wendung erfahren können. Nämlich, als sie sich freudestrahlend zu ihren Freundinnen hindrehte. Wenige Momente später schien ihre Weste ein Eigenleben zu entwickeln und wurde in Richtung Paddockmitte gezerrt. Sie blickte nach unten und sah gerade noch, wie nun der Reißverschluss ihrer Weste in Perlas Mäulchen verschwand.

»Du kleines Schlitzohr! Gib das sofort wieder her!« Mühsam wand sie das Stück Weste, welches immer weiter in den Gaumen des Fohlens gezogen wurde, gegen heftigste Widerstände seitens Perlas wieder heraus.

»Habt ihr das gesehen? Na sowas!« Grinsend drehte sie sich zu ihren Freundinnen um.

»So schnell kann's gehen…«, murmelte Elinor, die sich behaglich nach hinten gelehnt hatte.

»Unverhofft kommt oft!«, fiel Diana mit einem Seitenblick zur Tierkommunikatorin ein.

Als Perla nun enttäuscht abdrehte und ihrem Unmut mit einigen Bocksprüngen Ausdruck verlieh, brachen die Frauen in ein Gelächter aus, das sich zu den anderen Grüppchen fortsetzte.

Die kurz aufgekommenen Spannungen verflogen, und Tanja schob alle weiteren Gedanken über die gerade vernommenen Worte in die Zukunft.

»Sag mal - wie sieht es denn jetzt mit deinen weiteren Zuchtplänen aus? Also mit Beauty?« Diana kaute angelegentlich auf einem Grashalm, während sie die Freundin unter ihren ins Gesicht gefallenen Haaren beobachtete.

Tanja zuckte die Achseln. Sie warf erneut einen Blick ins

Paddock. »Hm. Schwere Frage. Obwohl - vielleicht sollte ich es halten, wie die Bayern so schön zu sagen pflegen: G'schäft is G'schäft und Stammtisch is Stammtisch.«

»Und soll in diesem Fall bedeuten?«

Die Angesprochene seufzte tief. »Naja. Wenn ich jetzt Beauty zur Zucht einsetze, dann verliere ich ganz, ganz viele, für mich sehr wichtige Freiheiten. Mal eben spritzig ausreiten. Joggen gehen mit Beauty an der Hand. Ihre Aufmerksamkeit, die nur mir gilt.«

Diana nickte verstehend. »Tja. Mit einem Fohlen ändert sich halt doch ganz vieles. Auch wenn es nur für ein paar Monate ist. Ich meinerseits bin übrigens definitiv raus aus dieser Planung! Patsy ist und bleibt mein Reitpferd. Da habe ich keinen Ersatz für, denn die beiden Wallache sind ja nicht reitbar. Nur Gnadenbrotpferde, mit denen ich vielleicht mal etwas im Schritt ins Gelände bummeln kann. Du dagegen hättest hier jede Menge anderer Pferde als Ersatz...« Sie fixierte das Gesicht von Tanja, um nur keine Regung darin zu verpassen.

Tatsächlich zuckte es kurz darin, doch Tanja schüttelte nach einem Moment des Überlegens den Kopf. »Nein. Beauty ist nicht zu ersetzen! Geschweige denn, dass ihr durch die Trächtigkeit etwas geschehen könnte! Na klar, es kann auch so etwas passieren. Aber - nein. Nein, mit dem Thema bin ich durch! Ich habe es mir hin und her überlegt. Ich züchte mit meinen drei anderen Stuten weiter, und habe meine Freude an deren Fohlen. Und mit Beauty stelle ich all die schönen Dinge an, die ich nur mit ihr auf diese Weise erleben kann!«

Diana strahlte auf und hielt ihr die geballte Faust hin. »So machen wir das!«

Tanja boxte mit der ihren sachte dagegen. »So machen wir das.«

SAMSTAG

Das Festmahl gestern zum Abschluss des Kurses war eine Sensation gewesen, die Kunstausstellung der in den letzten Tagen entstandenen Werke offenbarte Tanja erneut, wie vielschichtig ihre Kundinnen doch waren, und die Feier - ja, die Feier hatte es dieses Mal ganz schön ordentlich in sich gehabt! Eher früh als spät waren die Frauen in ihre Häuschen gewankt, und Tanja hatte sich ernsthaft überlegt, ob es Sinn machte, sich überhaupt noch hinzulegen. Doch schlagartig und ohne Vorwarnung hatte sich eine bleierne Müdigkeit über sie gestülpt wie eine Glocke, kaum dass sie die Türschwelle des Herrenhauses überquert hatte. Gerade so hatte sie es noch nach oben in ihr Bett geschafft, dann war sie weg gewesen.

Als sie nach mehreren fruchtlosen Versuchen ihres Weckers endlich aufgewacht war, stellte sie mit einer gewissen Scham fest, dass sie sich nicht einmal mehr ausgezogen hatte. Sie blies die Backen auf und lies die Luft pfeifend entweichen, während sie sich mühsam aufrappelte und mit gerunzelten Augenbrauen ihre - gute! - Kleidung glatt strich.

›Na ja - besser, als in Stallklamotten!‹, schoss es ihr durch den Kopf, der sich besorgniserregend drehte. Jetzt half nur noch eine eiskalte Dusche. Und am besten anschließend in den Stall, um mit Beauty und den Hunden eine Runde zu joggen. Um anschließend nochmals eiskalt zu duschen. Erst danach würde sie ihren Kaffee trinken, nach dem sie innerlich bereits jetzt lechzte. Doch die Erfahrung hatte ihr gezeigt, dass das sportliches Vorgehen eine weit effektivere Maßnahme war. Ansonsten würden sich ihre Kopfschmerzen nämlich nur noch verstärken.

Was hatte sie sich nur dabei gedacht, nochmals und nochmals auf den gelungenen Kurs und auf die Einstellung von Lisa als ihre Social Media Managerin anzustoßen? Stöhnend rieb sie ihr Haupt und stolperte Richtung Dusche. Dort drehte sie gleich wieder um, denn sie hatte erneut vergessen, ihre Kleidung abzulegen. Auweia…

Ihre Rosskur zeigte die Wirkung, die Tanja sich erhofft hatte. Mit einem ziemlich glücklichen Gefühl saß sie nun eingemummelt in einer Decke vor dem Stall und blickte verzückt den Dampfwolken hinterher, die von ihrem extrastarken - zweiten - Kaffee aufstiegen. Sie inhalierte tief den Duft der frisch gemahlenen Arabica-Bohnen. Diese Qualität kannte sie nur aus Italien. In Deutschland schien lediglich der Ausschuss zu landen. Abgesehen von dem großen Kaffeehaus in München, in dem sie sich mit Max einmal eine Pause vom Shopping im ersten Obergeschoss geleistet hatte. Eine Offenbarung… allerdings keine billige. Damit wanderten ihre Gedanken sofort zu Max, der bereits im Flieger saß und in wenigen Stunden ankommen würde. Max!

Ein tiefer Jubel stieg in ihr auf, und sie hatte Mühe, nicht vor Freude loszubrüllen.

Als wäre ihre Laune ansteckend, stoben in diesem Augenblick die beiden Hunde um die Ecke und drängten sich dicht an sie. Mortimer versuchte einmal mehr, in Richtung von Tanjas Nase zu springen, um sie abzulecken, ließ jedoch im letzten Moment davon ab. Schelmisch blinzelte er sie an, und Tanja lachte laut auf, während sie ihren Kopf schüttelte.

»Du alter Racker! Du weißt doch ganz genau, dass ich das hasse!«

Spitzbübisch verzog Mortimer sein Maul, leckte sich kurz darüber, schüttelte sich und legte sich auf ihre Füße. Na klar… Doch die Ruhe währte nicht lange. Schon richteten sich beide Hunde auf, lugten in Richtung Künstlerdorf, das aus Tanjas Warte nicht zu sehen war, und stoben wie auf

Kommando davon. Nach einer Weile erschienen die Hunde wieder. Dieses Mal an der Seite von Elinor, die summend auf Tanja zukam.

»Na, du bist ja schon fleißig gewesen! Guten Morgen, Hase!«

Tanja musterte Elinor glücklich. »Oh ja! Auch wenn ich vor zwei Stunden noch nicht geglaubt habe, dass der Morgen so gut werden könnte! Aber - weshalb bist du denn schon so früh auf? Es ist doch gerade mal acht!«

»Abfahrtstag?« Mit gutturalem Lachen ließ sich Elinor neben Tanja auf die Bank fallen, dass diese wackelte.

»Aber doch nicht für dich?!«

Die Erkenntnis sickerte ein. Prompt machte sich Entsetzen auf Tanjas Gesicht breit.

»Doch, doch. Auch für mich! Ich muss dringend nach Hause, mein Männe braucht mich! Er hat mich heute morgen angerufen und um Hilfe geschrien. Fast schon geweint. Kann ich nicht ignorieren, schließlich will ich ja noch öfter hierherkommen! Der Zug ist schon mit Sitzplatz gebucht, ich fahre nachher mit den anderen in die Stadt. Deshalb wollte ich mich nochmal in Ruhe von dir verabschieden. Du kommst doch klar, oder?« Elinors Augen blitzten sie spöttisch an.

»Ohne dich?! Ich zweifle daran…«, machte Tanja unbestimmt. Gerade noch so glücklich, und nun plötzlich ohne Grund und Boden, frei in der Luft hängend.

»Ach was, Hase! Heute kommt dein Liebster heim, und morgen eine neue Gruppe für einen normalen Reitkurs. - Wirst du das nicht etwas vermissen? Zwischendurch auch ›normale‹ Kurse? Und Leute?«

»Hm. Ich weiß nicht. Keine Ahnung. Ist jedenfalls ein komisches Gefühl, die Leitung mit dem Beginn eines Bewusstseinskurses so quasi aus der Hand zu geben…«

»Du wirst dich jetzt ganz anders ins Zeug legen müssen.«

Ein tiefer Seufzer entfuhr Tanja. »Ich fürchte…?« Sie blickte Elinor an.

Schweigen erfüllte den Hof.

Nach einer gefühlten Ewigkeit nahm Elinor den Faden wieder auf. Sie blickte auf die Stelle von Tanjas Hose, die diese in der Zeit heftigst gerieben hatte.

»Wirst du schon hinkriegen. Dieses Mal hat es ja auch ganz gut geklappt! Wie ich dir am Anfang schon sagte. Alles entwickelt sich in die für uns bestimmte Richtung. Wir müssen uns nur auf den Weg machen und loslaufen. Und falls du irgendwie und irgendwann und irgendwo Probleme haben solltest - Elli ist ja da!«

»Versprochen?«, kam es mit kläglicher Stimme von Tanja.

Ein Lachen antwortete ihr, die Bank wackelte im Takt mit. »Versprochen! Und - es wird sich ja nicht alles auf einmal ändern! Du wächst in der für dich perfekten Zeit in deine neuen Aufgaben hinein!«

Tanja stand neben Diana und betrachtete die schwatzende Schar ihrer Kundinnen. Noch war der Bus nicht vorgefahren, der letztere in die entfernte Stadt zum Flughafen beziehungsweise zum Bahnhof bringen sollte. Im Hintergrund türmten sich Taschen, Koffer und Rucksäcke.

Mareike stand mit Marie etwas abseits des Getümmels, tief versunken in ein Gespräch. ›Da haben sich zwei in ihrer Seelenverwandtschaft gefunden!‹, schoss es Tanja durch den Kopf. Tatsächlich hatten die beiden in den letzten Tagen eine auffällig innige Freundschaft geschlossen. Beiden tat die Beziehung ganz offensichtlich gut, denn sie brachte sie zum Leuchten. Tanja war sich ziemlich sicher, dass die Frauen ihre Freundschaft pflegen würden, denn sie betrachteten sie als wertvoll. Zudem wohnten sie in der gleichen Gegend.

Leah, die heute zum ersten Mal wieder ihre riesigen Wimpern seit deren Unfall beim Aufsteigen angelegt hatte, schien es ähnlich mit Samantha zu gehen. Die sah in der deutlich jüngeren Frau allerdings eher einen Groupie, und behandelte sie entsprechend. Was Leah umso interessanter fand. Bei den beiden Frauen standen auch Kathrin und Sandra, die schon vom letzten Kurs her eine Freundschaft verband. Kathrin hatte Tanja am Vorabend erzählt, dass sie sich bald wieder treffen würden, zum Wandern im Erzgebirge. Mit Shetlandponys als Begleitern. Auch nett...

Dicht daneben unterhielten sich Melanie und Lisa. Beide waren im Umgang mit Pferden weniger erfahren als die meisten, das schweißte sie zusammen. Doch Tanja bezweifelte, dass die zwei ihre Verbindung lange halten würden. Zu verschieden waren sie sonst, wenn auch in ähnlichen Alter. Nun trat Elinor zu ihnen und legte ihre Arme um je eine Schulter. Sie zog die Frauen an ihre mächtige Mutterbrust und lachte dabei, während sie scheinbar etwas Witziges von sich gab, denn sowohl Melanie als auch Lisa explodierten förmlich vor Lachen.

Bevor Tanja darüber nachdenken konnte, erschien mit einem Hupen der Bus im Hof. Schneller, als sie gucken konnte, waren die Unmengen an Gepäck im gefräßigen Bauch des Vehikels verschwunden. Die Frauen stürmten nun auf sie zu, um sich - teils tränenreich - zu verabschieden. Taschentücher wurden gezückt, letzte Fotos gemacht, ein weiteres Hupen mahnte zum Aufbruch.

Und dann - Stille.

Die Staubfahne des längst um die Ecke des Gemeinschaftshauses verschwundenen Busses legte sich gemächlich wieder. Tanja seufzte tief auf.

»Naaa? Eine nette, kleine Spritztour ans Meer? Patsy wartet schon auf dem Paddock.« Diana musterte sie aus verquollenen Augen. Auch sie hatte beim Abschied der Frauen geweint. Aber nur ein klitzekleines bisschen. Oder so.

Tanja blickte auf. Sie zwinkerte der Freundin zu. »Das ist

mal eine Idee! Eine kurze Runde, bevor ich Max abholen fahre. Aber vorher schauen wir noch schnell zu Perla…«

Ein unbestimmtes Glücksgefühl legte sich um sie, ergriff Besitz von ihr. Ganz und gesamthaft.

Aus der Tiefe ihrer Brust drang ein Jubelschrei hervor.

Ihr Leben! Ganz das ihre…!

DANKSAGUNG

Danke an Ulrike. Deine Freundschaft ist wertvoll.

Danke an Dieter. Du trägst mich.

Danke an meine Eltern. Ihr habt den Grundstein gelegt.

Danke an die Pferde. Zen-Meister auf vier Beinen.

Danke an euch Leser:innen. Ihr seid mein Ansporn.

Wenn »Perla« euch gefallen hat, freue ich mich sehr über eure positiven Rezensionen auf den verschiedenen Portalen!

Reicht das Feuer weiter!

DANKE!

TANJAS PFERDE – TEIL 1

Als auf Tanjas Reitanlage an der italienischen Küste eine neue Gruppe pferdebegeisterter Frauen zu einem Reiturlaub ankommt, ahnt sie noch nicht, dass sich vieles von Grund auf ändern wird.

Ursache dafür ist Elinor, eine quirlige Frau, die Menschen tief ins Herz blicken und mit Tieren kommunizieren kann. Sie überzeugt selbst die Skeptikerinnen der Gruppe, an einer Zusammenkunft bei Vollmond auf der Koppel im Beisein der Pferde teilzunehmen.

Danach ist nichts mehr so, wie es einmal war…

LESETIPP DER ZEITSCHRIFT »ST. GEORG«
LESETIPP DER ZEITSCHRIFT »MEIN PFERD«

...UND WEITER GEHTS MIT TANJAS PFERDE - TEIL 2

Einige Monate sind vergangen, seit Tanja ihren ersten denkwürdigen Kurs mit Elinor auf ihrer Reitanlage in Italien veranstaltet hat. Nun meldet sich Kathrin, eine Kursteilnehmerin von Tanjas Bewusstseinskursen mit Pferden, und schickt ihr kürzlich erworbenes Traumpferd Donauzauber zur Ausbildung dorthin. Tanja soll mit Hilfe ihres Teams versuchen, dem schwer traumatisierten Wallach zu helfen. Doch der steckt voller Überraschungen.

Eine Herausforderung für Tanja, die in dieser Zeit auch ihr Herz verliert...

LESETIPP DER ZEITSCHRIFT »REITSPORT MAGAZIN«
LESETIPP DER ZEITSCHRIFT »MEIN PFERD«

FLOCKEN UND FLAMMEN

AUS DER NEUEN SERIE *GÖTTERPFERDE* - TEIL 1

Der dreizehnjährige Max bekommt seinen größten Wunsch erfüllt: er darf in ein Reitinternat. Gleich anfangs entdeckt er auf einer Auktion einen Wallach, der ihm von seinem Opa geschenkt wird. Doch Flame ist kein gewöhnliches Pferd. Er ist ein Begleiter der Göttin der Morgenröte und wird der beste Gefährte von Max. Zunächst hilft er ihm, mit dem Tod seines Opas umzugehen und weiht ihn in seine eigene Geschichte als Götterpferd ein. Gemeinsam mit zwei neuen und einem alten Freund kommt Max im Laufe des Schuljahrs dem Geheimnis um Verkäufe von hochpreisigen Pferden im Internat auf die Spur - und gerät dabei selbst in höchste Gefahr…

LESETIPP DER ZEITSCHRIFT »REITSPORT MAGAZIN«

VERMÄCHTNIS
DAS LEBEN DES FERDINAND MAGELLAN

HISTORISCHER ROMAN ÜBER DIE ERSTE WELTUMSEGELUNG

Dreimal hat der Offizier Ferdinand Magellan fast sein Leben im Dienst für den portugiesischen König Manuel I. verloren, als dieser ihn im Jahre 1514 aus persönlicher Rachsucht seines Heimatlandes verweist. Ein schwerer Schlag für den Indien-Heimkehrer, der eine tragende Rolle bei der Errichtung der Weltvorherrschaft spielte, doch er bleibt seinem Ziel treu: die sagenhaften Gewürzinseln über die bis dahin noch unbekannte Westroute zu erreichen.

Unterstützung für dieses außergewöhnliche Vorhaben findet er im konkurrierenden Nachbarland Spanien beim jungen König Karl V.

Am 19. September 1519 bricht die bislang teuerste Expedition auf in unbekannte Fernen…